転生令嬢は精霊に愛されて最強です……
だけど普通に恋したい！ 9

The Reincarnated Count's daughter is the strongest as she is loved by spirits, though she is only wishing for regular romance!

風間レイ ◆

TOブッ

です……だけど普通に恋したい！

e n t s

転生令嬢は精霊に愛されて最強

イラスト／藤小豆　デザイン／伸童舎

c o n t

[ディアドラの精霊獣]

イフリー

火の精霊獣。
全身炎の毛皮で包まれたフェンリル。

リヴァ

水の精霊獣。東洋の竜。

ジン

風の精霊獣。
羽の生えた黒猫。

ガイア

土の精霊獣。麒麟。

[ベリサリオ辺境伯家]

ディアドラ

主人公。元アラサーOLの転生者。前世の反省から普通の結婚を望んでいる。しかし精霊王からは寵愛、皇太子からは求婚され、どんどん平穏から遠ざかってしまう。

オーガスト

ディアドラの父。精霊の森の件で辺境伯ながら皇族に次ぐ待遇を得る。

ナディア

ディアドラの母。皇帝と友人関係。

アラン

ディアドラの兄。シスコンの次男。マイペースな突っ込み役。

クリス

ディアドラの兄。神童。冷たい腹黒タイプながら実はシスコン。

characters

【皇族】

アンドリュー皇太子

アゼリア帝国の皇太子。
ディアドラの良き理解者。
クリスとは学園の同級生。

[ルフタネン]

サロモン

侯爵家嫡男だが、
カミルを気に入り
彼の参謀になる。

カミル

ルフタネンの元
第五王子。現在は
公爵。国を救う
ため、ベリサリオ
に訪れる。

モアナ

ルフタネンの
水の精霊王。
瑠璃の妹。

[アゼリア帝国精霊王]

瑠璃

水の精霊王。
ベリサリオ辺境伯領
の湖に住居をもつ。
精霊を助けてくれた
ディアドラに感謝し
祝福を与える。

蘇芳

火の精霊王。
ノーランド辺境伯領
の火山に住居をもつ。
明るく豪胆。琥珀や
翡翠に怒られること
もある。

翡翠

風の精霊王。
コルケット辺境伯領
に住居をもつ。感情
を素直に表すタイプ。

琥珀

土の精霊王。
皇都に住居をもつ。
精霊の森とアーロン
の滝まで道をつなげ
ることを条件に精霊
を与えると約束する。

story

同人誌作りに没頭しすぎて命を落としたアラサー OL が転生したのは、砂漠化か迫る国の辺境伯令嬢・ディアドラだった。ニコデムス教の暗殺をこれ以上許すわけにはいかないディアドラは、ルフタネンとベジャイアと三国同盟を結ぶことに。だが、肝心のベジャイアの侯爵が、帝国とルフタネンの仲を裂く裏取引をやっていたと発覚する。理由が精霊が育てられなくて、復興が進まずそれどころじゃないとわかった彼女は “精霊の宿り木 " の力で、ベジャイアを救うのだった。

プロローグ　カーラの受難

ベジャイア国王を乗せた船がベリサリオの港に入港して、バージェフ国王が船を降りたことは多くの人が目撃していた。

彼らが皇宮を訪れたことも、妖精姫に詫びて許しを得なくては面会しないと皇太子殿下に言われたことも噂になっていた。

その後、彼らが精霊の森に向かったことも多くの人が知っていたのだけど、それ以降、バージェフ国王一行は誰ひとり皇宮に戻ってこなかった。

それだけではなく、翌日にはベジャイアの船が国王の帰りを待たないで出港してしまった。

となると、いろんな噂が流れるわけだ。

転移魔法で帰ったんだろうとか、精霊王と面会して国に送ってもらったんだろうという正解に近い噂もあった。

だが、一番多かったのは私が何かやらかしたという話だった。

妖精姫が怒りのあまり一行を砂にしてしまったとか、精霊の森の奥深くにおきざりにしてしまったとか。

なんで精霊王じゃなくて私が砂にするのよ。

精霊の森は、今はもう精霊がたくさんいる素敵な場所なのに、おどろおどろしい場所にするんじゃないわよ。

しかも私がやらかした系の噂が一番多く流れたのが、ベリサリオだっていうのはどういうこと？　おらが姫と祭り上げるくせに妖怪扱いして、それを嬉しそうに酒の肴にして盛り上がるっておかしいだろ。

交易が再開してベジャイアの船が入港して、あるいは貴族達が皇宮で事の顛末を聞いて、真実が知られるようになっても、妖精姫がベジャイアにカチコミに行ったってベリサリオではもりあがっていたってなんなのさ。

ベリサリオ領民の姫に対するイメージがわからなくなったわ。

ルフタネンでは、妖精姫がベジャイアに乗り込むと言うので、カミルが心配してついて行ったという話になっているそうだ。

貴族の中では儚げな外見に騙される人がいるのに、平民の噂話の中では妖精姫は強いイメージになっているのはなんでなんだろう。

ルフタネンで両手に一本ずつ肉の串を持って、楽しそうに歩いたのは後悔している。

真剣に自分の行動を反省したわ。

ともかく、そんな平和な問題は起こったけどベジャイアの問題が解決して、私はまた平穏な毎日を取り戻していた。

忙しいけどね。

戴冠式が近付くにつれて忙しさがどんどん蓄積されていくよ。

そこにパオロとミーアの結婚式と、年末のアランお兄様の成人から独立の準備までのコンボが続いて、ベリサリオ中がばたばたしている。

それに今年は、カミルも成人するのよ。

殿下やお父様、ルフタネン国王も加わって協議の結果、アランお兄様のお祝いが終わり次第、私はルフタネンに行って、カミルのお祝いの席に出席することが決定した。

そりゃあ参加出来るのは嬉しいさ。

カミルも喜んでいるみたいよ。

でも、私はまだ未成年で仮婚約だから、行けるとは思っていなくて何も準備していなかった。

王宮で行われる祝典に婚約者として参加して、四つの島全部を訪問して、島の代表と会うなんて言う重要な予定を、突然ぶち込んで来られても困るでしょう。

そういう話はもっと早く決めようよ。

ルフタネン王宮より先に、ベジャイア王宮に精霊王と一緒に行ったせい？

そうか。自業自得か！

でも、そんなところで張り合わなくてもさあ。カミルも一緒だったのに。

祝典や島の代表者と会う時に着るドレスを揃えなくちゃいけなくて、待ち針を刺されるんじゃないかっていう恐怖を、最近毎日のように味わっているわよ。

それ以外の大きな変化といえば、ルフタネンからリュイとミミが派遣されてきたことね。

カミルの行動力はすごい。

ふたりとも私が十八になるまでベリサリオで暮らすっていうのに、ベジャイアから戻った翌日に鞄ひとつでやってきたのよ。

年頃の女の子なのに、荷物が少なすぎるでしょう。

メイド服を着るから問題ないと本人達は言っていたけど、ネリーにふたりを連れて買い出しに行ってもらった。

ブラッドが精霊の森の屋敷に異動になったから、ふたりが来てくれたのは実はありがたかったりもする。

執事兼護衛として何年も傍にいてくれた人の代わりって、なかなか見つけられないだろうし、出来れば女性のほうが気楽だもん。

ジェマもルーサーと結婚して、アランお兄様の屋敷に異動になってしまうので、ちょうど人手が欲しかったから大助かりだ。

そして、赤ん坊の頃からお世話になっていたシンシアとダナも異動になりました。

彼女達は家族みんなで精霊の森の屋敷に定住してもらったの。

大きな屋敷だから維持するだけでも大変だし、訪ねてくる人は高位貴族や外国の王族ばかりで、たまに精霊王も遊びに来ちゃうから人手がいるんだけど、新しく雇った人を私の傍に置きたくないと家族の意見が一致して、ベリサリオ城から人を選んで異動してもらうことになったのだ。

エルダに貸してあげると話していた屋敷は、今では働いてくれている人達の寮になっている。

「家族全員で、精霊の森の屋敷に住む？」

私が今、クリスお兄様と話している場所は、皇都のタウンハウスだ。

貴族の屋敷が並ぶ一画にあるので便利だけど、警備という面では心もとない。

だったら家族全員で精霊の森の屋敷を使った方がいいじゃない。

「そうです。年明けまでベリサリオと皇都を行ったり来たりする生活になるじゃないですか。三カ所に分かれては警備が大変ですし、ここより精霊の森の方が安全です」

「確かに、あそこは琥珀様に守られているから使用人達の身も守れるね。父上に話してさっそく準備をしよう」

精霊の森の屋敷は悪意のある人は近付けなくなっているって琥珀が言っていたし、城のほうは要塞でもあるし、シロが城全体を警備してくれているから大丈夫なのだ。

さすが瑠璃の精霊獣よ。うるさいだけじゃないんだよ？

今では城内を自由に飛び回って、アイドル兼守り神よ。

瑠璃の湖も城内にあるから、城を守るのはシロにとっては当然のお仕事なんだって。

城をシロが守るって、ややこしいわね。

「来年、ルフタネンには僕がついて行きたかったのに、貴族を異動させたばかりの時期に国を離れるなと言われてしまったんだ」

「当たり前じゃないですか」

「僕がいないくらいで問題が処理出来なくなるようなら、そんな無能な皇帝なんていらないだろう」

「その台詞を殿下に言ったんじゃないでしょうね」

「僕とアンディの会話を聞くと周りの人間の胃が危うくなるらしくて、ふたりだけの時以外は言わないようにしているよ」

ふたりだけの時は言っとるんかい。

式典には両親が出るし、島の代表に会う時には外交官がついてくるんだよ。

お仕事として行くようなものだから、カミルとゆっくり話をする暇もないかもしれない。

それでもカミルにとっては一生に一度の成人のお祝いだから、出席出来るのはもちろん嬉しいし、私も張り切ってプレゼントを考えてる。

「失礼します」

遠慮がちに入ってきたのは、クリスお兄様の執事のカヴィルだ。

「ヨハネス伯爵家御令嬢カーラ様の使いの者がきております。どうぞ」

肘を直角に曲げて片手で銀色のトレーを支え、背筋を伸ばしたザ執事という歩き方で近付いてきたカヴィルは、私の前で身を屈め、手紙の置かれたトレーを恭しく差し出した。

彼の背後に、むすっとした顔のレックスがちらりと見えたのは、私への用事だったのにカヴィルに仕事を奪われたせいだろうな。

「なんだって？」

「時間が空いているなら会いたいって。遊びに行っても大丈夫かって」

「おもしろい」

「え？」

「僕がいることは伝えずに、今すぐなら時間が空いていると伝えてくれ」

「かしこまりました」

私への手紙のはずなのに、カヴィルはクリスお兄様の返事だけ聞いて、さっさと部屋を出て行ってしまった。

「私の意見は無視ですか？」

「会う気がなかったってこと？」

紅茶のカップを片手に微笑むクリスお兄様は、もう十八歳。

ブレインの仕事をしているせいか、命じるのに慣れた人間独特の凄みというか貫禄が出てきた。

傲慢だと言われかねない態度だけど、見た目の良さと品の良さであまり悪い印象にならないのがずるい。

きつい印象の割に気配りが出来ていたり、やさしかったりする一面もあって、そのギャップにみんなやられちゃうんだろうな。意外と人たらしなのよ。

「会う気はありましたけど、クリスお兄様がいることは内緒なのはなぜですか？」

「なぜか僕を怖がる御令嬢が多いから、嫌がられたら悲しいだろう？」

「うわ、嘘くさい」

「ディアはなぜカーラが来るのか見当はついてるのかい？」

「え？　せっかく私が皇都にいる時に時間が空いたから、おしゃべりしに来るんじゃないですか？」

「……あいかわらず情報に疎いね」

えーーーー?! また何かあったの?

ヨハネスの野郎、今度は何をしやがったのさ。

あれ? クリスお兄様がいるのが嫌だってことは、何かまずいことをしたのは、カーラってこと?

「情報も集めてますよ? エルダとかエルダとか他のお友達からも」

「じゃあ、ヨハネス伯爵が今、どこにいるか知ってる?」

「皇都郊外に屋敷を買って、新しい愛人と暮らしているんですよね」

「おお、それは知っているんだ」

ウィキくんで、あの野郎のことはたまにチェックしているからね。

噂の責任は全部フランセルに押し付けて、おまえのせいで迷惑を被ったからと別れたらしいよ。

実際に噂を流したのはフランセルでも、放置していたのは自分なのにね。

「それで何があったんですか?」

「僕も噂を聞いただけだから、カーラに直接聞いた方がいいと思うよ」

こういう時は絶対に話してくれない。

ウィキくんで確かめたいけど、カーラが話してくれるなら彼女から聞いた方がいいよな。

クリスお兄様も彼女の話を聞いてから判断するつもりのようだし。

……実はもういろいろ調べて、裏を取っているんじゃないの?

アランお兄様が私の友達の噂を放置するわけないでしょ。

「失礼します」

再びノックの音がして扉が開き、またカヴィルが部屋に入ってきた。

「ヨハネス伯爵家御令嬢カーラ様がお見えになりました」

「はやっ」

「屋敷の前に停めた精霊車でお待ちになられていたようです」

これにはカヴィルも苦笑いだ。

そんなに急ぎの用があるなら直接、今暇？　って来てしまえばいいのにって言いたいけど、駄目なんだよね。

この手間が必要なところが貴族なのだ。

「こちらのお部屋です」

「ありがとうレックス。突然お邪魔して……」

部屋に入ってきたカーラは、私の横にクリスお兄様がいることに気付いて目を見開き、口を開けたまま固まった。

「やあ、カーラ。ひさしぶりだね」

「ク、クリスもいらしたのね」

「そりゃあいるよ。僕は今この屋敷に住んでいるんだから。ディアがいることの方が珍しいんだよ？」

声は優しそうだけど表情はどうなんだろうと気になってちらっとクリスお兄様のほうを見たら、お手本にしたいくらい綺麗な微笑を浮かべていた。

「僕がいたらまずかった？」

「………いえ、クリスにも話を聞いていただきたいわ。私についても噂をご存じでしょう？」

カーラは心を決めたのか、部屋に入ってきた時のおどおどした雰囲気は消えて、しっかりと視線を合わせて答えた。

「知ってはいるけど、所詮は噂だ。カーラの話を聞かないことには、何も判断出来ないな」

「私は知らないの。でもその噂のせいであなたが困っているのなら、もちろん話を聞くわよ」

「クリス……ディア……あなた達なら、そう言ってくれると……」

「よかったですね、お嬢様」

カーラに付き添っている子は、新しい侍女かな？

ヨハネス領にいた頃の侍女は皇都の屋敷には連れていかないって言っていたはず。

あそこはずっとカーラの母親のクラリッサ様が住んでいた屋敷で、離婚した時に侍女は全員ノーランドに連れて帰ったと聞いているから、全員新しく雇ったのよね。

「さあ、すわ……」

「御機嫌よーう！　カーラも来ているんですって？」

せっかく少しだけいい雰囲気だったのに、レックスを押し退けて入ってきたエルダのせいで台無しよ。

家族みたいなもんだから、突然押しかけてくるなんて珍しくもないけどさ、あなたは少しカーラを見習いなさいよ。

「相変わらずがさつだな」

「あら？　クリスがいる。仕事は？　サボり？」

「僕にも休日くらいはあるんだよ」

「よかったじゃない、カーラ。クリスを味方に出来たら心強いわよ。例のくだらない噂の真相を聞きたいと思っていたところよ」

知らないのは私だけかー。

みんなどうやって噂を集めているの？　社交？　人を使って？

私が頻繁に茶会に顔を出すようになったら、いろんな騒動が勃発するのは目に見えているし、人を雇うのも勝手には出来ない。

ウィキくんっていう友人を雇いましたって言ったら駄目かな？

「さあ、みんな座って。ここなら安心して話してもらって大丈夫よ」

立ったままの友人達に席を勧めて、レックスにお茶をと頼もうと思ったら、既にカヴィルが準備を始めていた。

皇都のタウンハウスはクリスお兄様の拠点になっているから、ここはカヴィルに任せるべきか。

執事同士の仕事の縄張り争いが勃発したらまずい。

「彼女も同席していい？　今回の件に最初からかかわっているの」

カーラが隣にいた女性の腕に手を添えて言った。

私やカーラより少し年上かな。

「たぶん初対面よね？」

「ええ。彼女はジョアンナ。本物のイーデン子爵夫人の妹なの。あの噂のせいで領地では生活しづらくなってしまったでしょ？　それでイーデン子爵家の人達を皇都の屋敷にお誘いしたの。その時に彼女も侍女になりたいって言ってくれたのよ」

「よろしくお願いします」

はきはきとしていて明るくて、なによりカーラと仲がよさそうで、素敵なお嬢さんだわ。

「まずは私に噂を教えてよ。知らないのは私だけでしょう？」

「僕が簡潔に説明しよう」

足を組んでゆったりとソファーに腰を下ろしたクリスお兄様の様子と、その後の発言内容のギャップがひどかった。

「伯爵に格下げになって、元の領地は三分割されて貴族達が大変な状況になっているのに、新しい若い愛人と贅沢な生活をしている父親と、侍女も連れずに男と頻繁に皇都で逢引きしている娘。ヨハネス家は最低の家だって噂が今、中央貴族に広まっているんだよ」

「………………は？」

なにそれ。くだらない。

ヨハネス領の一件で、噂を真に受けるのは危険だって話になったばかりでしょう。

「カーラは、今まで受けられなかった社交界での作法や礼儀を学ぶのに忙しいんじゃなかった？　短期集中でやっているから、頻繁に出歩くなんて出来ないでしょ」

「よかった。私の状況を知っているディアなら、そう言ってくれると思ったわ。この噂は、計画的に仕組まれた罠だと思うの」

「くわしく」

クリスお兄様も噂は信じていなかったようだけど、カーラの返答の仕方や罠だという話にがぜん興味が湧いたみたい。

前回、モニカと本音をぶちまけ合ってから、いろんな思いをひとりで抱え込んで暗くなっていたカーラは消えて、昔のしっかり者のカーラが帰ってきた。

幼少の頃は、よくカーラにそんなことをしちゃ駄目って叱られたものよ。

クリスお兄様は頑張っている子には好意的だ。

エルダが破天荒な性格になっても小説家になりたいと言い出しても、一度も否定的なことは言わなかったし、むしろ今の彼女のほうを気に入っている。

カーラのことも……いえ、それは無理よね、きっと。

私だってウィキくんを利用して、得ている情報もある。

その話も、今日はしなくてはいけないだろう。

神様はどうしてカーラにだけ厳しいんだろう。

彼女の人生だけハードモードにしないであげてよ。

「カーラ、何があったのか話してもらえるかい？」

全員が椅子に腰を下ろすのを待って、クリスお兄様が話し始めた。

「相手の男がストーニー伯爵家の次男だということはわかっている。確かドルーという名前だったかな」

「クリスお兄様、もしかして全部調べがついているんじゃないですか？」

「そんなことはないよ。なにより、カーラの話を聞くというのは重要なことじゃないかな？」

「それはもちろんそうですけど」

「大丈夫よ、ディア。実際はとても馬鹿馬鹿しい話なの」

カーラは眉尻をへにょっと下げて苦笑いを浮かべて、隣に座っているジョアンナと頷きあってから話し始めた。

「短期間で礼儀作法やダンスの練習をするために、私には今、自由になる時間が少ないのは知っているでしょう？　講師の方に屋敷まで来てもらっているので、頻繁に遊び歩くなんて出来ないし、そんなことをしていたらすぐに祖父母に連絡がいくのよ」

「うんうん。だからさっきクリスお兄様の話を聞いて、馬鹿馬鹿しい噂だと思ったわ」

「でも先月の二十日だけ、ひさしぶりに街に出かけたの。フェアリー商会の新作のスイーツが出る日だったから、ジョアンナと買いに行ったのよ」

「待って。その日が噂の発端の日なの?!」

口元に運ぼうとしていたティーカップを乱暴に置いて、エルダは立ち上がりそうな勢いで身を乗り出した。

「え？　ええ」

「うっわ、ひどい。実は一昨日、友人の家でお茶会を開いてもらってね。オーツ伯爵って覚えているでしょ？　あなたの誕生日にアホなことを言い出したやつよ」

親しい人間がいる時だけだとは思うけど、エルダの言葉遣いがひどい。

まさかお茶会で、こんな話し方をしていないでしょうね。

「あいつの御令嬢を巻き込んでお茶会を開いて、カーラとドルーが一緒にいたところを見たと証言していた御令嬢方を招待してもらったの。ブリたんまで協力してくれたのよ」

「よく集まったな」

「それがね、御令嬢方も噂になっているのを知って慌てていたんですって。元ヨハネス領が噂のせいで大変なことになったばかりじゃない？　しかもカーラはモニカやディアの友人よ。精霊王と一緒にベジャイアまで乗り込んで行くような妖精姫を怒らせたら、家ごと潰されてしまうって怖がっていて」

「何その風評被害。ベジャイアの人達は感謝しているのよ」

「ベジャイア貴族をずらりと並べて土下座させたらしいじゃないか」

「クリスお兄様？」

にっこり笑顔で首を傾げつつ立ち上がったら、クリスお兄様はごめんごめんと笑いながら謝ったけど、そういうの本気にする人いるからね。

噂の出所が身内とか勘弁してよ？

「だから推理大会をして、誰がどうしてそんな噂を広めたか解明しようって誘ったら喜んで集まってくれたわ」

「おもしろい。さすがだな」

「おおー、クリスに褒められちゃった」

クリスお兄様の中で、エルダの株がどんどん上がっている。

おとなしくてつまらない子だなんて言われていたのが嘘みたい。

私ですら驚く行動力を発揮して我が道を突き進んでいくうちに、少々がさつになった気がするけど、ノーランドの人達には気に入られているようだから、何が幸いするかわからないわね。

「そうしたら、全員が目撃した日が一緒だったのがわかったの。先月の二十日。新作の劇の初日とフェアリー商会の新作発表の日と、人気のデザイナーの新しい店の開店日が重なって、日頃は出歩かない御令嬢達が大勢街に出ていたのよ」

「目撃されたのがその日だけなのは当たり前なのよ。私はドルーと一回しか会っていないんですもの」

「え？　一回？」

「先程クリスお兄様は、侍女も連れずに頻繁に男と逢引きしていると噂になっていると言っていませんでした？　今の話がどうしてそんな話になるんですか？」

「僕が聞きたいよ。でもそれを噂に仕立て上げるとは、たいしたものだ」

感心している場合じゃないわ。

火のないところに煙は立たないって言うけど、無理矢理火を起こそうとした犯人が、両手に薪を持ってカーラに突撃したってことでしょ。

悪意がありすぎるじゃない。

「ドルーがあなたを助けたのが出会いなのよね？」

エルダが尋ねると、カーラは顎に手を当てて首を傾げた。

「助けたことになるのかしら。私には全属性の精霊獣がいるのよ。ジョアンナだって二属性の精霊獣を連れているの。危険が近付いたら顕現して守ってくれるわよ」

「あああ、私としたことが、つい話に出てくる王道の出会いだと思って鵜呑みにしていたわ」

「エルダ、ちょっと黙ってて。そのお菓子食べていいから。カーラ、続けてくれる？　あ、ジョアンナさんもお菓子どうぞ」

クリスお兄様にほっこりした顔で微笑まれてしまったけど、深刻な話をするときほど、甘いお菓子を食べてほっとするのはいいと思うのよ。

「あの日は人が多くて、精霊の姿のままにして街を歩いていたの。でも歩いたのはほんのちょっとの距離よ。精霊車で出かけたんだから。そうしたら人混みの向こうで揉めている声がして、すぐに五人くらいの男が走り去って、ドルーだけが私のほうに歩いてきたのよ。知らない人だったから無視して歩き出そうとしたら慌てて駆け寄ってきて、危ないところでしたねって声をかけてきたの」

「何が危ないの？」

「彼らが私を襲う話をしていたから追い払ったって」

「……ないわー」

カーラの会話を聞いている私とクリスお兄様の表情は、たぶんそっくりだと思う。

もうね、馬鹿馬鹿しくて笑う気力も残っていないわよ。

本当に危険が迫っていたら、精霊獣が反応しないわけがないでしょう。

だいたい男ひとりに追い払われる五人の男のどこが危険なのよ。

「その男、精霊獣はいるの？」

「精霊もいないわ」

それで精霊獣の知識がなかったのね。

全属性の精霊獣を連れている女の子と二属性の精霊獣を連れた女の子のコンビのほうが、どう考えてもドルーより強いってわかってなかったんだな。

「駆け去った五人の男達も精霊を連れていなかったはずよ」

「彼女に手を出すと精霊獣に殺されるよって言って、男達を追い払ったのかな」

「ディア、それは私じゃなくて男達を助けたことにならない？」

それな。

全属性の精霊獣を連れているっていうことは、魔法が使える護衛を四人連れているようなものよ。

カーラは魔力が多い方だから範囲で攻撃だって出来ちゃうし、精霊獣は物理攻撃も出来るんだから、相手はカーラに近付くことも出来ないわよ。

カーラの精霊獣はね、九尾の狐の姿をしているのよ。

子供の頃にどんな精霊獣がいいか迷っていたカーラに、こんなのはどうって絵を描いてみせたら気に入ったの。かなり強そうに見えるんだから。

それに比べて、マメシバにしてしまったレックス、ごめん。

でも可愛いでしょ、マメシバ。

「だからね、いちおうお礼は言ったけど、まったく危なくないですよ、精霊獣がいるので。あなたのほうが五人も相手にしたら危ないので、無理しないでくださいねって話したのよ」

「あの、いいですか？」

「はい、ジョアンナさん。発言どうぞ」

突然エルダが真顔で言った。

推理大会という名目の集いだったのなら、お茶会の時にもエルダは、こうやって御令嬢に発言してもらっていたのかも。

書記もいたりして？

盛り上がりそうだわ。

「彼はカーラ様に馴れ馴れしくして、こんな可愛い子は女性だけで歩いていちゃ駄目だよって肩を抱こうとしたりして、精霊獣が警戒して顕現してしまって騒ぎになってしまったんです」

確かに馬鹿馬鹿しいわ。

むしろ迷惑をかけられたってことでしょう。

「でもドルーって確かに見た目はいいらしいのよ。騙されてしまう御令嬢が何人もいるくらいに。

カーラはまったく相手にしなかったのね」

「エルダはドルーに会ったことはないのよね」

「ないわ。でも御令嬢方が見た目は素敵だって言ってたから」

「私の周りにいる男の子達より素敵だと思う？　たとえば、ほら」

「……ああ」

カーラとエルダはクリスお兄様に視線を向けて、納得して頷きあっている。

高位貴族は奥さんを決める時に容姿も選べちゃうせいか、整った顔の人が多いのよね。

映画やテレビドラマと同じよ。

クラスの生徒が全員それなりに見た目のいい子ばかりだったり、友人が集まった時に全員が美男美女だったり。

そうなるともう麻痺してくるんだよね。

多少見た目がいいくらいでは驚かない。

「それに彼は、雰囲気が少しお父様に似ているの。だから顔を見るのも嫌で、その後もしつこくお手紙をいただいたけど、全部破り捨てちゃったわ」

「ドルーとしては、簡単にだませると思っていたんだろうな」

「でも予想外にカーラが相手にしてくれないせいで、無理に噂を広めなくてはいけなくなっちゃったのね」

エルダの言葉に私とカーラとジョアンナは、目を丸くして口を半開きで一瞬固まってしまった。

クリスお兄様は平然としていたから、そこまで全部わかっていたのね。

「誰から噂を聞いたかも調べたわよ。でも簡単すぎてすぐに答えが出てしまったわ。夜会の席で、ドルーが得意げにカーラと付き合っているって言いふらしていたそうよ」

「どうしてそんな」

最初からカーラの評判を落とすために近付いたってことか。

せっかく頑張っているカーラの邪魔をするなんて許せないわ。

「クリスお兄様、ドルーがなぜこんな噂を広めたのかわかっているんですよね」

「そうだね。カーラの証言もあるし、その場に同行していた子もいる。エルダが集めてくれた証言も役に立つ。犯人とドルーはすぐに処罰出来るから話しておこうか。聞けば納得の犯人だよ。噂と言えば？」

「まさか……フランセル」

カーラは驚いた表情で答えて、

「正解」

クリスお兄様の返事を聞いて、両手で顔を覆って背凭れに沈み込んだ。

今では、真実の愛なんて噂はでたらめで、フランセルはイーデン子爵家とヨハネス伯爵家に災いをもたらした悪女だと言われている。

しかもヨハネス伯爵はフランセルと別れて、新しい愛人と平和に暮らしている。

つまり、復讐か。

「あまり賢くない女が犯人で助かった。彼女の家にたびたびドルーが通っているので間違いない」

「フランセルに惚れたドルーが、言いなりになってあほなことをしでかしたってこと？」

「エルダ、私が言うのもなんだけど、言葉遣い」

「ホント、ディアには言われたくないわ。それにアホすぎて話にならないと思わない？」

「そうかな。エルダが動いてくれなかったら、噂はもっと広まっていたかもしれないわよ？」

「ないない。妖精姫を怒らせる勇気のある人間は、帝国にはいないわよ。それに、クリスが全部知っていたってことは、皇太子殿下も知っているしブレインも知っているのよ。もうフランセルもドルーも詰んでるの」

エルダの言い方はちょっとあれだけど、内容は正しい。

こんなことをして無事でいられるわけがないのに、何をしているのさ。

それともフランセルは、ヨハネス領内でやったことが皇都で通用すると思っているの？

皇族や私まで巻き込んでも、また自分を悲劇のヒロインに出来ると思っているのかな。

「フランセルは実家ごと爵位も領地も取り上げられ、ドルーは皇宮の仕事をクビになり、廃嫡される」

決定事項？

じゃあなんでクリスお兄様はカーラの話を聞いたの？

今の話は、カーラの処遇を決めるためだったの？

「こわ」

エルダが呟いた声に頷きそうになった。

クリスお兄様がこわいんじゃなくて、皇宮の動きの早さがこわい。

私やモニカに近い人間は、社交界で発言権が強まる代わりに、狙われる可能性も大きいってことよね。

そのせいでモニカや私にまで被害が及んではいけないから、噂話ひとつでもブレインが素早く動いているんだ。

「よかった。ノーランドのお世話になっているのに、迷惑をかけたらどうしようって思っていたの。モニカとも連絡を取ろうと思ったんだけど、忙しいのか話が出来なくて……」

「いや、それはこの件とは別の問題のせいだ。カーラ、全く非がないきみは気の毒だとは思うんだけど、それでもきみはヨハネス家の娘だ。きみのほうからモニカには連絡しないでくれ。ディアに対してもそうだ。今後は直接会いに来るのはやめてもらう」

「……え？」

クリスお兄様の冷たい言葉に驚いたカーラの表情を見て、大丈夫だよ、今までと変わらないよと言いたいけど、言える雰囲気じゃない。

どうやらこれから話す話題のほうが、本当に重要な問題らしい。

「私が話してもいい？」

「かまわないよ」

クリスお兄様が説明するだろうと思っていたんだけど、ブリス伯爵家が関わっている話だから自分が話したいと思ったのかな。

エルダが率先して話し始めた。

「ヨハネスが観光業にばかり力を入れて、領地をちゃんと治めていなかったって話があるじゃない？　軍の責任者がまともだったから沿岸警備は機能していたということで、今回はそれに関しては罪に問われていなくて、処罰がだいぶ甘くなっているでしょ。でも、うちとエドキンズ伯爵家にとっては、ニコデムスがディアを聖女にしようとしている時に警備を疎かにしているなんて許せることじゃないのよ。それで徹底的に調べたの。そしたら……外国人の乗った漁船が漂流していたことを報告しなかった馬鹿がいたのよ」

海に面している地域の多い帝国で、不法侵入を完全に防ぐことは不可能だ。

でもそれを出来る限り最小限にするために、多くの人達が昼夜問わず警備にあたってくれているというのに、その馬鹿は堂々と漂流してきた外国人を放置したというの？

「漁船の乗組員は四人。国籍は不明。発見者は彼らを保護し、村で唯一の宿に預けて村長にすぐに連絡したの。村長も急いでその地域を治める子爵に知らせたのよ。でもその子爵が面倒くさがったのか、たいした問題じゃないと思ったのか知らないけど、放置したんだって。その間に四人は姿を消してしまって行方不明よ」

エルダの説明を聞くうちに、室内の空気がどんどん重くなっていく。

フランセル達の計画は馬鹿らしくて笑うことも出来たけど、こちらはそうはいかない。

「付け加えると」

クリスお兄様が口を開くと嫌な予感がして心臓に悪い。

表情が変わらないせいで、どんな話かわからないから余計にドキドキする。

「その子爵は事の重大さに気付き、税金を横領して家族と国外逃亡を企てて、家族全員処刑された」

「え？」

処刑？

家族全員？

それも過去形？

「皇宮の動きの早さで、どれだけ神経質になっているかがわかるわね」

エルダは驚かないの？

確かに子爵は罪を犯したけど、子供まで処刑よ。

「ディア、これで少しは自分の立場を理解出来たかい？」

「私の立場？」

「妖精姫は、ある意味アンディより重要な立場にいるんだと自覚してくれ。精霊王を動かし、帝国、ルフタネン、ベジャイアの最高権力者を動かせる人間は他にはいない。それだけじゃない。その三国の貴族や平民でさえ、大多数がきみを特別な少女だと思っている。ニコデムスが動くまでもなく、きみはもう聖女みたいなものなんだ」

「……」

私がしてきたことが普通じゃないことは自覚していた。

でも決して力を悪い方向には使ってこなかったので、多少怖がられてはいたけど、感謝され、友好的に迎え入れられていた。

だから、問題ないと思っていた。

特別視されるのは好きじゃないけど、これだけ自由にやらせてもらっていれば充分だし。

「不法入国者はただの難民かもしれない。本当に漁師なのかもしれない。それでも、アンディとディアの両方に危険を及ぼす可能性のある人間を野放しにしたというのは、許せないことなんだ。そこまでしなくてもと思われるくらいの処罰を与えなくては、貴族達が納得しない。ルフタネンやベジャイアからも苦情が来るだろう」

「その前に、ベリサリオ、ブリス、エドキンズの領民が納得しないわよ。ディアは彼らにとっては大切なベリサリオのお姫様なのよ。その行方不明になったやつらが事件を起こしたら、ヨハネスや彼の周囲の貴族達は殺されかねないわよ」

家族や友人が私を動かすために利用される危険は考えていたけど、面識のない人達までが、妖精姫に特別な思いを持って、私のために喜んだり怒ったり、場合によっては武器を手にすることもあるなんてことまでは考えたことがなかった。

エルダに大袈裟だって言えたらいいんだけど、とても言えない。

ベリサリオで私の精霊車を見かけただけで、とても多くの人が手をふったり頭を下げたりしてくれるから。

ルフタネンでもベジャイアでも私は恩人だと思われている。

今回のことが広まったら、帝国に妖精姫を守る気はあるのかと大問題になるかもしれない。

「子爵はシュタルクの問題を知らなかったし、戴冠式前で警備を厳しくするように命令が出ていることも知らなかった。知っていなくてはいけないことを知らされていなかった責任はヨハネスにある」

正直、ヨハネスは自業自得過ぎてどうでもいい。

カーラとハミルトンが気の毒で、どうにかしてあげたくてもどかしかったけど……。

もしかして。

私が動くことでまた、私の知らない場所で、私の知らない人にまで影響が出たりするのかな。

「今は混乱を避けるために、この件はごく一部の人間しか知らされていない。きみ達も他言しないでくれ。戴冠式が終わり次第、改めてヨハネスは処罰を受けることになる。かなり厳しい処罰になると覚悟しておいたほうがいい」

「……はい」

意外なことにカーラは衝撃を受けた様子もなく、クリスお兄様の目をまっすぐに見てはっきりと返事をした。

そしてもっと意外なのは、クリスお兄様がそんなカーラに優しく笑いかけたことだ。

「そう悪いことばかりではないと思うよ。今、ノーランドできみに厳しい意見が多いのは、ヨハネスの処罰が軽かったせいだ。厳しい処罰が下れば、きみやハミルトンに同情する声が大きくなるだろう。バーソロミュー様が動きやすくなる」

「今でもとてもよくしていただいているのに、これ以上なんて望んだら罰が当たるわ。ディアやエルダに会えなくなるのは寂しいけど、私は大丈夫。今までありがとう」

「なに言っているのよ！」

エルダは勢い良く立ち上がり、カーラに駆け寄って両手を握り締めた。

「あなたはヨハネスの娘であると同時に、クラリッサ様の娘でもあるのよ。離婚したからもう関係ないなんて言わせるもんですか。それにディアやモニカに会えなくなっても、私まで会っちゃいけないわけじゃないわよ」

「駄目よ、エルダ。あなたももう侯爵令嬢になるの。自分の影響力に気付いて」

エルダとカーラの会話は聞こえていたけど、私は動けなかった。

私が関わることで、カーラに悪い影響が出るんじゃない？

他のお友達は身分の高い家の御令嬢だから、いつもしっかりと守ってもらえているけど、これからカーラはどうなるの？

「ディア？」

よっぽど情けない顔をしていたのか、心配そうにクリスお兄様が声をかけてくれた。

「カーラを守ってくれる人はいるんですか？　侍女だけじゃ心配です。処罰でヨハネスの身分が低くなっても、カーラが私の友人だってことは誰もが知っているんです。会えなくなっても危険は減らないですよね」

「きみ達はなんで今生の別れみたいな雰囲気になっているのかな？」

「だって」

「さっきクリスが連絡するなって言ったんじゃない」

まるでクリスお兄様からカーラを守るみたいに前に出ながらエルダが言ったので、私もうんうんと何度も頷いた。

「モニカに連絡しないでくれとは言ったよ。戴冠式が終われば、モニカは皇帝の婚約者だ。今までのように簡単に会えると思ってもらっては困る。ディアにも直接は会いに来るなとは言ったね」

「え？　つまり……直接でなければいいってことですか？」

「連絡を取る手段は、こちらで考える。ノーランドはカーラを守るために警護をつけると話していたから、彼らからノーランドに連絡をつけてもらえばいい。必要だと判断されたらノーランドからこちらに打診が来るだろう」

今までのように気軽には会えなくなるけど、会う方法はあるのか。

そもそも、身分が変わったカーラが私に会いたいと思うかどうかもわからない。

私が連絡すると、カーラの負担になることも考えないと。

「今のカーラはしっかりと自分を持っている。それなら会わせても問題ないと判断した。以前の、留学生と親しくなって帝国から逃げ出そうとしていたカーラのままだったら許可しなかったよ」

「フランセルがドルーを使ったのも、カーラが甘える相手欲しさに引っかかると思っていたのかもしれないわね。確かにこれからは、モニカやディアは慎重に行動しないとだめね。でも私は……」

「エルダ、落ち着いてよく考えてくれ。この先ヨハネスの処遇が決まってカーラの身分が低くなっても、ディアやエルダが友人として親しくしているのを他の令嬢に見られた時に、どう思われる？　贔屓だ。特別扱いだと騒がれた時、立場が悪くなるのはカーラだ」

「うっ……」

言い返せなくて、エルダはその場にぺたんと座り込んだ。

「こんなのってある？　他の子はみんな幸せな生活を送れているのに、なんでカーラばかりつらい目に遭わなくちゃいけないの？」

全部まるっと両親のせいよ。

父親も許せないけど、クラリッサだって問題大ありだっていうのに、ノーランドに帰ってのんびり過ごしているんでしょ？

子供達のことはほったらかしだよ？

バーソロミュー夫妻は娘に甘すぎるわよ。

ずるい気がして、出来るだけウィキくんに頼らないようにしてきたけど、今回ばかりはそうはいかないわ。

それだけじゃなくて、私も情報を集める方法を探さないと。

気付くのがもっと早ければなんて後悔はしたくないもの。

ウィキくんにも言い分があるに違いない

友人達が帰宅した後、皇都での住居を精霊の森の屋敷に移すという私の提案を両親に話すため、クリスお兄様はベリサリオに戻った。

私も一緒に行こうと誘われたんだけど、家族全員が移動するとなると、それぞれの執事や侍女も移動になるでしょ。かなりの人数なので準備がいるのよ。

それで私は、ひとりで精霊の森の屋敷に帰ってきた。

「明日から忙しくなると思うけどよろしくね」

「おまかせください」

「少し疲れたから私は部屋で休むわ。夕食までちょっと寝るかも。よほどのことがない限り、誰も通さないで」

「ディア様は働きすぎです」

「部屋でのんびりしていただきましょう。私達は明日の準備をしないとね」

心配そうに言うリュイの肩をジェマが叩き、一礼してふたりは私室を出て行った。

家族が移動してくることは、ちゃんと屋敷の人達に話したので、私の役目は終わりなのだ。

実際に準備するのは彼らで、私が動き回ったらむしろ邪魔だからね。

クリスお兄様もその辺りは承知のうえで、私がひとりになりたいんだと察してくれたんだと思う。

カーラのことで落ち込んでいるかもしれないと思っているのかも。

落ち込んでいるよ？

でもそれより、これからどうするかが重要よ。

「あなた達ものんびりしてて。ただ、部屋に誰か近付いてきたら教えてね」

精霊獣達に声をかけて寝室に入り、ベッドに上がって天幕をしっかりと閉じる。

うつ伏せに寝転がってウィキくんを開いていたら、頭の上にリヴァが乗り、一緒にウィキくんを

覗き込んできた。

「えーっと、まずは漁船が漂流した村について……ジン、重いから背中に乗らないで」

『リヴァも乗ってる』

「リヴァは軽いのよ」

『精霊獣は重くない』

ウソつけ。

イフリーに乗られたら潰れるわ。

『じゃあ精霊形になる』

「それならいいわ。でも顔の前でうろうろしないで」

なぜか張り合っているリヴァとジンを片手で横に退けながら、ウィキくんの続きを読み始めた。

「うーん。聞いた話以上のことはわからないなあ。四人が村を出てどこに行ったかは、どうやって調べればいいんだろう」

船や乗組員の名前がわかっていれば調べられるのかもしれない。

エルダに聞けばわかるかな。

うちの家族に聞くと、なぜ知りたいのか問い詰められそうだもん。

「ウィキくんって絶妙に使いにくい気がする。私が活用出来ていないだけ？」

そんな便利なものはくれないよね。

ウィキくんだって、かなりのチートだ。これ以上我儘は言えないわ。

次は、ドルーについて調べておこうかな。

ストーニー伯爵家はノーランドとコルケットに挟まれた地域の一部に領地を持つ……か。

面積は小さいけど、この辺りは農業の盛んな地域よね。

「ストーニー伯爵は領地運営を任せきりにして、皇都で生活している。民族の違う辺境伯家と付き合うことを拒み、バントック派の貴族にすり寄っていた。しかし毒殺事件によりバントック派の中心人物たちは全員死亡。辺境伯家が力をつけてきたため、仕方なく彼らに近付こうとしたが相手にされず、立場が弱くなっている」

バントック派の残党か。

第二皇子の茶会に呼ばれるほどの力はなかったおかげで、生き延びた人達だ。

彼らの中には今でも、辺境伯家が力を持つことが許せず、第二皇子を中心に結束しようとしている者達がいる。

ただ、第二皇子が全く相手にしていないのよね。兄貴大好きだから。

あの時バントック派を殺したのはジーン様で、私の友人達に毒を盛ったのがニコデムスだった。

妖精姫が力を持つことが許せなかったバントック派のせいで、皇宮内部にニコデムスが入り込んでいたんだ。

あの後、ニコデムス教禁止令が発令されて、皇宮で働く全員の身元が確認されたはずなんだけど、追及される前に皇宮から姿を消した人間が何人かいた。

彼らはおそらくニコデムス教徒で、今でも皇都に潜伏している可能性がある。

それとも豊かになった帝国を見て、もうニコデムスなんてやめてやる……とはならないよな。宗教ってむずかしい。

特に仲間が殺されていたりしたら、そう簡単に改宗なんてしないでしょう。

「うーーん。カーラに声をかけて失敗したことは書いてあっても、本当はどういう計画だったかは書いていないのね。これからどうする気かなんて未来のことまで書いてあるわけないし」

現在進行形のことも、目的が何か書いてある時とない時があるからわかりにくい。調べている相手が何もわからないままに動いていると、何も書いてないんだよな。

もっと上手な調べ方があるのかもしれないけど、たまにしか見ないから使いこなせないままになっている。

転生チートを使って最強って私には向いてなくて、神様も違うものにすればよかったと後悔していたりして。

レシピを確認したり、作物に適した気候を調べたりするのはうまいんだよ？

あとは今流行りのお菓子を調べたり……食べ物関連ばかりだな。

くだらないことを考えてないで、真面目に調べよう。

ドルーもフランセルに惚れて、彼女に言われるままに動いていたみたいで、詳しいことは何も書いていない。

じゃあフランセルはというと、これがまたよくわからない。

本来は噂目的じゃなくて、ドルーと関係を持たせてカーラの弱みを掴んで、私に紹介させようと思っていたみたいなのよね。

知り合いになったら、きっと妖精姫はカーラより自分を気に入るとフランセルは思っていたみたい。

その自信はどこからくるんだろう。

カーラやハミルトンに怖いと言わせる異常性がある人だから、理解しようとするのが無理なのかな。

「問題は、どこでドルーと知り合ったかね。フランセルも今は皇都に住んでいるのか。えーっと、フランセルには子供の頃から傍にいる侍女がいて、その子が道に迷った時に助けたのがストーニー伯爵家の従者だった」

名前がガス・クレーンプットか。

シュタルク人みーつけた。

帝国に来てもう八年で、ニコデムスとは書いていない。

限りなく黒に近いグレイだな。

そもそもカーラの評判を落としたからって、どうなるっていうの？

まさか彼らまで、私がフランセルと仲良くなって、彼女のために動くなんて思っていないわよね。

「うーーん。わからん。ひとまず保留！　シュタルクはどうなっているのかな？　精霊出稼ぎ？　なんだそりゃ。農民は精霊を地方で育てながら出稼ぎし、月に一度精霊を連れて王都に戻る？　そうして魔力を放出させ、力を使い切ってしまう前にまた地方に戻す」

こいつら、精霊を充電器扱いしてるの?!

それで王都に魔力が戻るって？

そんなわけあるかい！

「精霊に愛着がわき、家族全員で地方に移り住む農民が続出。地方の産業が盛んになっている。すごいな、精霊。ベジャイアでもオジサンたちを虜にして、シュタルクでは精霊のために引っ越す人が出ているよ」

『当然だ』

『精霊はかわいいからな』

リヴァとジンが私の背中でまったりしながら威張っている。けど、背中にいるので何をしているのかは見えない。

たぶん得意げに胸を張っているんだろう。

「アルデルトは安い大量生産の服を売ることに成功。出稼ぎで稼いだ農民が、こぞって新しい服を買っている」

へえ、あの男はただのストーカーじゃなかったんだ。

商売人の才能があったのね。

「シュタルクは駄目ね」

精霊にも感情があるということを無視して、道具としてしか見ていない。

農民達のことだって利用しようとしか考えていないから、領地を捨てて引っ越すんじゃないの？

人間はそう簡単には変わらない。

カーラのこともニコデムスのことも、解決の糸口さえ掴めない。

でも私の影響力はどんどん強まって、みんなが私を注目している。

お友達として付き合えるのは、警護をいつも連れていられるか強い精霊獣がいて自分の身を守れる子じゃないと駄目だ。

誰と仲良くなろうと私の自由のはずなのに、釣り合わないと周りが判断したら、相手の子が妬まれてしまう。

自由でいたいから皇族には嫁がないと決めたのに、結局は動きにくくなってしまった。

「うん。暗くなるから気分転換しよう」

まだ私の背中でもめていたリヴァとジンが落ちるのもかまわず起き上がり、ベッドの頭側にある壁の前に座り込んだ。

「どこに行こうかな。ひとりになれる場所がいいな」

しゃがんでギリギリ通れるくらいの小さな円を魔法で壁に描き、ぽんと人差し指で円の中心を押したら、その部分だけ壁が消え、緑色の草の絨毯が見えた。

「このくらいの大きさがあれば、しゃがんで通れるわね」

『ディア、どこに行くんだ』

「ルフタネン。空間を開いたままにしておくから、ガイアは留守番して誰か来たら知らせて」

ジンとの会話を聞きつけてベッドの上に乗ってきたガイアに言うと、寂しそうに頭を下げてベッドの上に座り込んだ。

いけない。精霊獣の中で一番聞きわけがいいから、ついガイアにこういう役目を頼んでしまう。

「開いた空間のすぐ外から動かないから、顔を出していてもいいわよ」

『……うん』

「ごめんね。今夜は一緒に寝ようね」

『僕だけ？』

「うんうん。ガイアだけ」

『だったらいい』

これで元気になってくれるなんて可愛すぎるだろー。

見た目はいかついからギャップ萌えよ。

「よし、これで通れる」

『僕が先に行く』

ジンとリヴァが先に壁に開けた穴を抜け、その後に私が抜けて、最後にイフリーがいったん精霊形になって追いかけてきた。

「風が気持ちいいね」

この草原に来るのは囮になった時以来だ。

潮の香りのする心地いい風も夕日に染まる町並みも、あの日と変わらない。

遠くに見える海は夕日を反射して輝いて、白い壁のルフタネン風の建物がオレンジ色に染まっている。

『あまりゆっくりは出来ないぞ』

足元に寝そべったイフリーが、のっそりと顔をあげた。

彼の背にはいつものようにジンが座り、リヴァがふよふよと浮いている。

イフリーのすぐ横に開いている小さな穴から、ガイアが顔だけ出しているのがなんとも不思議な光景だ。

『カミルを呼ばないのか?』

「彼は忙しいでしょう」

リヴァに聞かれて答えると、ジンが羽をばたつかせて私の顔の高さまで飛んできた。

『前もカミルに呼んでって言われたのに、また呼ばないの? 悲し……あ』

ジンがはっとして振り返ったので私も釣られて振り返ったら、誰もいなかったはずの草原に、白いシャツ姿のカミルが肩にシロにそっくりのモフモフを乗せて立っていた。

「本当にディアがいた。すごいなクロ」

『当然です。僕はモアナ様の精霊獣ですから』

茶色いのにクロなの? とか、モアナの精霊獣の性格と瑠璃の精霊獣の性格が間違っていないかとか、いろいろ突っ込みたかったけど、それよりも、私が転移してルフタネンに来たことを、こんなに短時間で知られてしまうってどうなの。

精霊王の精霊獣達は優秀すぎでしょう。

「また連絡しないつもりだったのか」

部屋で寛いでいたのかもしれない。

髪も整えていないし、シャツも着崩れている。

「すぐに帰らないといけないの。ほんの短時間だから」

「それでも会いたい」

カミルが近付いて来ると精霊獣達がさっさと避けてくれちゃって、少し離れた位置にずらっと並んだ。

ひとりになりたいと思っていたはずなのに、こうして会えるとやっぱり嬉しいんだけど、精霊獣達の視線がめっちゃ気になる。

「それは……私も」

「え？」

「でも、ちょっとひとりになりたかったのよ」

肝心なところだけ聞き逃さないでよ。

顔が赤くなっていそうで、慌てて両手で頬を覆って俯いたのに、わざわざ膝に手を当てて身を屈めて、覗き込んでくるのはやめてもらえませんかね。

「時間がなくても顔ぐらいみせてほしいな。せっかくの癒しなんだから。それで？　何かあった？

話せる内容なら聞くぞ」

なんだこのスパダリ感。

カミルってこういうやつだっけ？

年下のまだ十代の男の子と恋愛なんて出来ないと言っていた、以前の私に聞かせてやりたい。

精神年齢、どんどん退化して問題なくなるぞって。

いや、もしかして元々精神年齢は低かったのかも。

「ディア？」

「ちょっと息苦しくなっただけ。妖精姫って特別な存在になりすぎちゃって、何をするにも影響力が大きすぎて窮屈だなって」

「今更気付いたのかよ！　って、いてえ」

この状況でその突っ込みはいらないのよって、思わずカミルのおでこをぺしっとやってしまった。

力は入れていないから、大袈裟に痛がっているだけよ。

その証拠に笑っているんだから。

「皇太子殿下がベリサリオに来て、ひとりで海を眺めている気持ちがわかる気がしたわ」

「俺もわかるよ。だから短時間でもディアに会いに行っていただろ？」

すぐ隣で笑っているカミルが眩しいのは、夕日のせいだけじゃない。

また背が高くなった気がする。

骨格も前よりがっちりして、肩幅が広くなって逞しくなっている。

しっかりしろ自分。

こんなことで落ち込んでいると置いていかれちゃうぞ。

「あなたの顔を見たから、少し元気になったわ」

「少し？　それじゃ足りないだろ」

カミルは笑顔で両手を広げた。

「え？　何？」

「誰もいないんだから、そんなに恥ずかしがらなくてもいいだろ」

「精霊獣がいるじゃない」

言われて初めて気付いたみたいに、カミルは仲良く並んで見物している精霊獣達に目を遣り、穴から顔だけ出しているガイアを見て、笑いながら私に視線を戻した。

「精霊獣はいつもいる。慣れるしかない」

「それはそうだけども」

「彼らは気にしない」

『気にしない』

『うんうん』

今答えたのはどいつよ。

気にしないいなら注目していないで、適当に遊んでなさいよ。

「しょうがないな」

私を待っていたら時間が無くなると思ったのか、精霊獣を睨んでいる私を、カミルは横から包み込むように抱きしめた。

「やっぱり癒されるなあ。最近また忙しくて」

「私が癒しになっているじゃない」

「ディアは？　癒されない？」

いまだにドキドキして緊張しちゃうので、癒しとは違うな。

「なんというか……照れる」

「ぶふっ」

人の顔の横で噴き出して笑い出すってどうなの。

でも元気が出た。

今更自分の影響力にびびっているなんて、情けないことをしている場合じゃないわよ。

「ところで、あのクロだっけ？　モアナの精霊獣はカミルの身を守るために借りたの？」

『違いますー。僕は王子様をお守りするんです』

ふよふよ浮かびながら耳を揺らして話す様子はシロにそっくりね。

水の精霊王の精霊獣は、みんな同じ見た目なのかな。

「国王夫妻が戴冠式に出席するために国を留守にする間、クロが王子を護衛しながら留守番することになったんだ。モアナも傍にいる気でいるらしいから安心だよ」

「そうなのね。カミルも出席するのよね」

「俺は戴冠式だけで、その後の夜会や政治的な会議には出席しないよ。ベリサリオも忙しいだろ？　だから祝い事で客が多い間はずっと、ディアの護衛をするつもりだ」

「ええ?!」

「もうベリサリオに伝えてあるのに、クリスは何も言ってなかったのか？」

「知らないし聞いてないわよ」

どうしてそういう重要な話を、男達だけで決めるのよ。

まずは私に相談するべきでしょう。

「きみのベジャイアでの活躍を聞いたのか、シュタルクの動きが活発になっている。他国も次は自分の国に来てほしくて、きみとの会談を望んでいるんだろう？」

「ええ。家族の誰かと一緒でなければ会う気はないけど」

「俺も同席する。婚約者なんだから、その権利はあるはずだ」

「そんな心配しなくても」

「心配しないわけがないだろう。きみは面白そうなことがあると、すぐに突っ走るんだ。ちょっと出かけてくるって外国に行こうとしたら、力ずくで止めるやつが必要だ」

あ、そっちの心配か。

おかしいな。いちおう考えて行動しているはずなのに、危なっかしく見えるのかな。

「それで？　俺には話せない内容なのか？」

「そうじゃなくて……怒らないで聞いてくれる？」

「怒る？　きみを？」

「私じゃないわよ。国籍不明の漁船が流れ着いて、その乗組員が帝国内に入り込んだのを報告しなかったやつがいて……」

「なんだと」

うわ、目つきわる！　怒らないでって言ったのに。

暗闇で会ったら、殺されると思って気の弱い女性なら気絶するわよ。

「その責任者が私のお友達の父親で、戴冠式の後で処罰を受けるのよ」

「そっちはどうでもいい。問題は侵入したやつらだろう」

「どうでもよくないの。お友達の立場が」

「ディア、友達思いなのはきみのいいところだとは思う。でも、きみを心配する人達の気持ちもわかってほしい。きみは強いけど、傷つかないわけじゃない。きみが窮屈に感じるしがらみは、きみを愛している人達の想いなんじゃないのか？　ずっと前、そんな話をしたことがあるよな」

「……そうだったね」

大事な人が増えて守りたいものが増えれば、その分しがらみは多くなる。

私はいつも多くの人に大事にされて守られている。

でもカーラは？

ちゃんと守ってもらえるの？

「皇太子婚約者のモニカ嬢は、おそらく人間関係の整理をしているだろう。どんなに親しかったとしても未来の皇妃に相応しくないと判断された相手には会えなくなる。そのまま付き合っていると、権力を求める者に利用される危険があるからだ」

「私のためにお友達が利用される危険があるのはわかっているわよ。だから身分の高い、守ってもらえる子じゃないと付き合えない」

「それに逆の立場になったら、昔の友人と付き合うのは精神的にきついと思わないか？」

……そうかも。

婚約したとか、スザンナやパティと姉妹になるなんて話を、カーラはどんな気持ちで聞いていたんだろう。

ひとりだけ置いていかれたような気持ちになるよね。

エルダやエセルはやりたいことが見つかって、新しい友人が増えている。

カーラだって新しい友達のほうがいいのかもしれない。

「だから、本当に手助けが必要な時以外は遠くから見守る方がいい」

「え？」

「きみがそこまで心配する友人なんだ。シスコンの兄貴達が何か手を打っているんじゃないのか？」

「あ！」

そうよ。

クリスお兄様は、もうすでに前からカーラの置かれた状況をわかっていたはずだもん。

何も手を打っていないはずないわ。

「ありがとうカミル！　クリスお兄様と話してみる！」

「元気が出たようでよかった。このまま夕飯でも……」

『ディア、誰か来る。たぶんクリス』

「さすがクリスお兄様。ポップするタイミングもばっちりだわ」

「ポップ？」

お礼の意味も込めて、背伸びしてカミルの頬に軽くキスをして、

「え?!」

彼が驚いているうちに、腕をすり抜けて空間を繋ぐ穴に潜り込んだ。

「ディア！　それはずるいだろ！」

空間が閉まる直前にカミルの声が聞こえてきた。

次に会う時に文句を言われそうだわ。

でも今はクリスお兄様と話すのが先よ。

ベッドから飛び降りて、慌てて室内履きに足を突っ込んで、歩きながら爪先を床に当てて、踵は踏んだままでドアを開けた。

「おや」

寝室から顔を出した時、クリスお兄様はジェマと話をしているところだった。

「クリスお兄様、お話があります」

「やっぱり？」

にっこり笑顔で答えるところを見ると、私がノーランド経由でしかカーラと連絡が取れないことに、文句を言うのをわかっていたな。

「ベリサリオからもカーラに誰かつけてください。そして直接……か、クリスお兄様と同時に、私にも報告をしてもらいたいです」

「僕からきみに知らせるよ」

「いいえ。それなら瑠璃に頼みます」

「ディア」

「私を信用してください。何かあったら必ず家族に相談します」

腕を組んで扉に寄りかかり、クリスお兄様はじっと私の顔を見つめて何か思案しているようだ。

その脳みそを開いて、何を考えているか一度見せてほしいわ。

「もしきみが勝手に動いたら、家族の仲が壊れてしまうくらいに重要な話だよ?」

「わかっています。というか、今まで勝手なことして危ない目に遭ったことなんてないじゃないですか! むしろ私は、巻き込まれている立場ですよ」

「……そうか」

「そうです!」

「わかった。夕食の席で改めて話そう」

満足げに頷いて部屋を出て行くクリスお兄様を見送って、ため息をついてその場にしゃがみこんだ。

「ディア様?」

「大丈夫よ、ジェマ。お茶を淹れてくれる?」

クリスお兄様が手を打ってないはずがなかったのに、カミルに言われるまで気付かないなんて、カーラの話がショックで視野が狭くなっていた。

つか、わかりにくいわ!

カーラと私が接触しないように手を打ってるかと思ったわよ。

でもそうじゃなかったってことは、私を信用してくれているんだ。

それを忘れずに行動しなくちゃ。

長い戴冠式の一日

戴冠式の日の妖精姫の朝は早い。

まだ夜が明けないうちに起こされ、湯浴みから始まってお手入れのフルコース。

風呂でうとうとしておぼれそうになったわよ。

朝から晩までスケジュールが詰まっていて、食事は着替えながら軽食を摘むだけ。

今日一日の過密スケジュールを考えると、あまり食べない方が胃に優しい気がするからいいんだけど、チョコでエネルギーを補給出来るように持ち歩くことにしたわ。

本日最初の予定は、精霊の森の奥に皇太子と一緒に行って、精霊王と面会することよ。

歴代の皇帝がこなしてきた戴冠式にはなかった儀式が増えるということで、運営スタッフもブレインもだいぶ心配しているみたいだ。

「どうなるかと思いましたけど、不思議な感じがしていいかもしれませんね」

「丈は大丈夫ですか？　リボンはきつくありませんか？」

妖精姫らしい儀式用の礼服なんて誰もわからないでしょ？

つまり何を着てもかまわないってことよ。

魔法が使えるファンタジーの世界にいるんだから、ゲームキャラが着るようなローブっぽいものを一度は着てみたいと思っていたのよ。

内側に着ている淡いブルーのドレスは、今は膨らませないでそのままで、上から魔道士キャラが着るような、襟が高くて青と紫と白でまとめた上着を羽織った。

皇太子とモニカが赤と金色を使ったペアルックにするはずだから、色が被らないようにしないとね。

「ヒールがいいかケアルがいいか迷うところね」

意味なく杖をベルトに挟んで、気分は大魔道士よ。

かたっ苦しい戴冠式の間、お人形のようにじっとして微笑んでいないといけないんだから、このくらいは楽しませてよ。

準備万端出来上がり、お父様と一緒に皇太子と待ち合わせている場所に向かった。

空は晴れ渡っていて、森の緑が鮮やかに見える。

戴冠式なんて大舞台に遭遇して、重要な役割をする機会なんて二度とないかもしれないから、気合を入れて精霊車を降りたのに、皇太子はいつも通りの普段皇宮で着ている服装で待っていた。

「なんで?!」

「開口一番なんなんだ」

「今日は重要な日じゃないですか。なんで普段着なんですか」

それよりも皇太子を待たせたことを謝るべきではと途中で気付いたけど、約束の時間よりちゃんと早く到着しているんだもん。それ以上早く来ている皇太子が悪いわよ。

「これが普段着って、どれだけ贅沢しているんだ」

「そうじゃなくて、もっとこう皇帝！　って服装があるじゃないですか！」

私が文句を言う様子を、他の人達は微笑ましそうに見ている。

なにしろこの場には、お父様とブレイン代表のクリスお兄様、皇太子の側近、そしてパオロと近衛騎士が三人だけしかいない。

あれ？

皇太子の警護をする近衛の人達はいつも決まっているから、すっかり顔見知りなのよ。

「モニカ様は？」

「まだ正式な婚約者ではないし、こんな早朝では女性は準備が大変だろう」

「は？　私も女性ですけど？」

「おまえは参加しないわけにはいかないだろう」

そういえばお母様も、まだ準備している途中だからと屋敷で見送ってくれただけだ。

ここにいるのは私以外全員男ばかりよ。

「その服こそなんなんだ？　ドレスでもないし」

「素敵でしょう」

「……そうだな。なあ、クリス」

「ディアは何を着ても可愛いです」

「本当におまえはぶれないな」

クリスお兄様とにっこりと笑い合って、パオロの後ろに控えているアランお兄様にも笑顔で小さく手を振った。

私と皇太子が精霊王と会っている間ここで待っているだけだから、年配のブレインの人達や女性が不参加なのは仕方ないか。

「では行こうか」

「はい」

「王冠は持ってきているんだろうな」

「ここに入れっぱなしだから大丈夫ですよ」

バングルを笑顔で見せたら、皇太子は口をへの字に曲げて何か言いたげな顔になった。

国宝クラスの王冠だってわかっているから、ちゃんと大事に扱っているわよ。

袋に入れて持つわけにいかないし、クッションのはいった箱に入れたら重くて持っていられないんだから不満そうな顔をしないで。

精霊の森の中央には真冬でも花が咲いている草原があって、そこが琥珀の住居へ繋がっているらしい。

いつも精霊王が屋敷に迎えに来てくれちゃうから、私も行くのは初めてだ。

森の奥は精霊車が通れるような広い道はないし、精霊王の許可を得た人以外は入れないので、皇太子と私とふたりだけで十分くらい徒歩で行くことになっている。

でもそのほうが、皇帝になるための儀式っぽいよね。

「ようやくここまで来たな」

歩き始めてしばらくして、皇太子が話し始めたから隣を見たけど、身長差のせいで胸しか見えない。

ぐっと上を向いて顔を見上げたら、ひとりごとだったのか皇太子は前を向いていたので、私も転ばないように進行方向に顔を向けた。

「ひとつの区切りでもあるし、おまえにちゃんと礼を言っておこうと思っていたんだが」

今度はひとりごとじゃないわね。

「おまえが嫁に行く時でいいような気がしてきた」

やめて。

余計なことを言って、フラグをたてようとしないで。

「私は私の生きたいように生きてきたので、殿下に礼を言われる覚えがありません」

「そうかもしれないが……いや、そうだな。おまえはおまえらしくしていた方が見ていて楽しい」

「そういうことをよく言われるんですけど、私の何が楽しいんでしょうか」

「今日だってまた、新しい服装をしてきたじゃないか」

「これね、優れモノなんですよ。パニエで膨らませられるし、ウエストで丈を調節出来るんです。見てください。このリボンを」

「見せるな。上着をまくるな。自分が妖精姫だということを忘れるな」

「そんな飛びのいて逃げなくたって」

朝からもう疲れた顔をしているけど大丈夫？

思いっきりため息をつかないでくれないかな。

「黙って微笑んでいれば絶世の美少女なんだがな」

「喋ったって顔は変わりません。あと十年したら傾国の美姫になっているかもしれないですよ」

「おまえの場合、腕力で傾国しそうだ」

「ですから、腕力は他の御令嬢と変わらないんです」

「魔法で強化出来るだろう」

「そんなことをするくらいなら、魔法ぶっぱした方が手っ取り早いじゃないですか」

つか、他の令嬢だって魔法が使えるんだから条件は同じでしょう。

私ばかりをゴリラ扱いするのはやめてもらえないかな。

因みに、この世界にゴリラはいないとウィキくんには書いてあった。

「やめろ。相手をひとり倒すために魔法を使うのは禁止だ。あたり一面が焦土と化したらどうする」

「おかしい。私のイメージがおかしすぎる」

いつ私がそんな無茶苦茶なことをしたの。

この男の頭の中で、私はどんな人間になっているんだ。

いや、そもそも人間の括りに入れられているのか？

『その会話はいつまで続くの？　楽しいから聞いていていてもいいけど』

前方上空に光の球が出現して、見る見るうちに大きくなって、見えないソファーに寛いでいるいつものポーズで琥珀が現れた。

「迎えに来てくれたの？」

『十分も歩く必要ないでしょ？』

背後を振り返ってみたら、もう見送りの人達は見えなくなっていた。

これなら迎えに来てもらったってばれないね。

「でもみんなには歩いたことにしておいて。そのほうが儀式っぽいというか、いや、何があったかは秘密にした方が謎めいていていいかもしれないわね」

こういうのは演出が大事よね。

皇帝しか知らないことがあるって、特別感がでるでしょ。

『そのあたりはまかせるわ。それとも本当に歩く？』

「皇太子殿下は歩くかもしれませんけど」

「時間は有効に使おう」

普段運動不足なんじゃないの？

椅子にずっと座った生活は駄目だって、私は身をもって立証しているんだから運動はしたほうがいいよ。

『どんな所か聞かれてもいいように、いちおう森の中心には行きましょう』

「ありがとうございます」

「森の中心だけ木がなくて草原なんでしょう？　おへそみたいね」

「……行きましょうか」

スルーしないでよ。

琥珀も笑ってないで、何か言ってくれてもいいじゃない。

皇太子の私の扱いが雑過ぎる件。

クリスお兄様に言いつけてやるからね。

「うわあ」

おへそって言ってごめんなさい。

琥珀が一瞬で連れていってくれたのは、私達が歩いていた道が森を抜けて草原にぶつかる場所だった。

草原というより、正確には花畑だ。

青い花が一面に咲き乱れていて、ところどころ白い花が交じっているのが絨毯の模様のよう。

細い道は草原の中央まで続いていて、そこに小さな建物が建っていた。

「あそこが入り口？」

『そうよ』

アプリコット色の建物は六角形になっていて、道の突き当たりに建っている。

階段を五段上がったところにある扉には、梟《ふくろう》の形をしたノッカーがついていた。

「あるとやりたくなるのよね」

取っ手を掴んでコンコンと音をさせてから扉を開けるとそこは、何も置かれていないテラコッタの床の部屋になっていた。

「あの扉の先が琥珀の住居なの？」

「今回は相手が精霊王だからいいが、普段はもう少し慎重に行動しろよ」

慎重に行動って？

兵士が犯罪者を追い詰める時のように、扉を一気に開けて武器を構えるとか？

それとも少しだけ開けて、隙間から覗き込むとか？

どっちも怪しくない？

「精霊王達が待っているのに何を言っているんですか」

「だったら、そこでしゃがんで床を叩いてないで、さっさと扉を開けろ」

「本物なのかなって気になりません？」

「今重要なのはそこじゃない」

だって気にならない？

建物は手入れされて綺麗だけど、年季が入っているのよ。新築じゃないの。

ってことは、森が人間に荒らされる前からこの場所に建っていたのかもしれないじゃない？

貴族の屋敷が建てられたのは森の外側ばかりだから、中心部分は手つかずで、人間達は草原も建物も存在に気付かなかったんだ。

精霊王達はずっと、人間と精霊が共存できる世界を望んでいた。

いずれ今回みたいに、人間の代表がこの場所に訪れる時が来ても平気なように、ずっと前に用意してくれていたんだとしたら……。

今回こうして、皇太子を連れて来られてよかった。

「おはようございまーす！」

元気よく扉を開けたら、そこにも草原が広がっていた。

雲ひとつない空と、土がむき出しの道の両側に広がる緑の草原。左右は地平線が見えちゃうくらいに何もない。

前方はるか遠くに森が見えるけど、歩くと何時間かかるだろう。

『まっすぐ歩いて。あなたの魔法と同じで空間を開いて繋げているから、途中で以前来たことがある水路のあるテラスに出るわ』

「びっくりした。あの森まで行くのかと思った」

「イフリーに乗る気だっただろう」

「当然ですよ。歩いたら大変ですよ」

『いいコンビではあるんだな』

待ちくたびれたのか、瑠璃まで来てくれてしまった。

座った状態で浮いている琥珀の隣に、腕を組んで立っている瑠璃が浮かんでいる。

琥珀は見えない椅子に座っているのか、ポーズをとっているだけなのか、今度聞いてみよう。

『めんどうだから、このまま連れていってしまおう』

『そのめんどうさが重要だっていディアが言っていたのよ。手順を踏むのが儀式なんですって』

『人間は妙なことにこだわるな』

一瞬で私達の背後に移動して、瑠璃はひょいっと、私だけでなく皇太子の腰にまで手を回して抱え上げた。

もう十八になったでかい男が、片腕で抱えられるのは気の毒よ。

文句を言えなくて情けない顔になっている。

しかも次の瞬間には、翡翠と蘇芳が待っていたテラスに置かれたソファーセットの横に移動しちゃったから、抱えられている姿をみんなに見られてしまった。

その人、今日からアゼリア帝国の皇帝なのよ。

荷物扱いはやめてあげようよ。

私？

同じく手荷物扱いだけど、いつもこんなもんさ。

床に下ろす時には気を使ってくれたので、ドレスと髪を整えてから皇太子の方を見たら、同じように髪を整えて襟を正していた。

情けない姿を見られて気まずい雰囲気になっているのは私達だけで、精霊王達はいつもどおり、親戚のような雰囲気で座っている。

『とうとう戴冠式ね』

『初めて会った時にはこんなに小さかったのにな』

琥珀と蘇芳がしみじみと話しているけど、蘇芳が手で示した身長は低すぎだ。

初めて会ったのは私が四歳の時だから、皇太子はもう九歳だったのよ。

待って。九歳か。

マジか。まだ子供じゃない。それなのにあんな堂々としていたのか。

今思うとすごいな。

「「「………」」」

私と皇太子は並んで立っていて、精霊王達は思い思いの場所に腰を下ろして、雑談が終わって間が空いて、ふと気付いたら沈黙したまま みんなが私を見ていた。

あ、進行役がいないのか。

私か？　私の仕事なのか？

「えーー、本日はお日柄もよく」

こういう時は何をどう言えばいいの？

何も用意してこなかった。

「この良き日に、めでたく皇太子殿下が戴冠式を迎えられる運びとなりました。これもひとえに皆様の……」

『ディア……ディア』

囁き声で翡翠に名前を呼ばれ、口を閉じて視線を向けた。

『いつもどおりでいいわよ。私達しかいないんだから』

『そうそう。何を言ってるのかわからなくなっているぞ』

蘇芳なんてにやにやしてる。

「普段通り……。では皇太子殿下に挨拶と、今後の抱負なんかを話してもらいましょう」

「もうぶん投げるのか」

だってよく考えたら、私は皇太子と精霊王を対面させたら仕事終わりでしょ。

あとは王冠の運び係よ。

「殿下のための集会ですから」

「集会って言うな」

みんなに報告する時には、皇帝だけが知るべき儀式なので詳しくは話せないのよって言おう。

適当にやりましたとは言えない……なんて思っていたら、皇太子がさっとその場に跪いた。

やばい。

この跪きの勢力範囲から外れよう。

私にまで跪いたことになってはいけない。

「初めて精霊王様方にお会いした時から、十年近くの月日が経ちました。あの頃は多くの国民が、精霊王様は物語の中だけの存在だと考え、精霊王様に会えるルフタネンは精霊の国と呼ばれておりました。それが今では、こうして精霊王にお目通りする機会も増え、帝国は精霊に関しては最先端の国となっております。それも全て、ここにいる妖精姫と精霊王様方のおかげです。いくら感謝の言葉を並べても……」

『はいはい。もういいからやめてちょうだい』

言葉を遮り立ち上がった琥珀が、皇太子の前にしゃがんで目線を合わせ、肩にそっと手を置いた。

『もう跪かないでいいって言ったでしょ？　ここには私達しかいないんだから、まったりお茶でもして帰るだけでよかったのに』

「そういうわけにはいきません。せっかくの機会ですし、きちんとした形でお礼を言いたいと思っていました」

『お礼なら、私の方が言いたいのよ。あなたの言う通り、あの頃精霊は、勝手についてきて魔法の補助をする便利な存在くらいにしか思われていなかったでしょ。魔力をきちんと分けている人も少なかった』

「はい」

『それが今は、どこの街に行っても精霊獣と一緒にいる人を見かけられるのよ。子供達が精霊獣と普通に遊んでいるの。私達の方がお礼を言いたいわ』

私は気付いたらもう精霊が傍にいたし、ベリサリオ城では精霊を連れている人の方が多かったから、そんなものだと思っていたのよね。

お爺様が精霊の力に注目して、軍でもそれ以外でも魔力がある人は精霊と契約するように推奨していたって、あとから知ったのよ。

そんなのベリサリオと、精霊大好きオジサンのパウエル公爵の関係者だけだったんだって。

ウィキくんに、今更感心しているってどういうことだよって怒られそうだけどさ、すごくない？

うちのお爺様とパウエル公爵は。

時代を先取りしていたというか、物事の本質を見極めていたというか。

「しかし、人間と精霊がより良い関係を築いていける世界を目指すことを誓って、祝福を受けないといけません」

『より良い関係って、どういう関係だと思う？』

翡翠まで皇太子の横にしゃがみこんじゃったよ。

「今はまだ豊作になる等、見返りを求めて精霊を育てる者がほとんどですが、魔力のある者は精霊を育てるものだと、誰もが当たり前のことと考えるような世界にしていきたいと思います」

『そうね。他国も精霊との関係を改善しつつあるから、作物の輸出が減るし、このままだと需要を供給が上回ってしまうわね』

「はい。ですから、中央は農業以外の産業に力を注ごうと思っています」

琥珀はモニカや皇太子と会う機会が多いから、今日の戴冠式をとても楽しみにしていた。

今日は歴史に残る一日だ。

後世には、どんなふうに伝わるんだろう。

『私は、魔力を持たない人が差別されないようにしてほしいわ』

「翡翠？」

おお、精霊王の口から、そんな意見が出るとは意外だった。

『貴族の中にだって魔力の少ない人はいるでしょう？　頭がいい。剣が強い。魔力が多い。全部同じような扱いで、得意分野のひとつでしかないと思ってほしいの。精霊を全属性育てる必要なんてないし、精霊獣に育てなくてもいいのよ。対話して魔力を分けてくれれば、それで精霊は喜ぶの』

四人の中では、実は琥珀が一番の常識派だ。

他の精霊王に注意している姿をよく見るし、バランスをとっている人だ。だから琥珀がこういう話をしてもあまり驚かなかったと思う。

でも翡翠もそういうふうに考えてくれていたんだね。

というか、精霊王はみんな、そういうふうに考えてくれているんだろうな。

「肝に銘じます。私も精霊獣は三属性だけですし」

『あ、それは……』

「は？」

『今日、祝福を受ければ魔力が多くなるから、風の精霊も育ててよ』

とうとう皇太子も全属性精霊持ちか。

火の剣精はまだ精霊獣になっていないけど、ちゃんと魔力を増やす努力をしてきたんだろうな。

新しい皇帝は優秀な上に努力の人か。

働きすぎなのが問題ね。

『おまえが思っているよりも我らは人間が好きで、おまえを気に入っているんだ』

『おうよ。おまえ、小さい頃から頑張っていたからな。ディアは別枠だと思って気にするな。今後も俺達は、今と変わらない関係を続ける気でいるぞ』

瑠璃と蘇芳の声も皇太子を見るまなざしも優しい。

「あり……がとうございます」

俯いていていて顔は見えないけど、声がこもっていたようだからもしかして涙ぐんでいるかもしれないと思って、皇太子に背を向けて空を見上げた。

見ちゃ悪いような気がするじゃない？

今日はいい天気よ。空が青いよ。

『さあ、あっちに座ってお話ししましょう。まだ時間に余裕はあるんでしょう？』

「はい。歩いて来る予定でしたので」

おっと、王冠を出さなくちゃいけないいんだったわ。

みんなが席に着くのを待って、私だけテーブルの横に立ったままで、まずは小さな座布団のような物をバングルから取り出す。テーブルに直に王冠を置いたらいけないいんだってさ。

そしてよっこらせっと取り出しましたのは、魔石と宝石がまばゆく輝く王冠よ。

けっこう重いんだよ、これが。

こんなの長時間被っていたら、首がおかしくなるよ。

『この王冠って、いつも被っているのか？』

日の光を浴びて宝石や魔石がきらきらと煌めいちゃって、それはそれは絢爛豪華なのに、瑠璃ってばノーリアクションですよ。

「いえ。祝い事や公式行事、他国からの賓客を招く時など、正式な正装の時だけ被ります。略式正装の時には、もう少し小さな王冠があります」

『ではこれに祝福をしても意味がない』

「え?!」

また変更が出ちゃうじゃない。

前に話した時にそういうことも言ってよ。

「瑠璃、祝福はしてくれるのよね」

『正確に言うと祝福ではなく守護だ。この地を守り精霊との共存を誓ってくれた者を、少しだけ守るくらいならば人間に干渉したうちには入らないからな』

「そういえば病気になりにくくなるって言われたよね」

おかげで私は、生まれてから今日まで風邪すらひいたことがない。

毎日元気いっぱいよ。

『身に着けているのなら王冠でもいいのよ。でも守護をするなら本人にしてしまう方がいいでしょう？　いずれ皇帝の座を譲る時には新しい皇帝にもここに来てもらいましょう。その子を祝福するかどうかはその時に決めるわ。王冠に祝福して、それを無条件で次の代に継承するのは駄目よ』

なるほど。

次の皇帝がどんな奴かわからないから、琥珀の意見はもっともだわ。

それに格好よくない？

精霊王に認められた皇帝しか守護は受けられなくて、代々それを継承していくために、精霊王に会う儀式をするの。

オタク魂にくるものがあるわよ。

「ねえねえ、精霊王の守護を受けた皇帝だってわかったほうがよくない？」

『そう？』

「……ディア、また何か思いついたのか」

なんで皇太子に嫌な顔をされるのかよくわからないなあ。

「守護を受けた皇帝は紋様があらわれるとかどう？　カッコいい‼」

はい、みんな引かないで。

目に見えて印がある方が、敵に回ろうってやつが減るでしょう。

守護を受けていますよって口で言うより、目に見えてわかった方が効果があるのよ。

『目に見えた方が効果があるか。なるほど一理あるな』

「でしょう。蘇芳はいつも話が早くて助かるわ。だとしたら手の甲とか見えるところにある方がいいよね。背中や鎖骨の下も定番なんだけどなあ。紋様は皇族の紋章にする？　それともアゼリアの精霊王の紋章がある？」

「決定事項になったのか？」

皇太子が驚いた様子で言うので、私は笑顔で振り返った。

「大丈夫よ。きっと痛くないから」

「きっとってなんだ。確実じゃないことを適当に言うな」

「手の甲に紋様が出るのよ。皇帝の証よ」

「違う。精霊王の守護を受けた証だろう。ディア、ただ見てみたいだけじゃないだろうな」

うっ。皇太子め、鋭いな。

「確かにちょっと趣味に走ってしまったかもしれないけども、でも皇帝ともなると普通の人とは違う方がいいでしょう？　精霊王に守護された印を持つ者って説得力があるわよ」

「おまえは守護を受けているのに印はないが？」

『あら、そんなことをしたらディアは印だらけになってしまうわ。この間、アーロンの滝に他国の精霊王も集まったでしょ。あの場の全員がディアに祝福しているんだもの』

「………………は？」

この間っていうあたり、精霊王と私達とでは時間の感覚が違うね。

って、問題はそこじゃないわ。

いったい何人の精霊王に祝福されているんだろう。

これって大丈夫？　副作用があったりしない？

「それは人間と呼んでいいのですか？」

『ちょっと長生きなくらいだ。三百年くらい』

「はーーーーーー!?」

思わず叫んだ。

瑠璃はあっさりと言ってくれちゃっているけど、そんな重要なことを今初めて聞いたんだよ。

おかしいでしょ。

「ああ、それでディアは他の子より小さいのか」

……小さくないし。

皇太子がデカすぎるだけだし。

でもそうだったのか。それで私は他の子より成長がゆっくりなのか。

『そんなことないわよ。跡継ぎが出来ないと困るでしょう？　成長は二十前後からゆっくりになるんじゃない？』

「あー、いや、そんなには小さくなかった」

琥珀の返事に慌ててももう遅い。

期待しちゃったじゃないか。どうしてくれんの？

「皇太子殿下」

「ベリサリオはほっそりしているから、普通だ普通」

「小さいって身長の話じゃなかったんですか？」

『え？　胸の話？』

「翡翠、何か言った？」

『う……ううん。気のせい』

成長についてはいいとして、よくないけどいいとして、三百年って何よ。

確かに前世で早死にしたから、今回は長生きしたいと思ったよ？

でもいくらなんでも長生きすぎるでしょう。

「私だけ三百年？　待って。何世代よ。知り合いが……」

『カミルもよ』

「え？」

『あの子もルフタネンの精霊王に後ろ盾になってもらうために、いろんな国を訪れたでしょ？　その時に祝福されているはずよ』

「琥珀先生、そういう話はもっと早くですすねぇ」

カミルは知っているの？

とんでもない状況に巻き込んでしまった。

『俺も祝福した』

『私もー』

蘇芳と翡翠は一回ずつ殴っていいと思う。

瑠璃は、なんで遠くを見ているのかな？

「どういうことか詳しく説明してもらいたいわ」

『今はその話をするべき時ではない。それよりもおまえは、アンディの紋様を考えたらどうだ？』

「考える？」

真剣な表情で重々しく言われたから、つい答えてしまった。

『このようなことは今回が初めてなのだから、新しい紋様を考えればいいだろう。今後はそれが代々受け継がれる』

「私が考えていいの？」

『得意だろう？』

おおお、素敵！

前世のヒロイックファンタジー風ゲームの装備や街にあったようなデザインを、パクってアレンジしよう。

この世界では、著作権は関係ないもんねー。

「真面目に考えてくれよ」

「当たり前でしょう」

私はいつも真面目ですよ。


それから半時間ほどで私達は精霊の森に戻ってきた。

まだ予定が詰まっているから、ここでのんびりは出来ないのだ。

落ち着いたら改めて挨拶に行くと皇太子が約束したので、精霊王達も笑顔で見送ってくれた。

彼らもこれから大仕事が待っているしね。

紋様はアゼリア皇族の紋章にも入り、皇太子の精霊獣でもある鷹をモチーフに翼っぽい形状を取り入れてデザインした。

鷹ばかりをフィーチャーするとユキヒョウがかわいそうだから、獣っぽい横顔に見える形も入れて、なかなかいい出来栄えだと思うのよ。

森を歩く間、何度も手の甲の紋様を見ている様子を見ると、皇太子も結構気に入っているはずだ。

それに待っていた人達に、祝福を受けた証に紋様をつけてもらったと話したら大好評だった。

目に見える証があるって、やっぱり説得力が違うんだよ。

「アンディのくせに生意気だ」

と、クリスお兄様が笑いながら小声で呟いていたくらいだもん。

私もオタク心を満足させられたし、我ながらいいアイデアだったわ。

皇宮に戻ったら、私も皇太子も即行で侍女達に捕まり、着替えのために控室に引っ張っていかれた。

お父様もクリスお兄様も着替えるそうなので、あの場にいた騎士以外の全員が、今頃バタバタと着替えていることだろう。

魔道士風の上着を脱がされて、ドレスの裾をふたりの侍女がぶわっと広げているうちに、もうひとりの侍女がパニエを私に穿かせ、淡いブルーのドレスをふわりと膨らませる。

そこにレースの飾りをつけていけば、早着替えの出来上がりよ。

髪を整えてもらう間にクッキーをつまんでいたら、破片がぽろぽろ落ちてドレスにつくからやめてくれと言われてしまった。

今日ばかりはみんな最大級の装いで来るだろうから、私も着飾らなくちゃいけないのがめんどい。

男性は正式な礼装に、金色の飾り紐やビラビラのついた肩パッドみたいな肩章をつけて、女性は裾を引きずりそうなドレスにオペラグローブをして、公爵家の女性は小ぶりなティアラをつける。

皇族の女性はいないけど、今回は婚約者のモニカだけが大きなティアラをつけるんだって。

ベリサリオは、位は高くなったけど皇族と親戚ではないのでティアラはなし。

他の女性達と同じように、短いベールのついた小さな帽子や花飾りを頭に留めている。

お母様はベリサリオの色のターコイズグリーンのドレスに帽子の色も合わせているし、私はブルーのドレスに白いレースと真珠の飾りがついているので、髪にも四つの真珠を花びらに見立てた飾りがついたベールと帽子をつけている。

妖精姫のイメージ作りのために清楚な感じで主張しすぎないで、でも可愛くしたらしいんだけど、着ているのは私だからね。今更感が半端ないわよ。

「ディア、行くよ」

「もう?!」

「僕達が皇宮に戻ったと連絡があってすぐに入場が開始されているんだよ」

精霊の森に行かなかったお母様は、綺麗に髪を結い上げて余裕の表情だよ。

クリスお兄様がエスコートするスザンナは、明かりを反射すると銀色に見えるフレンチグレイのドレス姿が最高に美しい。

男性陣は上着を替えただけだし、アランお兄様は近衛騎士としてお勤め中なのでいない。

私だけがバタバタしてない？

これから広間で行われるのは、今日から皇帝になるよって宣誓と精霊王の祝福を受けてきたよという報告だ。

会場にはいれるのは侯爵家以上の高位貴族と、伯爵家の中でも選りすぐりの人達、そして陞爵《しょうしゃく》が決まっている人達だ。

つまりこれからの新しい皇帝陛下の時代に、勢力を伸ばすことになるだろう人達よ。

「本日はよろしくお願いします」

お父様が挨拶している相手はパウエル公爵よ。

なんと私のエスコートはパウエル公爵がしてくれるのだ。

カミルはね、さすがに他国の公爵だから参加は出来ない。

今頃は皇宮前の広場に面した一室で、国王夫妻と一緒に待機しているんじゃないかな。

外国のお客様はそれぞれの部屋から、テラスに並ぶ皇族を見物することになるの。

広場にはもう、皇帝の姿を一目見ようと国民が集まっているはずよ。

「こんなお爺さんで悪いね」

「とんでもない。小さな頃から親戚のオジサマのように接してもらってきたので、パウエル公爵が御一緒してくださると安心です」

「ははは。あとでカミルに文句を言われそうだな」

いくつになってもダンディなオジサマだわ。

とても精霊獣をふーちゃんとかみーちゃんって呼んでいるとは思えないよ。

今日は人数の関係上精霊獣は顕現しないように言われているんだけど、全員が全属性の精霊持ちだから精霊達が入り乱れちゃって、誰が誰の精霊か見分けがつかない。

たまにぶつかる精霊達を連れながら、遅れていても決して急がずに、待たせて当然という顔つきで案内役の人を先頭に会場に向かう。

内心はハラハラだけどね。

精霊の森にでかけていたせいで、私達は少し入場が遅れてしまったの。

でも皇太子は全身まるっと着替えているはずだから、私達が時間を稼いであげた方がいいのよ。

「どうして入れないの？」

「その招待状では無理なんです」

入り口の前で警備兵と入場の係の人が女性と揉めているのが見えた。

「あの服装はどうしたのかしら？」

お母様が不思議そうに言うはずだ。

まず女性がエスコートなしでひとりでいるのが不自然だし、まるでお友達の家にお茶会に行くようなドレス姿だ。

今日は正装じゃなくちゃ会場に入場出来ないのにベールもつけず、レースとリボンの数は多いけど、着古したようなドレスでこの場にいるのはおかしいのよ。

「お名前をおっしゃってください」

「ヨハネス侯爵の関係者です」

「ヨハネス伯爵は、招待されておりません。皇宮にもおいでになっておりませんよ」

「え？」

係員に招待状を見せていた女性は、驚いた様子で動きを止めた。

「向こうで話を聞きますので、私について来てください」

「どういうこと？　話が違う……」

警備兵に連れていかれそうになった女性が、私達の存在に気付いて振り返った。

二十代前半くらいのブロンドの女性で、緑色の大きな瞳が印象的だ。

美しいというよりは守ってあげたいと思わせるような、小動物的な可愛さのある人だ。

「ベリサリオ辺境伯閣下？」

さっと私達の顔を眺め、私と視線が合うと驚きに目を見開いた後、眉を顰めた。

可愛いという印象は、あっという間に消えたわ。

せっかくの愛らしい目元なのに、なんで不気味な雰囲気に見えるんだろう。

彼女は私を睨んでから横に視線をずらし、クリスお兄様を見つけてそれは嬉しそうな顔になって、こちらに近寄ってこようとして、

「動くな」

警備兵に腕を掴まれて止められた。

「離してよ。私は……」

警備兵の方を見て文句を言って再びこちらに視線を向けた時に、クリスお兄様の横にスザンナがいることに気付いたみたいだ。

視界が極端に狭くない？　大丈夫？

ここでようやく私達の姿を上から下まで眺めまわし始めた様子は異様だった。

警備兵に腕を掴まれているのに前のめりになって、顔を前に突き出すようにして眺めまわすのよ。

もしかして精神に異常をきたしているのかもしれない。

いったい彼女は誰なんだろう。

ヨハネスの関係者で二十代前半の、こんなバカげたことをしでかしそうな女性と言えば……まさか。

「フランセル？」

はっとしたように家族が私を見て、すぐに女性に視線を移す。

自分を認識されて嬉しかったのか、女性はにんまりと笑って警備兵の手を振りほどこうとした。

「ほら、妖精姫は私を知って……」

「彼女を牢に入れろ。平民だ」

こういう時、クリスお兄様は容赦ないというか、なんというか。

眉ひとつ動かさず平坦な声で言い切った。

「なっ！　平民がなぜこのような場所に」

「そんな、私は」

そこからの警備兵の動きは早かった。

ふたりがかりで彼女を捕らえ、耳元で何か囁く。

彼女は驚愕の表情で目を見開き、急におとなしくなり、警備兵に連れられていった。

よほど動揺しているのか、全身が震えて上手く歩けないようだ。

たぶん騒ぐならこの場で殺すことも厭わないというようなことを言われたんだと思う。

戴冠式の日に偽の招待状を手にはいり込み、ベリサリオに近付こうとした平民だ。間違いなく処刑される。

こういう日は問題が起こるのを避けて、侍女や従者でさえ平民は連れてこないようにするものなのに、なんでそんな無茶をしたの？

「大丈夫かい？」

パウエル公爵に心配そうに聞かれた。

正直なところ大丈夫とは言えない。

気持ちを切り替えなくては。

「彼女についてわかったことがあれば知らせる。今は戴冠式に集中してくれ」

クリスお兄様も心配しているみたい。

私はスザンナと顔を見合わせて頷きあった。

カーラのことは心配だけど、今は戴冠式よ。

初めて会った頃から、生き延びるため、国を守るために子供であることをやめ、私生活も犠牲にしてきた皇太子が、ようやくモニカという癒し系の婚約者を得て皇帝になるんだもん。

これからは、少しは自分のことを大事にして、ブレインは存続させるみたいだから、仕事をぶん投げて、幸せを感じられる時間を作ってほしい。

その節目の今日を曇らせるわけにはいかないのよ。

「大丈夫。ちゃんと笑顔よ」

両手で頬を押さえて気合を入れて言ったら、みんなに笑われた。

「そんなに頬を押さえるから変な顔になっているわよ」

スザンナも笑顔になってくれたからいいのよ。

私の変顔くらい、いつでも見せてあげるわよ。

「記念の品です」

会場に入ってすぐに小さな箱を受け取った。

この場に招待された人だけがもらえる記念品か。

番号がふってあったりして？

限定商品っていうのも好きな人が多いよね。

私もパウエル公爵も、箱はすぐにそれぞれの収納ボックスにしまって、並んで会場の中に入っていく。

いつも通り、通路の左右に並んでいる人達に挨拶しながら進んでいくと、パウエル公爵が私をエスコートしていることを驚く声が聞こえてきた。

ミーアがパオロともうすぐ結婚するし、アランお兄様がパティと仮とはいえ婚約中で、そこに私がパウエル公爵と親し気に現れたということで、ベリサリオは三大公爵家全部と親しいのかよと驚いているのかも。

「これは意外なカップルですね」

「妖精姫は今日も可愛らしい。そうしていらっしゃると実の親子のようですわ」

でもこの場に招待されるような人達だから、表情には一切出さないところはさすが。

パウエル公爵の知り合いで私は初対面の人も何人かいたので、挨拶出来たのはよかったわ。

「そろそろ進みましょうか。殿下が入場なさる時間だ」

「もう陛下になるんですね」

「そうですね。いや感慨深い。あの小さかった殿下が」

暗殺されそうになっている皇太子を守るために側近を選んだのは、パウエル公爵だもんね。

ベリサリオとは繋がりを持っておいた方がいいと思ってエルトンを選んだのだとしたら、さすがだわ。

「精霊の森から戻ってきた殿下にお会いしました？」

「いいえ」

「うふふ。ちょっと驚くことがありますよ」

「ほう？」

所定の位置に立ち、皇太子が入場するのを待つ間、やはりフランセルのことを考えてしまう。

今日は警備態勢が強化されているから、いつも以上に皇宮にはいるのはむずかしいはずだ。

手引きした人がいるはずよ。

それもかなり身分の高い人の関係者じゃないと無理だわ。

その人間の狙いはなんだろう。

ヨハネスはもう潰れかけていたのに、とどめを刺す必要があったのかな？

それとも狙いはノーランド？

離婚したとはいえ娘婿の失態は、少なからずノーランドにダメージを与えるはず。

皇妃の実家だからと権力を持ち過ぎないように牽制した？

あれ？　だとしたらノーランドにとっては、ジュードとエルダの婚姻の重要性が増してこない？

家のためにも本気でエルダを口説くジュードが見られるかもしれない。

「皇帝陛下、皇太子殿下、皇帝陛下婚約者のモニカ様が御入場です」

ああ、そうだ。

エルドレッド第二皇子が皇太子になるんだ。

今になって気付いたわ。

まず入ってきたのは、近衛騎士団の騎士達だ。

入り口近くと窓側とに分かれて騎士が立ち、続いてパオロとアランお兄様が皇族の玉座の左右に陣取った。

全員、儀式用の制服を着ているから煌びやかだ。男っぷりが三割増しくらいになっている。

そしてようやく皇族が姿を現すと、盛大な拍手と歓声があがった。

私も拍手しようとして、皇太子……もとい、陛下の姿を見てそのままの体勢で一瞬止まってしまった。

だってこの短時間に髪をバッサリ切っていたんだもん。

気合を入れるとか気分を新たにするとか、そういう意味でもあるんだろうか。

後ろで結わくほど長かった髪が、今では前世の若いリーマンがしてそうな髪型くらいに短いんだよ。このタイミングでイメチェンですか。

前髪とトップだけ少し長いみたいだけど、王冠を被っているのでよくわからん。

ディープロイヤルブルーに銀糸で模様の入った上下に肩章をつけて、颯爽とマントを翻す姿は威風堂々、これぞ皇帝って感じよ。

隣に並ぶモニカも同じくディープロイヤルブルーのドレスで、こちらは銀糸以外に小さな宝石が使われていて、照明を受けてきらきら輝いている。

タンポポのような金色の髪がふわふわと揺れて、ティアラが華やかさを添えていた。

早熟……って言うとエロいわね。

モニカって発育が早いからナイスバディで背も高いでしょ。

エーフェニア様と将軍のカップルも迫力があったけど、このふたりも負けていない。

皇帝にエスコートされたモニカは少しだけ照れくさそうで、でも誇らしげで美しかった。

バルコニーに並ぶ時も今と同じ立ち位置のはずだから、国民からはこう見えるんだね。

パオロとアランお兄様がバルコニーの一番前の左右に立つんでしょう。

ふたりともルックスがいいから、近衛騎士団の制服姿が絵になるのよね。

今までこういう席では、第一騎士団で一番強い人がパオロと並んでいたんだけど、家柄的にも精霊獣の強さ的にも、アランお兄様の方がいいだろうということになったそうだ。

俺の座を奪ったって妬まれて争いが起こるというのが、物語ではよくある展開なんだけど、その強い人が今はアランお兄様の教え子のひとりだからね。精霊を頑張って育てているところなんで、平和的に交代が行われたのよ。

因みに第一騎士団が皇帝の警護で、第二騎士団が皇太子の警護、第三騎士団が皇妃や皇帝の家族の警護に当たる。エセルは第三騎士団の女性部隊にいるのよ。

今日からエルドレッド第二皇子殿下が皇太子で……慣れるまではややこしいな。皇太子って呼びにくい。

本人の前ではちゃんと呼ぶけど、普段はエルっちでいいかな。

さすがにそれじゃまずい？　じゃあエルさん。

「この場には私が幼少の頃より、支えてくれた信頼出来る者達が揃っている。同時にそれは、今後私と共にこの国を繁栄に導く、この国の中心になる者達が揃っているということだ」

新しい皇帝の言葉に、会場にいる貴族達の顔つきも輝いている。

エルさんは少し下がった位置で控えめに、でも貴族達に負けないくらい嬉しそうに皇帝の姿を見ていた。

「早朝より精霊王様方への挨拶を済ませてきた。当初は王冠に祝福をしてもらう予定だったのだが、精霊王は人間の政治には干渉しないため、皇帝になった者を無条件で祝福は出来ないと言われた」

ちょっと心配させようとしているな。

間を空けるあたり、効果を狙っている。

「精霊王が祝福するのは、精霊と共存し平和な国を作る皇帝個人だ。祝福は私個人に行われた」

手袋を取って紋様を見せると、一瞬静まり返った後、会場にどよめきが走った。

「これが皇帝にだけ与えられる紋様だ。今後は新しい皇帝が即位するたびに精霊の森を訪れ、精霊王様方に認められた者だけが祝福を得て、この紋様を受け継ぐことになる」

ほんの思い付きだったのに、効果絶大だなあ。

こういうのが好きなのは、世界が違っても変わらないのね。

「見て。痣のようになっているわ」

「模様が浮き出ているんですね。あれが紋様ですか」

「皇帝陛下にだけ許された特別な証ですね」

「素晴らしい」

皇帝らしい服装に王冠、代々受け継いできた指輪と剣。そして紋様。

最高じゃない？　オタク大歓喜よ。

臣下達ももちろん大興奮。

皇帝陛下は精霊王にも認められた特別な人なんだって、きっと話を膨らませて広めてくれるだろう。

……ここにいる人達は、精霊の森でどんな一幕があったと想像しているんだろう。

陛下が瑠璃に片腕で抱えられたなんて、口が裂けても言えないな。

「この後、精霊王様方は広場にも姿を現してくださるそうだ。残念なことに先代の時代、帝国は非

常に厳しい状況に陥ることになった。つらい思いをした者も多かった。しかし今日からは新しい時代の始まりだ。精霊と共により豊かな国を作っていこうではないか」

挨拶自体は意外と短くて、今後どういう国にしたいかって話を少しして、その後陞爵する家の発表が行われた。

ブリス侯爵家誕生だ。

エルトンは侯爵家子息になったから、皇帝の筆頭補佐官になって、いずれはなにがしかの大臣になるのかもしれない。

エルダも侯爵令嬢よ。

でもブリス家って癖が強いからなー。平気かな。

「バルコニーに向かう方はこちらにお越しください。他の方はそれぞれのお部屋にご案内します」

陛下の話が終わり、臣下を代表してパウエル公爵がお祝いを述べて、ブリス侯爵が地位が上がったり領地が増えた人達の代表として挨拶して、この場は終了。

次はとうとうバルコニーに並ぶ時間よ。

「ディア、一緒に行こう。バルコニーに出るのは僕達だけだ」

「はい、クリスお兄様」

両親はバルコニーの見える部屋から見学だ。

ブリス侯爵家やエドキンズ伯爵家も同じ部屋で見学だそうで、スザンナもエルダがいるから気が楽でしょう。

「おめでとう、ブリス侯爵」

「ありがとうございます。今後も辺境伯閣下とクリス様が中央で動きやすくなるために、微力ながらご尽力させていただく所存です」

「私はベリサリオにいるから、クリスを助けてやってくれ」

「え？　あ、はい。もちろん」

「僕もすぐにベリサリオに戻りますよ」

「え？　えー？」

こんな場所でそんな会話をするんじゃない。

しかもトリオ漫才になっている。

クリスお兄様とふたりで家族とは別の出入り口に向かいながら、広間を出て行く人達の方をちらっと見たら、ジュードが真顔でエルダに何か話していた。

傍にいるスザンナが笑っているから口説いているのとは雰囲気が違うなあ。

「両親が本気になってきたから、嫌だったら断る口実を考えろとでも言っているんじゃないか？」

私が何を見ているのか気付いたクリスお兄様も、どことなく楽しげだ。

ジュードが苦労しそうなのが楽しいのか、エルダの対応が楽しみなのか、どっちもかな。

「けっこう相性がよさそうですよ」

「そこがおもしろいんじゃないか。当人達はそう思っていないみたいなんだから」

「いやいや、お互いにちょっとは意識してますって」

本気で嫌だったら、ジュードもエルダももっときっぱり態度に出して断るでしょう。エルダなんて妖精姫発動という最終手段を持っているのに、曖昧にしているってことはぐらぐら迷っているのよ。

「あ、そうだ。精霊の森に行く時に着ていた上着を持ってきてもらわないと」

「あれを着るのか？　目立つよ」

「え？　目立った方がいいんですよね。私が皇帝陛下の後ろに控えて頭を下げているところを見せるのも大事なのかなって」

「おまえはそんなことは気にしなくていい」

聞き慣れた声と共に大きな手が頭の上に乗せられた。

「精霊王が俺に祝福したのがわかれば充分だ。紋様というのはいいアイデアだったな。これは便利だ」

「お気に召したようでなによりです」

「なんだ、その喋り方は」

皇帝になったんだから、いちおうは今までよりちゃんと敬語で話そうと思っていたのに、陛下はそれが気に食わなかったみたいで、頭に置いた手でわしゃわしゃと髪を乱した。

「うぎゃー。髪がくしゃくしゃになるじゃないですか！」

「ディアの髪に気やすく触らないでください。繊細なんですから、そんな触り方は駄目です」

「センサイ……」

クリスお兄様は態度を変える気がないのか、皇帝の手をぺしっと叩き落としたのに、周りもまったく気にしないあたり、うちの国ってゆるいなあって思う。

帝国って軍事国家よね。

ちょっと前までは確かにそうだったけど、今はまったく帝国という言葉のイメージと国の雰囲気があっていない。

それとも非常時になれば、さすが帝国やっぱり帝国になるのかな。

「髪をずいぶんバッサリ切っちゃったんですね。モニカ様は気に入ってるんですか？」

「え？　私？　ええ、大人びて素敵だと……」

突然話をふられて驚いたモニカに、私は満面の笑みを向けた。

「そうかー。素敵かー。モニカ様が気に入ればもうなんでもいいんですよねー」

「やめろ。俺への仕返しにモニカを使おうとするな」

「えー、せっかく侍女が早朝から頑張ってセットした髪を乱されたくらいで、未来の皇妃様に仕返しなんてしませんよ。素敵だって言われてよかったじゃないですか」

「クリス、これのどこが繊細なんだ」

「全部」

さりげなくクリスお兄様の言葉で私がダメージを負っている気がする。

本気で思っていそうなところがすごい。

芝生を転がっていた幼少時代から、変顔で注意される現在まで全部知っているのに、私を繊細だと言い切るのは世界広しといえどもお父様とクリスお兄様だけよ。

「あの、ディア。前から言おうと思っていたんだけど、様も敬語もいらないわ」

「そうはいきません。皇帝陛下の婚約者様なんですからって、いたっ。見ました。今この皇帝陛下、私をどつきやがりましたよ」

「ああ……うん。敬語でも意味がないから、どっちでもいい気がしてきたわ」

意味がなくはないんじゃないかな。ちゃんと敬語よ？

それより少女をどつく皇帝ってどうなの。

皇帝なら許されるの？

……許されるのか。


「準備が整いました。こちらへどうぞ」

案内に従って、皇宮の正面玄関に面したバルコニーに向かう。

今日だけは玄関前の広場が開放されて、国民が大勢詰めかけているのだ。

普段は精霊車がずらりと並び、人々が行き来する広場が早朝にはからっぽで、こんなに広かったのかと驚いたけど、今はそこに大勢の人が詰めかけて帝国の旗を振っている。

陛下の即位を祝うプラカードを持っている人もいるみたいだ。

バルコニーに近付くにつれて、ざわめきがどんどん大きくなっていく。

ドームでのライブのステージに立つって、こんな感じなのかも。

「すごい」

これだけの人数の歓声になると圧があるのよ。

思わずたじろいでしまいそうになるほどの声の中、パオロとアランお兄様がバルコニーに出ると、先程までのざわめきが嘘のように静まり返った。

ようやく皇帝陛下が現れるんだという期待で、声を出すのも忘れて注目しているんだと思う。

歓声だけじゃない。

張り詰めた空気にも圧があるわよ。

そこに堂々と歩み出た皇帝が片手をあげると、先程までより大きな歓声があがり、その音量によろめきそうになった。

「うわ」

「見て。みんな笑顔です」

さすがに陛下もこの歓声には驚いたみたいだ。

隣にいるモニカの声は震えていたので、もしかしたら感激で涙ぐんでいるのかも。

この人達は、エーフェニア様の傍らに立っていた幼少の頃の陛下も知っているはずだ。

両親は引退し、まだ成人していないのに政治に携わることになった陛下も知っている。

だから立派に成人して、婚約者も決まって、皇帝に即位した姿を見られるっていうのが、私の思っている以上に嬉しいんだと思う。

私が嬉しいと思うのは、広場を埋め尽くした人々の服の色どりが華やかなことだ。

たぶん今日は一番いい服を着て、女性はお化粧もして、皇帝陛下の姿を一目見ようとやってきたんだろう。

ついこの間ベジャイアを訪れて、暗い顔をして蹲っていた人達を見たから余計に、人々の明るい笑顔とおしゃれを出来る余裕があるということが嬉しい。

ここに来る人達は、余裕のある人達なのかもしれないけどね。

働かなくちゃいけなくて、ここに来ようなんて思う時間もない人だっているんだろう。

でも、国がいい方向に進んでいるのは間違いないのよ。

それを国民も感じているから、若い皇帝が即位することをこれだけ歓迎出来るんだ。

「ディア、精霊王が現れるタイミングはどうなっているんだ？」

クリスお兄様に聞かれて首を傾げる。

特に何も決めてなかった。

「決めてない？」

「いきあたりばったりかよ」

クリスお兄様だけじゃなくてエルさんの突っ込みもいただいてしまった。

ふと顔をあげたら、みんなが驚いた顔で私を注目している。

だって誰も決めて来いって言ってなかったじゃないかー。

「あ、ほら来ますよ」

広場の上空で何かがキラッと光った。

光は見る間に大きくなり、四属性を表す光に分かれてぐるぐると回った後、東西南北に別れ、更に大きな輝きになり、はじけると同時に精霊王達が姿を現した。

精霊王の着ている服って割とシンプルだし、ごてごてとアクセサリーもつけていないけど、彼ら自体が内側から発光しているみたいに淡い光を纏っているので、存在自体が神々しく見えるのよね。

それにともかく美形だ。

上空にいるからはっきりと顔は見えないんだけど、それでも美形だってわかるのがすごい。

帝国の精霊王は、自分の担当の地域では割と普通に姿を見せているし、この神々しさだし、誰もがすぐに精霊王だと理解したようで、割れんばかりの歓声が湧き起こった。

陛下が登場した時以上じゃないだろうか。

もうすっかりみんなの意識が精霊王に向いちゃって、皇帝陛下が忘れられちゃいそう。

「ディア、大丈夫？」

「なんで私に聞くんでしょうか」

クリスお兄様だって精霊王が祝福しに来ることに賛成だったでしょ。

それにまだ慌てる時間じゃないのだ。

私達には紋様がある。

『アゼリア帝国の新しい時代の幕開けに、こうして皆と共に皇帝の即位を祝えることを嬉しく思う』

中央の担当が琥珀だからか、最初に話し始めたのは彼女だ。

いつもと話し方が違うせいで、精霊王らしさが倍増している。

『我ら精霊王は人間には干渉しない。政治に関しては尚更だ。しかし精霊と共に暮らす国を作ろうと行動している皇帝には大いに感謝している。こんなにも多くの精霊が人間と共にある姿をこうして見る事が出来るのも、皇帝のおかげだ』

蘇芳もいつもの口元に笑みを浮かべた表情じゃなくて、きりっとした顔をしている。

そういう顔だと近付きにくい雰囲気だから、私はいつもの方が好きだな。

『だが、魔力が少なく精霊を育てられない者も多いだろう。彼らが生きにくい世界になることは望んではいない。精霊を育てるのは強制ではないのだ』

四人で台詞を分担している？　翡翠の話し方が棒読みっぽい気がする。

もしかして予行演習しちゃってたり？

この場を盛り上げようと考えてくれているのかな。

本当にありがたい。

『我らとの共存を誓ってくれた皇帝に祝福を。この地が精霊と人間が共に暮らす国である限り、我らは皇帝を守護しよう』

瑠璃の言葉と共に、精霊王達が上に向けた掌から光が溢れ、陛下の元へ飛んで行った。

陛下も狙いはわかっていたようで、手袋を取り、手の甲を見えるようにして光を受け止めると、紋様が光り輝いて浮き上がった。

その様子を目撃して、さっきの歓声でもすごかったたっていうのに、更に歓声が大きくなった。

叫び過ぎて酸欠で倒れる人が出てもおかしくないよ。

「これで紋様の存在が世界中に知られるな」

クリスお兄様ってば苦笑い。

精霊王に負けずに皇帝が目立ってよかったじゃないですか。

「あの紋様は誰が考えたんだ？」

「絵柄のことですか？」

「全部だ」

皇帝カップルの左右にブレインが並んで、私はクリスお兄様の斜め後ろで、エルさんは皇帝の斜め後ろに立っていたおかげで、割と私とエルさんは目立たないので、中腰になりながらそっと手をあげた。

「やっぱりな」

「素敵でしょう」

「……まあな」

「エルさ……」

おっと、まさか口に出してエルさん呼ばわりしそうになるとは。

「エルサ？」

「ダレデスカ」

「おまえが言いかけたんだろうが。なんて呼ぼうとしたんだ」

「エルドレッド皇太子殿下」

「長いな。それでエル様とでも呼ぼうとしたか。かまわないぞ」

「駄目です。そういう呼び方は未来の恋人に取っておいてください」

エル様はないわ。

それはもう少し耽美系のタイプに使いたい呼び方よ。一見俺様タイプ実は大型犬系には似合わない。

「それは今ここで話す内容か？」

皇帝の声がしたので顔を向けたら、皇帝だけじゃなく、モニカもブレインの人達も全員でこちらを注目していた。

「なんでみんなしてこっちを見ているんですか。前を向いてください！」

めっちゃ目立つじゃないか。

目立たなくていいって言っていたくせに。

「どうしたんだ？　後ろを見ているぞ」

「何があるんでしょう？」

「あ！　妖精姫だ！」

「おお！　妖精姫様!!」

「妖精姫！　妖精姫！」

みんな元気だな。

もう声がかれている人もいそうなのに、まだ叫んでるよ。

『ディア』

琥珀まで呼んだら隠れていられないでしょう。

笑顔で手を振らないで。

「妙な服を着て目立とうとしていたじゃないか」

「ディア、ほら来て」

モニカに腕を取られて、皇帝とモニカの間に引っ張り出された。

この位置は何？

一番立っちゃいけない位置なんじゃないの？

「はい、笑顔笑顔」

「モニカ様、この場所はまずい……」

「モニカ様と妖精姫は御友人なんだそうだ」

「妖精姫！　モニカ様!!」

私とモニカが仲良さそうで、皇帝がそれを見守っているようで、平和な様子に見えているのか。

それならいいのかな。

「妖精姫、かわいい！　小さい！」

いや、よくない。

早く私を解放して。

バルコニーの挨拶が終わったら、食事会に出る人達は夜用の衣装に着替えなくてはいけない。

私は不参加なのでここでカミルと合流して、各国の賓客と御挨拶だけすることになった。

私とカミルがセットで挨拶するって、だいぶ変よね。

帝国の戴冠式にカミルは関係ないし、私達はまだ正式に婚約してはいないんだから。

でもベリサリオもカミルも、私ひとりで挨拶するのは絶対反対ということで意見が一致しているの。

クリスお兄様に言わせればカミルは優秀な番犬なんだそうだ。

その番犬が私をルフタネンに連れていくんですけども。

諸外国の人達からしても、精霊の話をするならば私とカミルが一緒にいてくれた方が効率的なので、むしろ大歓迎された。

精霊に関しては最も遅れていたはずのベジャイアに、私とカミルが精霊王を伴って訪れて、王宮にドーンと精霊の集う大樹を出現させたという噂はもう世界中を駆け巡っていたのよ。

そこに精霊を嬉しそうに連れたバルターク国王とビューレン公爵が登場したもんだから、次は是非我が国へって話になるでしょ。

もう年だから精霊は無理だと言っていたビューレン公爵が、二属性連れていたからね。

嬉しくて魔力をあげすぎて、ぶっ倒れたと聞いて呆れたわ。

皇宮で食事会が始まる頃、ようやく私とカミルも精霊の森の屋敷で夕食にありつけることになった。今日初めてのまともな食事よ。

育ち盛りの私としては、食事はしっかりと摂らないとね。

「それで、フランセルって女が捕まったんだって？」

「え？　なんで知っているの⁈」

「きみがまた、俺に心配させたくないと話さない可能性があるからと、クリスが教えてくれた」

いつもの民族衣装に身を包んだカミルは、話さないなら食事にしないぞと言いたげに腕を組んで私をじっと見ている。

食事の時間くらい楽しい話をしたいんだけど、心配してくれているんだから仕方ない。

さくっと嫌な話は済ませてしまおう。

「ちゃんと話そうと思っていたわよ。どこまで聞いたの？」

「会場の入り口で揉めていて、ベリサリオに気付いたらディアを目指して近付いてきて、なぜか途中で睨みつけていたって」

「自供したことについては聞いていないのね」

「それはクリスもまだ報告を受ける前だった。着替えがある分、彼の方が時間に追われていたからね」

私達が戴冠式を行っている間、係の人達はフランセルの供述をしっかりと取っていてくれた。

ちやほやされることが好きな彼女には、高そうなお菓子とお茶を出して、見た目のいい若い警備兵に質問させるといいとクリスお兄様が助言した通りにしたら、ぺらぺらと聞いていないことまで話したそうだ。

「彼女を城内に招き入れたのは、中央のルガード伯爵家の家令だったそうよ。二十年以上伯爵家で勤務していた信頼していた家令がニコデムス教徒だったと知って、かなりの衝撃を受けていたって」

「出たな、ニコデムス。二十年以上前から伯爵家にいたなら、十年前の事件より前からニコデムス教徒だったんだろうな」

「そうね。表立ってニコデムス教徒だと話していなかった者達は、隠れニコデムス教徒として帝国内で生活しているんでしょう」

十年前まではニコデムス教徒でも問題なく生活出来ていたのに、あの毒殺事件を境に禁止令が出されて、迫害される日々を送ってきた者達だ。

特に私なんて恨みの対象になりそうなものなのに、聖女扱いというのが理解出来ないわ。

「ルガード伯爵もニコデムス教徒の可能性は？」

「まずないわ。とても熱心に精霊を育てている方達なの」

ちゃんと話しているのだから問題ないでしょうと、私はフォークを手に前菜を食べ始めた。

今頃食事会では豪勢な料理が振る舞われているんだろうけど、自分の家でのんびり食べる料理の方が私は好きよ。

カミルもやっと食事に手を付け始めたんだけど、ひと口がでかい。

そんなに急いで食べなくても誰も取らないっていうのに。

もしかして男所帯のイースディル公爵家では、のんびりしていると皿から食べ物を取られちゃうの？

「フランセルは貴族に返り咲くためのコネが欲しかった。そこに目を付けたのね。彼らの本当の狙いは食事会の方だったのよ。そこで自爆テロを起こす予定だったの」

「またわからない単語が出てきたぞ」

「指定された時間になると、持ち主を中心に範囲攻撃魔法を繰り出す魔道具を持たされていたの」

料理を食べようと口を開いた体勢で動きを止めたカミルは、そのまま私の方を見て顔をゆがめた。

「持ち主も死ぬじゃないか」

「そりゃそうよ。捕まっていろいろ白状されるとめんどうでしょ。最初から殺す気だったのよ」

「でもぴんぴんして、お菓子を食べて、全部話してしまっているのか」

「ニコデムスと関係があるし、処刑される立場なのにわかっていないみたいなのよね」

「おかしいだろ。彼女は魔道具がどういうものだか知っていたのか？」

「まさか。食事会に紛れ込んで気に入った相手を見つけたら、その魔道具を見せれば値打ちモノなんで興味を持ってもらえるから、親しくなるきっかけにしろって言われていたそうよ」

「うそくさい」

まったくね。

よくそんな話を信じるわよね。

食事会に紛れ込んで、自分を貴族に戻してくれる相手が見つかると思っているのもすごいよ。

自分の魅力にどれだけ自信があるのよ。

「でも彼女は食事会には行かなかった」

「うん。なんでだと思う？」

「まったくわからない」

「食事会には外国からのお客様がたくさんいるでしょ。でも彼女は帝国語しか話せなかったの」

「帝国の人間に話しかければいいだろう！」

それにどうせなら身分の高い貴族とお近づきになりたかった。

食事会に招待されている人達だって力のある貴族ばかりだけど、昼間の式典に招待されている人達の方が身分が高くて、彼らは食事会の時には奥の方の席に座るから近付けないと考えたらしい。

「それで紛れ込もうとしたんだけど、彼女の持っている招待状じゃ入れなかったのよ。そこに私達が現れたでしょ？　妖精姫は優しくて、困っている時はいつも助けてくれるってカーラが話していたから、じゃあ妖精姫を利用しようと思ったんだって」

「アホだな」

「でも私を見て、あれは儚げな顔をしているけど実はそういう性格じゃない。意地の悪い目をしているって気付いて、隣にいた優しそうな貴公子に声をかけようとしたらしいわ」

「まさか、その優しげな貴公子って」

「クリスお兄様」

「ただ見た目がよかっただけだろう」

クリスお兄様を見て優しそうって言う人は初めてかもしれない。

たいていは近付きにくそう。冷たそう。でもそこが魅力だって言うのよね。

「クリスお兄様は優しいわよ。世話焼きの一面もあるし、現実のツンデレ属性で嫌われないって才能よ」

「ツンデレが何かは知らないが、優しくても性格はよくない」

「まあ……否定はしないけど」

「それにクリスは、フランセルは愛らしくて守ってあげたくなるタイプの女性で、それを利用して男を操っていたが、ディアの方が愛らしさも、守ってあげたくなるような儚さも上だったから敵視したんだと言っていたぞ」

「見た目だけはね、守りたくなるみたいよね」

「何をしでかすかわからなくて、守らないといけないなとは思うね」

「それ、お兄様達にも言われたことがあるわ」

そんな無茶なことを今までしたかな？

割と常識的な人間だと思うのに。

「ともかく、フランセルは勝手気ままでニコデムスの計画は穴だらけ。今日の食事会にはマジックバッグすら持ち込み禁止なのに、無茶なことを考えたわよね」

魔道具には魔石を使用するから、それに反応するセンサーを魔道省が作っているのよ。

魔道具の武器の危険性はずっと前から問題視されているのに、放置するわけがないじゃないね。

「毒も用意されていたらしいわ。十年前の惨劇を再びって」

「十年前とは精霊の数が違うだろう。帝国ではまだ毒味をするのか？」

「しないわよ。精霊がチェックしてくれるし、浄化の魔法もあるでしょ」

中央の貴族はまだ精霊をようやく手に入れ始めているところ。

ニコデムス教徒は精霊を敵視しているから、精霊と共存する生活と言われてもよくわかっていないんだろうね。

「でもフランセルのおかげで、犯人達を捕まえられるかもしれないな」

「それはあるかも。もしかしてフランセル大活躍？」

「それはないな」

せっかく侯爵家の後妻になれるところまでもう一歩だったのに、平民に落とされてしまって、ちょっと精神的におかしくなっているみたいで、妄想がひどいと聞いたわ。

ヨハネスが魔道具を渡したと言い出したり、妖精姫が私を呪っているんだとも言っていたらしい。

冷たい親元で育って、金のために親子ほど年の違う男に親に売られて、周囲に気の毒がられたり優しくされたのが嬉しくて、それが忘れられなかったのだとしたら、彼女も気の毒ではあるのよね。

ただやることが短絡的というか、その場の思い付きで行動しているというか。

あれ？　思い付きで行動って私もしていなかったっけ。

こ、これからは気を付けるわよ。よく考えて行動するわよ。

最悪なモーガンの一日

モーガン・ゴレッジがニコデムス教徒になったのは、両親が教徒だったからだ。

男爵家の次男に生まれ、屋敷の中にはいつでもどこでもニコデムス教の教えが当たり前に存在していたため、何も疑問を覚えずに教徒になっていた。

それが十年ほど前のある日、突然事情が変わった。

皇宮で毒殺事件が起こり、貴族が何人も亡くなった。

その犯人がニコデムス教徒だというのだ。

すぐにニコデムス教禁止令が出たこともあり、市民の間では教徒狩りが起こり、貴族であってもニコデムス教徒は国外追放。領地が取り上げられることになった。

そして、そんな大変な時期だというのにエーフェニア陛下が引退し、皇太子がブレインと呼ばれる高位貴族の手を借りて国政を行うという御触れが出た。

そのとき十六歳だったモーガンは、これは何かの陰謀だとすぐに察知した。

精霊王に騙されている人達の中でニコデムス教徒だけが、このままでは人間が滅んでしまうと気付いていて、そのせいで濡れ衣を着せられたのだと仲間の教徒も話していた。

だがなによりもモーガンをニコデムス教へと傾倒させたのは、両親の行動だった。

あっさりと改宗し、精霊を育てると言い出したのだ。

皇都で妖精姫を見かけ、人間の子供とは思えない美しさと凛とした姿に心を打たれ、間違っているのはニコデムスのほうだと気付いたというのだ。

信じられなかった。

毎日祈りを捧げていたのはなんだったんだ。

モーガンは国を捨て、シュタルクで生活する覚悟でいたというのに、両親は貴族の地位が大事なんだと思うと情けなくて、自分だけは信念を貫くんだと家を出て皇都で生活することに決めた。

幸いなことに知り合いの教徒の中にはモーガンと同じ考えの者も多く、残った者達の結束はより強固になった。

平民として貴族の家の雇人になり皇都で五年ほど過ごし、教徒達の隠れ家の酒場で情報を集め、皇宮に仕事を見つけた。

他にも仲間が二十人近く皇宮に紛れ込んでいる。

全て、ニコデムス教を禁止した皇太子を倒すためだ。

「モーガン」

決行の日は戴冠式の日だ。

そのために準備をしてきたというのに。

「あの女が捕まった」

最悪の報告を聞くことになった。

仲間に呼ばれて向かった倉庫には、教徒が何人か集まっていた。

中でもパットとレイフは共に皇都に上京してきた友人でもある。

「だからあの女はやめろと言っただろ。何をやらかしたんだ」

「式典の会場に押しかけ、聖女様に突撃した」

「何をどうすればそうなるんだ」

食事会までは控室に潜んでいる手はずだったはずだ。

「魔道具がどういうものか気付いたのかもしれない」

「そんな頭があの女にあるもんか」

パットは仲間の連絡係だ。

彼が知っている以上の情報は、まだ出回っていないのだろう。

数人ごとに固まって話し込んでいる仲間達の顔には、焦りが滲んでいた。

「彼女は貴族に返り咲こうとしていたんだろう？　聖女様なら助けてくれると思ったのかもしれない」

「妖精姫が聖女だというのも怪しい話だ」

「モーガン、そんなことを大きな声で言うな。考えてもみろ。本当に帝国のためだけに動いているなら、なぜあの方は皇妃にならないんだ」

妖精姫が聖女だと考える者達は、必ずその疑問を口にする。

そして、妖精姫が帝国を出て行きたくて他国の者と婚約した、あるいはニコデムスの聖女を皇妃にするわけにいかず、皇太子は妖精姫以外と婚約したという答えを導き出し、妖精姫は聖女だというのだ。

「でも精霊王は聖女を手放すわけにはいかず、精霊王を後ろ盾に持つルフタネンの公爵と婚約させたんだ。アルデルト様という運命の相手がいらっしゃるのに」

「都合よく解釈しすぎだろう。聖女は当てにしない方がいい。レイフもそう思うだろう？」

「そうだね。でも、彼女の行動力をニコデムスのために使ってくれたら、情勢は一変するんじゃないかな」

子爵家でおっとりと育てられたレイフは、今でも品がよく、貴婦人方からの評判がいい。

穏やかな笑みで言われると、気が削がれてしまう。

「どうやら食事会の方は決行されるようだ」

他の者達の話を聞いてきたパットの言葉に、モーガンは驚いて立ち上がった。

「危険すぎるだろう。女がばらしているに決まっている」

「いや、城内はなんの動きもなく静かなんだ。戴冠式は変更なく予定通りに進んでいる。あの女だって、ニコデムスと協力したなんて話はしないだろう」

「そりゃあニコデムスの手伝いをしたなんてことになれば処刑されるからな」

平民が皇宮に忍び込み、高位貴族のみが許された区画にはいり、妖精姫の行く手に立ち塞がった時点で処刑になるとは彼らは考えなかった。地下牢に何年も入れられる程度だと考えていたのだ。

平和な田舎の領地で生活していた地方貴族の子息は、平民との距離が近いために、罪の重さの基準がずれていたのかもしれない。

「こんな機会はそうはない。外国からの客も死ねば帝国の評判は地に墜ちる」

「ああ、戴冠式の日に十年前の惨劇が再び繰り返されれば、皇帝も自分の愚かさを痛感するだろうさ」

周囲から聞こえてくる声は、このまま計画を決行しようとする意気込みに満ちたものばかりだ。

今更、中止にしようとは言い出せない雰囲気だった。

「モーガン、やるしかないよ。もうシュタルクの国内の状況がかなりまずいんだろう？　僕の家族はシュタルクに亡命したんだ。ここで帝国の力を弱めないと」

「……レイフ」

長男だけを連れて亡命した家族の心配をする友人に少し苛立ち、それ以上に自分達にはもうこの道しか残されていないんだという思いが強まった。

このまま何もしなければ、ずっとニコデムス教徒だということを隠して、毎日怯えて生きていかなくてはいけなくなる。

帝国にはどんどん精霊が増え、今でも仲間の数が徐々に減っているのだ。

「そういえば、あの女を連れてきたのは誰なんだ？」

「酒場に来たシュタルク人だと聞いた。戴冠式を潰すために協力し合っているんだそうだ」

「そうか」

逃亡の手助けもしてくれるという話は以前もパットから聞いていたが、姿を見たことも、名前を聞いたこともないことに今まで気付いていなかった。

ニコデムス教徒だというだけで、相手が誰でも仲間だと思ってしまうのは注意しなくてはいけないなと思いつつ、モーガンは自分の持ち場に向かった。

食事会の会場はとんでもなく広いホールだった。

テーブルを片付ければ舞踏会を開ける広さだ。

高価な食べ物と酒が並び、着飾った人達がすでに席について談笑している。

服もアクセサリーも煌びやかなので、照明を反射して部屋全体が輝いているようだ。

「あの、毒味の係の方は」

モーガンの問いに、年配の給仕の男が怪訝な顔で足を止めた。

「は？」

「いつもは別の場所で働いているもので、手順がわからずすみません」

白いシャツに黒の上下の制服姿の男達と紺色の侍女の制服を着た女達が、忙しげにモーガンの横を通り過ぎ、彼らが足を止めていることに迷惑そうな視線を向けてくる。

壁際に寄って邪魔にならないようにしていると、男が納得した顔で頷いた。

「ああ、人手が足りなくて駆り出されたんだね。それで知らないのか。もう我が国では毒味なんてしていないよ」

「え？」

「精霊がいるから必要ないんだ」

「そ……そうなんですか」

驚く演技は必要なかった。

顔が引き攣っているんじゃないかと思うほどに驚いたからだ。

必要がないというのはどういうことなんだろう。

ポケットに入っているこの毒は、全く役に立たないということだろうか。

「皆様、本日は大人数のため精霊獣を顕現させないようにお願いします。我が国では毒味制度は廃止されております。ご存じの方もいらっしゃるでしょうが、精霊は食べ物に毒が入っているかどうか、安全であるかどうかを察知し、毒が入っている場合は速やかに浄化魔法を使用します」

皇帝が入場するのを待つ間、場を持たせるために話をしたり音楽を流していた司会の係が、食事に関しての説明を始めた。

「精霊のいらっしゃらない方のテーブルには、慣れている帝国民の精霊がお邪魔してチェックを行いますので、温かいものは温かいうちに、冷たいものは冷たいうちに、我が国最高の料理をお楽しみください。もちろんご心配な方は毒味をなさってくださって一向にかまいません。安心して料理を楽しめるよう、それぞれの納得のいく方法で……」

精霊が毒を感知する。そんな話は初めて聞いた。

焦って周りを見回したら、同じように驚いた仲間達が挙動不審になっている。

最初の乾杯や料理には毒は入れないことになっているから、誰もまだ動いていないうちに知られてよかった。まだ精霊は客の頭上でくるくると動き回っているだけだ。

だが毒を発見したら？

入れた者まで感知するんだろうか。

「精霊同士は交流で魔法を教え合うそうです。毒の察知や浄化の魔法を是非とも精霊が覚えられるよう、精霊は自由にさせてくださって結構です。まだ精霊のいらっしゃらない人も、これを機会に精霊に慣れていただけると、手に入れやすくなるようですよ」

司会の男の声がここまではっきりと聞こえるのも、彼の肩の上にいる精霊の魔法なのかもしれない。

そのとき不意に、部屋の隅で光が炸裂した。

何かと思って注目すると、パットの周囲に精霊が集まり、彼に光を浴びせかけていた。

「まさか」

毒を発見して浄化魔法をかけているのか？

あんなにたくさんで？

モーガンは思わずポケットの中の毒の入った瓶を掴んだ。

「どうやら彼は手に怪我をしていたそうです。精霊は人間の役に立つのが大好きなので、主人が怪我をしたらすぐに回復しようと魔法を使うんです。きみ、お客様が眩しい。廊下に移動しなさい」

「はい。申し訳ありません」

帝国の人間は光が炸裂することに慣れている。

いつもと微妙に光の色が違うようだが、それで騒ぐ者はいなかった。

外国の客の中には驚いている者もいたようだが、司会の説明に笑顔になっていた。

「自己判断で魔法を使うのか」

モーガンもこの場にいては危険かもしれない。

さりげなく廊下に出る途中で、目配せし合い、パットのいるであろう廊下に向かう警備兵を見かけた。

警備兵だけじゃない。

向こうにいる男の着ているのは近衛隊の制服で、今モーガンの目の前を走り抜けていった兵士の制服はベリサリオ軍のものだ。

いつもより警備が厳重なのは覚悟していたが、精霊を連れた兵士を全国から集めて警備に充てるとは聞いていなかった。

ノーランドやコルケットの兵士もいるとしたら、皇宮に今どれだけの精霊が集まっているのだろう。

「モーガン」

「レイフ、無事か」

「あれでは無理だ。急いで倉庫に集合だ。計画は中止だそうだ」

「集合しないで逃げた方が……」

気が動転しているのか、レイフはモーガンの話を聞かずに走っていってしまった。

おっとりと育てられた貴族の子息には、犯行自体に無理があったのだろう。

「気のせい……か?」

レイフの髪が、妙な方向に揺れている気がしたのだが、走り去ってしまったのでよくは見えなかった。

この場にのんびりとはしていられないのでモーガンも歩き出したが、彼はレイフの後を追わず、ここから一番近い控室のひとつに向かった。その部屋の窓から逃走するほうが捕まる危険は少ないはずだ。

倉庫に集合なんてしたら、ひとりでも尾行されたら全員が捕まってしまう。

「ん？」

ぴちょんと背後で水滴が落ちる音が聞こえた気がした。

だが振り返っても床は濡れていないし、誰もいない。

気のせいかと歩き出すと、またぴちょん、ぴちょんと水滴が落ちる音がする。

「な、なんだ？」

周囲を見回したが異常はない。

ただ遠くの廊下を走る足音が聞こえるだけだ。

給仕の係が何人も抜けたのだから、厨房は大混乱になっているだろう。

「やばい」

先程の光が回復魔法ではなく浄化魔法だと気付いている者もいるはずだ。

そうしたら、何人も給仕が消えた意味だってすぐにわかる。

平然と歩いた方が怪しまれないと思っても、焦りで足は速くなり、ついには走り出していた。

「うわ」

「あぶな」

横の廊下から出てきた男とぶつかりそうになり慌てて立ち止まった。

だいぶ焦っているのか、相手はモーガンを無視して立ち去ろうとしたので、がしっとその腕を掴んだ。

「パット」

「え？　ああ、モーガン。やばいやばい」

「落ち着け。出口ならこっちだ」

「無理だ。変な音がついてくる。カランカランと壁や床に何かがぶつかる音がするんだ」

今度は何かがぶつかる音だという。

カランという音なら軽い物なんだろう。

「もう無理だ。呪われたんだ。魔物がついてくるんだ。精霊かもしれない」

「精霊！」

カランという音や水音をさせるくせに姿の見えない精霊なんて聞いたことがないが、モーガンは精霊については何も知らない。

だが精霊なら急がなくては。

「逃げよう。こっちだ」

「あ……ああ」

「逃げる？　どこに？」

モーガンの進もうとした道を塞ぐように、長身の青年が立ち塞がった。

近衛騎士団の制服を纏った赤茶色の髪の青年だ。

「毒を持っているのか？」

ぴちょん。

彼の問いに答えるように水音が廊下に響き渡り、次の瞬間、モーガンとパットを光が包んだ。

「わかったから浄化はするなよ。なんの毒か調べたいんだ」

まだ幼さの残る顔をした青年だ。

成人しているかしていないか、微妙なところだろう。

それなのにモーガンには、彼を倒して逃げるという考えが思い浮かばなかった。

落ち着き払い、楽しそうな表情さえ浮かべている青年に、とても勝てる気がしなかったのだ。

「音がする。カラカラって、音が」

「落ち着けパット。そんな音は……」

その時青年の背後に、化け物が姿を現した。

天井に頭が付きそうな大男で、全身赤色をした巨人が、モーガンを見てにんまりと目を細めて微笑んだ。

「ひ……」

ばたりとパットが倒れる音が聞こえたが、確認する余裕などない。

モーガンはその場に腰を抜かした。

「終わった」

これで全部無駄になった。

音もなく近付いて来る赤い巨人を前に、なすすべもなくモーガンも意識を手放した。

「ひどいな。なんでみんな僕の精霊獣を怖がるんだろう。優秀なのにな」

青年……アランは目の前で気絶した男達を、むっとした顔で見下ろした。

赤い巨人は拳大ほどの炎に姿を変え、アランの声に応えるように上下に揺れた。

ホルブルック子爵

翌日からはニコデムスの妨害もなく、五日間にわたる戴冠式の日程は無事に終了した。

五日もやるって聞くと長く感じるけど、メインは前半で、後半は各国の外交期間だった。

各国の王族や首脳陣がこんなに集まる機会は当分なさそうだから、どの国もこの機会を有効活用しようと予定を組んでいたの。

私も外交のためのお茶会や食事会に出来るだけ出席して、精霊について話をした。

ニコデムス教徒が毒を持っていた件については、一部の貴族の中で食事会を中止するべきだったのではないかという意見が出たけれど、諸外国の首脳陣はむしろよく未然に防いでくれた、精霊の存在のありがたさを再認識出来たと好意的な声が多かった。

どこも他人事じゃないからね。

ルフタネンやベジャイアには帝国以上にニコデムス教徒が潜伏しているだろうし、リルバーンやデュシャンには亡命者が流れ込んでいる。

世界中のどこでいつ同じような事件が起こるかわからないので、帝国を責めるより、精霊と協力し今回の件を未然に防いだ警備態勢を参考にする方が重要なのさ。

そうして全ての日程が完了し、諸外国の人達がそれぞれの国に帰り、祭りの余韻を残しつつも普段の生活が戻ると、特に中央部ではこの事件の余波が静かに、でも確実に人々の間に広がっていった。

そりゃこわいよ。

実家と縁を切った者ばかりとはいっても、犯人は貴族の子息達だ。

顔見知りだったり、昔の同級生だったり、皇宮ですれ違っていた人達が食事会で毒を盛ろうとしたんだから。

もしかしてまだ自分の近くにニコデムスがいるのかもしれないって、疑心暗鬼になっても仕方ない。

皇宮で働いているかもしれない。

いや、自分の屋敷で雇っている者の中にいるかもしれない。

彼らも自分に毒を盛ろうとするかもしれない。

じんわりとしみこむ恐怖だ。

どこに行けば安全なのかわからない恐怖。

彼らが集っていた酒場はもぬけの殻で、店主も建物の持ち主も行方不明だった。

フランセルを誘った外国人が誰なのかはいまだにわからず、ルガード伯爵家の家令も姿をくらました。

ニコデムスにとっては失っても痛くも痒くもない者達だけで、しっかりと帝国人に恐怖を植え付けられたのだから、彼らにとって計画は成功だったのかもしれない。

あんなお粗末な計画で、あっさり捕まったとしても、新しい皇帝の治世に確実に影を落とす事件になってしまった。

でもさすがに皇帝もブレインも、そのままにはしておかなかった。

精霊達は犯人が毒を持っているだけでも察知することが出来て、犯人共は犯罪を起こす間もなく全員捕らえられたんだってことを発表すると同時に、今回一番活躍したアランお兄様を、まだデビュタント前だというのに子爵にしちゃったの。

精霊の森のすぐ東側に領地ももらったので、その地名を取って、ホルブルック子爵アラン・グラントリー・フォン・ベリサリオ爆誕よ。

「ディアの屋敷からすぐなのかと思ってたわ。精霊の森を横切るわけにはいかないからぐるりと回るのね」

「そうなんだ。精霊の森に近すぎて開発が進んでいない地域なんで、皇都のすぐ近くなのに自然がそのまま残っているらしい」

精霊車のゆったりとした窓際の座席で、仲睦まじく隣に座って話しているのは未来のホルブルック子爵夫妻よ。

今日はアランお兄様がパティと新しい領地を見学しに行くというので、私もついて行くことにしたのだ。

邪魔だろうって？

わかっているわよ。

でも領地には、精霊の森に不審者が入らないように、森の外側部分の整備を仕事にしている人達も住んでいるの。

彼らは森が開拓される時に反対して、バントック派を怒らせて迫害されていた時期があって、皇宮首脳陣としても彼らが一番納得する領主は誰だろうと悩んでいたらしい。

そういう土地ならば、ここで顔を出しておくのが兄孝行よ。

「領地もあり世襲も出来る子爵位に抜擢か。帝国版英雄の誕生か？」

そして私の隣にはラフな服装をしたカミルが座っている。

最近、週のうち二日間くらいは帝国にいるのよ。

今回の毒殺未遂事件は、私を攫うために起こされたんじゃないかってルフタネンで大問題になっていて、国王や貴族達、なにより北島の人達が、妖精姫を無事にルフタネンに嫁がせるのが、カミルが最優先しなくてはいけない仕事だって言い出しているんだそうだ。

公爵が直接しなくてはいけない仕事がある時以外は、私にくっついて護衛していろって、ルフタネン国王に言われてるらしい。

「せっかくだから、じゃあディアにくっついていようかなって」

爽やかな笑顔で言ったカミルに呆れたのは私だけ。

うちの家族は娘専用の信頼出来る護衛が増えて大喜びよ。

なにしろずっと一緒にいても変な噂は立たないからね。婚約者だもんね。

クリスお兄様とお父様の顔は引き攣っていたけど、ニコデムス対策にはカミルの手も借りるらしいわ。

「そこまでの話じゃない。精霊獣と協力した警護の仕方をアピールするのに、僕がこういう成果を上げたという説明が出来るのは便利なんだろう」

アランお兄様の精霊獣って普段でも私の拳くらいの大きさなのよ。

それがもっと小さくなれるなんて知らなかったわ。

精霊に隠密行動させて犯人を追わせて、自分は少し距離を置いて尾行して、彼らの集合場所や脱出ルートを割り出して、全員捕まえたっていうんだから我が兄ながらあっぱれよ。

兵士の間で今、犬系や猫系じゃなくて、アランお兄様みたいに小さな精霊獣が欲しいって人が増えているんだって。

ちゃんと対話して相棒として接してくれるんなら、どんな姿の精霊獣にしようが、警備に活用しようがいいわよ。

でも道具扱いは駄目。

あとこれが重要なんだけど、思っていたのと違うとか指示を聞かないからこいつはいらないなんて、精霊を捨てたり迫害するのは許さないからね。

精霊の横の繋がりを舐めるなよ。魔法を教え合えるってことは意思疎通出来るんだからな。

そういうことがあったら迷わず精霊王か皇族、それかベリサリオの精霊獣に言いつけろって精霊達に広めているって、皇帝からもお触れを出してもらった。

こういう時は皇帝けっこう便利だ。

「それでも貴族達の不安は拭えないだろう。西島では精霊のいない者は雇わない貴族がいるぞ」

「ああ、それは帝国も同じだ。精霊のいない者を差別しないように精霊王にも注意されているので、それを理由に解雇はするなと陛下が注意しているんだが」

「弱腰だと言われかねないな」

「それは平気だ。最近になって急に精霊を育てるのは教義に反しないとかディアは聖女だとか言い出したり、少女を誘拐しようとしたり、平気で人を殺そうとするニコデムス教は、ただの犯罪者集団だ。そのニコデムスをいつまでも国教にして保護しているシュタルクは、これ以上存在すると迷惑だから消えてもらうって陛下が明言したんだ」

「してないからっ！」

アランお兄様、なんなのその説明は。

皇帝がそんな話をしたら、即戦争が起こるわ。

「でも言ってることは大差ないよ。柔らかい言い回しにしただけだ」

「ベジャイアがディアの手下になったから、侵攻しやすいな」

「手下じゃないです！」

「アランとカミルの会話って簡潔でわかりやすいけど誤解を招くわね」

そんなニコニコと穏やかに言っていないで注意してよパティさん。

なんで私が突っ込み役になっているのよ。

「でも貴族達がなにも文句を言わなくなったのはディアのせいだよ」

「また何かやらかしたのか？」

「今回の犯人達が聖女に会わせてくれたら、何でも話すって言いだしたものだから」

「ディア？　まさか会いに行ったのか?!」

迫って来ないでほしい。

窓側に座っているからこれ以上後ろに下がれないのよ。

「カミル、近い」

「そんなこと言っている場合じゃないだろう」

「結果的に会ってよかったんだよ。聖女ならわかってくれると妙な誤解を抱いていた彼らの、希望と憧れと妄想を打ち砕いたんだから」

「…………なにをやらかした？」

「なにもやらかしてないわよ」

これが兄と婚約者の会話ってひどくない？

私がとんでもないやつみたいじゃない。

「帝国に住んでいて、給料もかなりもらっていて、それで休みの日には酒場で酒を飲んでおいしい料理を食べて楽しく仲間と生活していたわけじゃない？　精霊と共存している人達がいるおかげで豊かな生活が出来たくせに、精霊王は人間を騙していると信じているなんて、脳みそ沸いているのかってお話ししたの」

私は柔らかい言い回しとかオブラートに包んだ言い方とかしなかったわよ。

あの食事会には私の家族や知り合いもたくさんいたんだから許せないじゃない。

「ニコデムスを国教にしているシュタルクでは作物が育たなくて、仕方なく精霊を育て始めているじゃない。人間が特別な存在で精霊王や精霊なんて必要ないって言うんなら、帝国でぬくぬくと生活していないでシュタルクに行って、食料がなくて死にそうになっている人達を助けたらどう？」

って言ったら、さすがにここまで言われると相手もむかつくみたいで、

「シュタルクで作物が育たないのは精霊王のせいだ！」

って喚くから、つい熱くなっちゃったのよね。

「じゃあなんで精霊を育てた途端に畑に作物が育ったのよ。問題は空気中の魔力量だって帝国にいるなら聞いたことあるでしょ。精霊王は人間には干渉しないの。だからシュタルクが精霊を育て始めても妨害しないの。あんた達は仲間とつるんで自分達だけが世の中の真実を知っているって言いたいだけの殺人者よ」

聖女って言われるとぞっとするし、運命の相手はシュタルク王太子のアルデルトだと言われるのもマジで嫌だ。

「えー、あの薄気味悪い人？　初対面で再会出来るのを楽しみにしていたって言われた時には殴りたくなったわよ。いい？　私は人に押し付けられた運命なんて真っ平なの。自分の運命は自分で決めるの。そこにシュタルクの王太子はお呼びでないの」

優しくて守ってあげたい聖女が、腰に手を当てて扇をひらひらさせて、ツンと顎をあげて彼らを見下したように睨みつけたんだから、彼らからしたら何が起こっているんだ？　って感じだったかもしれない。

「私が聖女だと言うなら、私がこの手でニコデムス教の息の根を止めてやるって、ディアが言い切

った時の教徒の顔を見せてあげたかった。怒りとか落胆とかじゃないんだよ。衝撃が強すぎて真っ白になっていた」

私が利用されて妖精姫に祭り上げられているといまだに思っていたなら、おまえら仲間以外からの情報もちゃんと集めろよと言いたいわよ。

信じられるのは仲間だけだって思ってるみたいだけど、洗脳されているのはおまえ達だっつーの。

だから使い捨てにされたのよ。

「仲間が酒場を捨ててすでに逃げてしまっていることを聞いたばかりで、ディアの本性を知ってしまって真っ白になって、今では素直に質問に答えているそうだよ」

「カミル、そんなに笑うような話ではないと思うの」

最初はにやにやしながら聞いていただけだったのに、アルデルトを薄気味悪い人だと言ったあたりでぶふって噴き出して、そこからは肩を震わせて笑って、最後には大笑いしていたのよ。

「その場にいた警備兵や苦労して情報を聞き出していた者達は、やつらの自分勝手な言い分に不満が溜まっていたんだよ。そこにディアが颯爽と現れて彼らの幻想を打ち砕いてくれたもんだから、すかっとしたんだろうな。それを仲間に話して、仲間から他のやつに伝わって」

妖精姫が今回は本気で怒っているらしい。ニコデムスを潰すと言っている。

皇帝はシュタルクの存在を放置出来ないと言っていた。

今回、辺境伯家の兵士が皇宮の警備にあたっていたのも、対シュタルク戦に備えての協力態勢の準備かもしれない。

「皇帝とブレインと妖精姫がシュタルクとニコデムスをぶっ潰すために動き出した」

いつの間にかそんな話題が帝国中に広まって、だったらそれほど不安に思わなくてもいいんじゃないか。まかせておこうって流れになったのよ。

シュタルクもニコデムスもこれで終わりだなって空気は、皇帝への信頼なのか、私が何かしでかすということへの信頼なのか。

「私ってたぶん、幸運振り切っているんだと思うわ。こんな結果になるなんて思わなくてその場のノリで……」

勢いで話しちゃ駄目だと反省したばかりだったのを忘れていた。

いかん。勢いがつくと止まるのって大変なのよね。

「その場にいたやつらだけじゃなくて、帝国の貴族達も、俺も、ニコデムスのやり方とディアを聖女扱いするのにうんざりしていたんだよ。だからディアがはっきり宣言したと聞いていい気分だ」

婚約者を聖女に祭り上げられて、他の男を運命の相手だなんて言われたら、そりゃあいい気はしないわよね。

カミルが実は一番、ストレスを抱え込んでいたのかもしれない。

「でも重要なことがあるわ」

「なんだ？」

「私の本性が、とうとうみんなにばれてきた」

「……むしろ今までバレていなかった方が不思議だと思うんだが」

もう見た目の印象は当てにならないって、さすがにばれたわ。

妖精姫だけは敵に回すな。

ルフタネンとベジャイアの王族が、皇帝と同じように妖精姫に接しているって噂になっちゃったしね。

あれ？　ばらしたの彼らじゃない？

皇都から精霊の森への街道沿いは、貴族の屋敷が増えて賑やかになってきたけど、精霊の森の外側をぐるりと囲む道を先に進むと、急に建物が途切れてしまう。

そこから先は皇都の開発から取り残された地域で、森の中の道を進み北と東へ延びる二股にぶつかれば、その先はもうアランお兄様の領地だ。

領地には村がひとつしかなく、精霊の森の警備と整備だけが村での主な仕事で、それ以外の村人は皇都で職に就くか、貴族の屋敷で働いている者がほとんどだ。

貧しくはないけど豊かでもなく、買い物は皇都まで行かないと出来なくて、職場も皇都にある場合通うのが大変で引っ越してしまう人もいて、ゆっくりと過疎化が進んでいる村、若い世代にはなんの面白みもないと思われるような村が、アランお兄様がこれから生活の拠点にしようとしているサニーベールだ。

ここをアランお兄様の領地にしたのは賢い選択だと思う。

領民は精霊王と親しいベリサリオの人間が領主になるのを歓迎するだろうし、目立つ産業もなく領地の大部分が森しかない土地なので、貴族達から不満が出にくい。

アランお兄様はサニーベールを大きくし、職人達の工房が点在する森の中の小さな村をひとつ作る予定だ。

「着いたぞ。屋敷を建てるのはこの村の東側だ」

アランお兄様がここに来るのは初めてだけど、もう多くの人が村を広げるための工事に取り掛かっている。

ベリサリオにいた頃からアランお兄様に仕えていた人達や、フェアリー商会の精霊車部門の人達、仕事の関係で知り合った職人達が、今日も大勢作業をしているはずだ。

「精霊車五台はさすがに派手だったんじゃない？」

新しく造られたホルブルック子爵家の紋章入りの精霊車が二台と、フェアリー商会のマークの付いた精霊車が三台、ずらりと列になって進んでいるんだよ。

「資材が不足しているとバルトが言っていたんだ。作業している者達の宿舎が出来たばかりで、必要な物を運びきれていないんだよ」

村の大通り……なのよね、ここは。

すれ違うのがギリギリの幅のガタガタ道しかない。

道の両側には新しい領主を歓迎するためか、物珍しいから見物したいだけなのかは知らないけど、村人が建物から出てきて驚いた顔で眺めている。

「どこに向かっているんだ？」

「村の中心にある広場だ」

広場には大勢の村人が集まっていた。警備兵の制服を着た人もいる。

役場を造って開拓や建築作業の求人をしたり、説明会を開いたりしているそうで、側近だったバルトなんて今では村に常駐して責任者のようなことをさせられているらしい。

精霊車から降りたアランお兄様を見る村人の顔は、期待に輝いていた。

どんな整備をするか、今後村をどうしようと計画しているか、村人のためにわざわざ説明会を開く貴族なんて他にいないもん。

「あの方が婚約者？」

「公爵令嬢だって」

アランお兄様がエスコートしてパティが精霊車から降りたら、歓声があがった。

よかった。歓迎ムードだわ。

ここも中央なので赤髪の人ばかりだから、同じ赤髪のパティが婚約者だというのはポイント高いはずよ。

それにさすがは精霊の森を守ってきた人達だけあって、精霊獣の数がかなり多い。

精霊獣の見た目って動物系が多いから、広場に様々な動物がいて他では見られない光景になっている。

平民ばかりが住んでいるのに、人口より精霊獣の多い村ってここしかないんじゃないかな。

「私達は先に村を広げている場所を見学します」

外から姿が見えないように注意しつつ、なかなか私達が降りてこないので中を覗き込んだアランお兄様に声をかける。

こんな歓迎ムードなら、私は顔を出さない方がいいでしょう。

「挨拶するために来たんじゃないのか？」

カミルに聞かれて、私はひらひらと手を振ってみせた。

「いいのいいの。アランお兄様とパティの初めての顔見せなのよ。妖精姫が顔を出して目立っちゃ駄目でしょ。予定変更」

「なるほど。今日の主役はアランとパティだからな」

「そういうことよ。それより見て」

村の東の出口を出たら、そこは広大な更地だった。

大通りになる場所には道幅に合わせて杭が並べられていて、区画も整理されている。

小さな急ごしらえの建物がふたつあるのは、工事関係者の休憩場や食堂、宿舎だ。

「えーと、ここの左にフェアリー商会の事務所が建つ予定で、右が店？　もらった地図に店としか書いてないんだけど。店ってなんの？」

「この村には店がないって言っていたじゃないか。商人を呼ぶんだろ」

おおお。そこから村づくりをやるんだ。

ちょっと楽しそう。

「屋敷で働く人の住居がこの辺で、突き当たりにアランお兄様の屋敷が建つのね」

「だいぶ広い敷地だな」

「庭を広くするって言ってたわ」

森の木をところどころ残しているので、スローライフにぴったりの緑に包まれた村になりそうだ。

屋敷の予定地の前で精霊車を停めて外に出て、ぐるりと周囲を見回す。

今は工事の人達がいるから賑やかだけど、村の形が整った時、どのくらいの人がここに住んでくれるんだろう。

村を出て行った若い人達が戻ってきたくなるような場所になるといいな。

「もうこの先は森か。もっと中央の方が安全じゃないか？」

森から侵入出来るかもしれないもんね。

「警備には問題ないんじゃない？　情報を集める人材をたくさん集めているアランお兄様だもん。精霊の森の警備兵が、いつの間にか強化されて隠密になっていても驚かないわ」

「いいのか、それは」

「新しい制服に防具、フライもたくさん持ち込んでいるはずよ。カッコいいと思われれば、自分もやりたいって若者が戻ってくるかもしれないでしょ。それに今は森の警備兵は平民にも軽く見られているらしいのよ。フライで颯爽と警備をしてもらって、ちゃんと権限を与えて、働きやすくしないとね」

私達の精霊車以外は街を出てすぐのところで停まったので、荷物を下ろすために人が集まっているのが遠くに見える。

食料や医療品も運んできているのよね。

何もないところを更地にして、道を造って資材を運んで、店や宿を建てて仕事を作って人を呼ぶ。

前世でそういうゲームをやったことあったな。

「ディア、向こうも見てみよう。あっちにも建物を建ててるようだ」

「温室じゃないかな。急に移動するとレックス達がついてこれないわよ」

「それが狙いだ」

こんな何もない更地で、ちょっと距離を取ったくらいじゃ意味がないでしょう。

何も言わなくてもレックスとリュイは、少し距離を置いて控えていてくれるじゃない。

つい、いつもの癖でジェマを捜してしまうけど、彼女はアランお兄様が領地開発に着手するのに合わせて部署異動になった。

ルーサーともうすぐ結婚して、いずれはパティの侍女になる予定よ。

同じ城にいてもブラッドに滅多に会えないんだから、この村に住むジェマと会うのなんて次はいつになるんだろう。

いずれ結婚して他所の家の人間になる令嬢は、みんなこういう別れを経験するってわかっているけど、子供の頃からずっと当たり前に傍にいた人達と会えなくなるのはやっぱり寂しい。

でも私の場合はレックスとネリーがルフタネンまでついて来てくれるんだし、リュイやミミとも仲良くなれたし、恵まれているのよ。

「ディア？　どうした？」

「なんでもないわ。もう皇都はだいぶ涼しくなってきたわね。学園が始まる季節ももうすぐね」

「……カーラのことを考えていたのか？」

「違うわよ」

違うけど、カーラも今年からは学園に通わなくなるのよね。

「連絡は取れているんだろう？」

「手紙のやり取りはしているけど、心配かけないように気を遣っているんだと思う。元気に楽しくやっている様子しか書かれていないわ」

カーラも心配だけどハミルトンはどうなるんだろう。

たぶん侯爵家以上は、いや伯爵家でも有力な家はノーランドがこれ以上力をつけるのを嫌がって、彼らと縁組をしないだろう。

バントック派の二の舞いは御免だという思いが、いまだに根強いのよ。

「侯爵家と辺境伯家は同格なのに、辺境伯家の方が上の扱いになっているのも侯爵家達は気にしているみたい。民族の問題もあるから難しいわ」

「ベリサリオは？」

「うちは第四の公爵家にしようって話が出ているの」

「ああ、今でも侯爵家より上の扱いだっけ」

もしベリサリオ公爵が誕生すれば、王族と全く血縁関係のない我が国初めての公爵家の誕生よ。

ベリサリオが辺境伯じゃなくなるって、いろんな方面に影響が大きすぎるから、まだ先の話だろうけどね。

「ディア、難しい顔になっているよ」

「あ、ごめんなさい」

「楽しい話をしよう。今年から俺も学園に通うことを忘れないでくれよ」

よっぽど暗い顔をしていたのかな。

せっかく一緒に出掛けられたのに、カミルに心配させちゃ駄目だ。

「そうね。制服姿が楽しみだわ」

「俺はきみに毎日会えるのが楽しみだ」

「お昼だけよ？　校舎が別なの」

「それでもいいさ。ずっとひと月に一度くらいしか会えなかったのに、毎日会えるんだぞ」

私も嬉しいって素直に言えばいいのに、カミルの顔を見ると照れくさくて言えない。

そういうことをちゃんと相手に伝えるのは大事だってわかってるのに、こういう時ばっかり意気地なしなのをどうにかしたい。

「ディア？」

「学食美味しいのよ。それに婚約者ならちょっとくらいは寮にも遊びに行けるかも」

「ベリサリオの寮で暮らそうかな」

「それは無理。……でもそうか。これから三年間は冬の間は毎日会えるのね」

「きみが成人したら、会える時間はもっと増える。みんなきみが成人するのを待っているよ。南島のカカオ畑にまた来てほしいし、西島の復興も見てほしい、東島の王宮にもまだ一度も来ていないって、あちこちから要望が来ているんだ」

「忙しそう。でも楽しみだわ。ふたりで街を歩いたの楽しかったよね」

「正確には走ったし、囮だったんだけどな。でも確かに楽しかった」

そういう幸せな未来のためにも、ニコデムスをどうにかしないとね。

もうブレインが動き出しているみたいだし、来年には大きな動きがあるかもしれないわ。

「あのさ、前から気になっていたことがあるんだけど」

「え？」

振り返ったら、カミルが真剣な顔をしていたので、私も笑顔を引っ込めた。

「茶化しているんじゃなくて、真面目な話なんだ」

「うん。わかった」

「ディアはさ」

「うん」

「どうしたら子供が出来るか知っているのか？」

…………………え？

「な、なななな、何を急に」

そんな真顔で何を聞いているのよ。

え？　ここはどう答えればいいの？

セッ……これはこの世界にはない単語だし、あっても令嬢が言っちゃ駄目なやつだ。

「その反応でわかった。知っているならいいんだ」

「にやにやするな！　なんなのよ」

「真面目な話だよ。初夜に驚かれて魔法をぶっ放されたり、精霊獣がドアを破って突入して来たら悲惨じゃないか」

「そんなことしないわよ」

同人やっていたオタクだったんだから、自慢じゃないけど、知らなくてもいい知識まで持っていたりする。

でも経験は皆無だから、自分の知識が正しいかどうかはまったくわからない。

「どうして知っているんだ？　前世では病気で早く亡くなっているんだし、今も教えてくれる人なんて」

「いるわよ。私の侍女は結婚して子供がいる人もいるのよ。侍女同士の話が聞こえることもあるし、ほら」

「ほら？」

「エルダがいるし」

「あーー、そうだった。恋愛作家がいたな」

ごめんエルダ。

便利に使わせてもらったわ。

前世のネットや映画や漫画の情報だなんて言っても、納得させる自信がない。

エルダは全年齢向けしか書いていないけど、お姉さま方にそういう話は教えてもらっているらしい。

「ともかく！　五年も先のことなんて今から心配しても仕方ないでしょ」

「五年……そうなんだよ。五年。我慢出来るのか俺。五年だぞ」

「五年五年って、何をぶつぶつ言っているのよ」

「やっぱりルフタネンの法律優先にしよう。それなら三年後に結婚出来る」

「お父様とお兄様達を説得出来ればね」

「…………無理」

だよね。

閑話　きっかけ

Side．カーラ

少しだけ肌寒さを感じてカーラはショールをかけ直し、雲の垂れこめた空を見上げた。

もう雪の季節がすぐそこに来ている。

社交の季節が始まる前の今は、茶会や舞踏会のための準備を整えている貴族が多く、皇都が一番人で賑わう時期だ。

貴族の精霊車や平民の馬車が大通りを行き来し、歩道を大勢の人が忙しそうに早足で歩いている。

「カーラ様、精霊車から上着を取ってきましょうか？」

道が混んでいたため精霊車を先にフェアリー商会に行かせ、歩いて買物をすることにしたカーラは、周りの人達に比べて薄着だった。

ここは貴族街から近く、道の両側には高価な品物を扱う店が並び、行き来する人達も貴族の屋敷で働いている者か関係者がほとんどなので、カーラでも安心して歩ける。

「ジョアンナ、呼び捨てにしてって言っているでしょ？　今ではあなたの方が身分が上なのよ」

「そうはいきません。カーラ様はノーランド辺境伯家の親戚の御令嬢であることに変わりありません」

ジョアンナはヨハネス家が爵位を取り上げられ平民になっても、侍女として仕えさせてほしいと言って屋敷に残ってくれた。

カーラとしては友達のように接してくれていいのにと思うのだが、ジョアンナは頑なに敬語をやめない。

財産も差し押さえられた時にはどうなることかと思ったが、それはヨハネスが財産を自分のために使ってしまうことを防ぐためだったと知った時には、心の底からほっとした。

平民になったことを受け入れられず酒に逃げたヨハネスは、屋敷で働いてくれていた者達への支払いさえせず、元領地の屋敷も放置したままになっていたのだ。

ブレインが財産管理人を用意して不要な物や屋敷を売り払い、使用人に給金を支払い、財産を生前贈与出来るように手筈を整えてくれたおかげで、贅沢をしなければ一生食べていけるだけのお金をカーラは持っている。

ノーランドの貴族達もヨハネスが爵位を取り上げられたと知り溜飲が下がったのだろう。

カーラやハミルトンに同情的で、態度が柔らかくなった。

貴族なんて、だいたいがそんなものだ。

人脈と財産を持つ子供がふたり。

嫌われるよりは好かれて利用した方が得なのだ。

「それで、何にしましょうか」

「うーん。ハンカチはどう？　扇でもいいかもしれないわ」

「でしたらあちらのお店に行ってみましょうか」

今日は久しぶりにディアドラとパトリシアに会う約束をしている。

会うか会わないか迷いに迷って、今日の様子次第でこれを最後にしようと決めた。

カーラが失ったものすべてを持っていて、カーラが欲しいのに手に入れられないものも持っているふたり。

会えば惨めな気持ちになるかもしれない。

大好きだからこそ、好きでいられるうちに会うのをやめた方がいいのだろう。

「カーラ？」

「え？」

「やあ、ひさしぶり」

人込みの中で名前を呼ばれ、反射的に振り返った先にいたのは、ベジャイアからの留学生のジルドだった。

「こんにちは」

「聞いたよ。大変だったんだってね」

帝国から逃げ出したいと思っていた時期に、外国に嫁ぎたくて留学生と親しくなろうとしたことがあり、その時に知り合ったのが彼だ。

何度か学園のカフェで食事をしただけなのに妙に積極的で、学園以外でも何かと声をかけられた。

家族と上手くいかず邪険にされているので、帝国の貴族と繋がりを持つことで見返してやりたいと話す彼にとって、カーラは恰好の相手だったんだろう。

でもカーラにとっては、外国に嫁ぐだけでも大きな賭けなのに、嫡男でもなく、仕事も決まっていない相手を選ぶことは出来ない。それで避けていた相手だった。

「ええ……まあ」

「僕は国に帰ることになったよ」

「まあ、そうなの？　学園は？」

「もう行かないんだ。ベジャイアに妖精姫が来て、王宮の庭に大きな精霊の集う木が生えたのは知っているだろう。それから徐々に国中の精霊が増えているらしくて、少しずつ復興が進んでいるんだよ」

「それはよかったわね。でも、家族と上手くいってなかったんじゃなかった？」

「うん。呼び戻されはしているけど、家族の元には帰らない。王宮で人員を募集しているらしいんだ。だから国に帰って働こうと思っている」

自分の行く道を決めたからなのか、しつこく声をかけてきた時と違って今日のジルドの表情は晴れやかだ。

「時間ある？　よければお別れにプレゼントさせてくれないか。もう会うこともないだろうし」

「そんな、悪いわ。それに、友達と約束があるの」

「すぐそこの店だよ。ベジャイアの小物を扱っているんだ。実は今、そこで貿易の勉強をしているんだよ」

これで最後なら、変に警戒するのも失礼だ。

一時は自分の方から声をかけていたのに、急に興味をなくしたような態度を取ったことも後ろめたくて、カーラは少しだけ彼に付き合うことにした。

「そうね。友達に何か買っていこうと思っていたところだし、品物を見てみたいわ」

「小さい店だけど、なかなかいい物があるんだよ。こっちだ」

ジルドの後をついて歩き、大通りを曲がって路地に入る。

これ以上細い路地に行くのなら、そこで彼とは別れようと思っていたが、すぐにジルドは足を止めて少し先の店を指さした。

「あの店なんだ」

この地域で大通りから曲がってすぐの場所に店を持つのは、かなりの資本金がなくては無理だ。

それほど大きな店ではないが、ベジャイアの小物が並ぶ店先は異国情緒豊かで、つい覗いてみたくなる雰囲気だった。

「素敵な店ね」

「ありがとう。どんな物がいいかな。小物や雑貨を多く扱っているけど、アクセサリーもあるよ」

「迷ってしまうわ」

小物入れや宝石箱、照明、家具やアクセサリーまで、ベジャイア風の物がずらりと揃っている。

雑多でごちゃごちゃしているようにも見えるが、市場で品物を選んでいるような気分にさせてくれる店だ。

「これはどうかな。中に香りのする蝋燭を入れて蓋をすると、透かし彫りから光が漏れて綺麗だし香りも楽しめる」

「ベジャイアではこういうものを使うの？」

「そうだね。香りにこだわりを持つ貴族が多いんだ」

ディアドラもパトリシアも照明としてなら使うかもしれない。

でも特にディアドラが香りにこだわって、中の蝋燭を替えて楽しむ姿は想像できない。

最初の何回かは試して、面倒になって放置しそうだ。

「店の中の香りもこの蝋燭の？」

「そうだよ」

「帝国民にはちょっときついんじゃないかしら。帝国では香水もあまりきついと品がないと言われるの。食事会やお茶会では、食べ物やお茶の香りも楽しむものだから使えないし、精霊獣もきつい香りは嫌がるのよ」

「そうなのか。さすがに学園では香りを控えめにするように言われていたけど、普段からそうだとは知らなかった」

留学生が初めて訪れた時、ベジャイアの女性の服装と同じくらい香りも話題にはなっていた。

当初はそれが揉め事の原因になったこともある。

文化を尊重はするが、帝国の学園に通うなら帝国に合わせてくれと申し入れ、改善されてほのかに香るようにしてからは、ベジャイア風の香りは人気が出て、愛用している御令嬢もいるのだ。

「これは、参考になる話ですね」

カーラが説明している途中で近付いてきて、黙って話を聞いていた店員らしい男性が笑顔で頷いた。

ベジャイア人らしく体格がいいので、帝国風の服を着ていても店員というより軍人に見える。

どこにでもいるような平凡な顔だが、物腰や視線の強さで魅力的に見えるタイプだ。

「突然すみません。私はジョン・カザーレと申します。この店の共同経営者です」

「ご丁寧にどうも」

家名を名乗るということは彼も貴族だ。

カーラは貴族なら誰でもマスターしている綺麗な愛想笑いを浮かべて会釈した。

「カザーレさん。彼女は学園にいた頃の友人なんです。お世話になったので、帰国する前に何かプレゼントしたくて店に来てもらいました」

「ああ、そうだったのか。気に入ってもらえる物があるといいですね。香りについては参考にさせてもらいます」

カザーレは彼らの元を離れると、さっそく他の店員に指示を出していた。

すぐに対応する辺り、かなり実行力があるようだ。

「若いけど優秀な人なんですよ」

「そう」

「蝋燭が駄目なら、照明の魔道具はどうかな。向こうの宝石箱も綺麗だと思うよ」

店のことには興味がないので、どうしても反応が鈍くなってしまう。

聞かれてもいないのに名乗るのも、共同経営者ですとわざわざ言うのも自己顕示欲が強いのか、カーラを上客だと思ってのことなのか。もし自分のことを知っているのなら、この店には二度と来たくないと思った。

元侯爵令嬢で今では平民。未来の皇妃の従妹なのに平民。

同情した振りで近付いて来る人達はもうたくさんだ。

「まあ、素敵だわ。これなら喜ばれるのではないですか？」

暗い考えに沈みそうになっていたカーラは、ジョアンナの声にハッとしてこの店に来た目的を思い出した。

ジョアンナの言う通り、細かい細工の施された宝石箱はとても美しかった。

小物入れとしても使えるし、これなら邪魔にはならないだろう。

「これと……これを。ジョアンナも好きなのをひとつ選んで」

「え？　いえ、私は」

「せっかくだし、最後にジルドの売り上げに貢献しましょうよ」

「いやいや、それじゃプレゼントの意味がなくなってしまうじゃないか」

「そんなことはないわよ。プレゼントはこの照明がいいわ。とても綺麗」

「もっと大きいのにしたらどうかな。きみが買ってくれる物に比べて安すぎるよ」

「でもこれが気に入ったんだもの」

申し訳なさそうなジルドの様子に思わず笑みが零れる。

学園にいた頃にこうして気軽な会話を出来ていたら、もっといい関係を作れたのかもしれない。

「あまり時間がないの。プレゼント用に包んでくれる？」

「ああ、そうだったね。すぐ用意するよ」

品物が用意されるまでの間、ジルドは奥に用意されている椅子に座っているように言ってくれたが、カーラは他の商品も見たくて店の中を歩き回っていた。

そこにカザーレが近付いてきた。

「お買い上げありがとうございます。商品をお待ちの間、少しだけお話を聞かせていただけませんか？」

「話？」

自信満々な様子で、まっすぐに相手の目を見てくるカザーレがカーラはどうも苦手だ。

身長差が大きいため、見下ろされるからか余計に警戒してしまう。

「私は定期的に帝国とベジャイアを行き来して、買い付けの仕事をしているんです。こちらに来る時にはベジャイアの品を船に積んできて、帰る時には帝国の品物を持って帰って向こうの店で販売しているんですよ」

「はあ」

「それで、帝国の御令嬢には今何が流行っているのか教えていただけないでしょうか。なんでもいいんです。ベジャイアでは今帝国の物が大人気なんです。こちらで流行っている物は間違いなく向こうでも流行るんですよ」

ディアドラが派手にやらかした影響が、こんなところにも出ているらしい。

「ごめんなさい。私は流行には疎くて。男の子の間でフライが流行っているくらいしか知らないわ」

ハミルトンが最新式のフライを買って、ジュードやアランに乗り方を教わっていた。

格好よくフライを乗りこなせる子が人気者になれるらしい。

ルフタネンではアクロバティックな乗り方を見せて、商売にしている人もいると聞いた。

「フライですか。何回か見かけたことはありますが、平民が仕事に使う道具かと思っていました」

「もともとはベリサリオで、広い城の敷地内を移動するために作られたものなんです。貴族は用途に合わせて複数所持しています」

「ほおほお。騎士団でも使っているんでしたっけ。馬に乗る騎士団が、これからはフライで空を滑走していく時代ですか。早速調べて仕入れてみます。……御令嬢の流行は」

「わかりません」

弟の方が流行に敏感だというのも悲しい話だが、カーラは今、流行なんて気にしていられる状況じゃない。

ハミルトンだって流行っているからというより、マスターしていた方が仕事を探す時に有利になるからとフライの練習を始めたのに、すっかりはまってしまって、フェアリー商会の最高級品が欲しいと言い始めている。

カーラは乗るのがこわいので、何がそんなに楽しいのか理解出来なかった。

「でもお友達に会う約束があるので、聞いてみましょうか」

「それはありがたい。もしベジャイアで流行したら、お礼をさせていただきますよ。情報は大事ですから」

参考になる話が聞けて嬉しかったのか、カザーレは何度も礼を言ってから店を出て行った。

さっそくフライを売っている店を調査するのかもしれない。

初めはあまりいい印象ではなかった彼だが、商売熱心で、まだ子供のカーラの話も真剣に聞くあたり、思っていたよりは付き合いやすい人なのかもしれない。


支払いを済ませて店を出て改めて周囲を見回したら、フェアリー商会の店のすぐ近くにいることに気付いた。

この路地は近道になるようだ。

「こっちから行きましょうか」

「あまり細い道はおやめになった方が」

「ここをまっすぐ行くだけよ。あ、待って」

精霊車が近付いてきたので足を止め、建物の壁に背がつくほど端に寄る。

倉庫が店の裏にある建物が多いため、道幅が狭い路地でもこうして精霊車が通るのは珍しくない。

「あら？」

精霊車の窓はカーテンで閉じられていたのだが、隙間から一瞬、中に乗っていた人の顔が見えた。

「どうしました」

「………ううん。さあ、行きましょう」

知っている顔に似ていた気がして、カーラは遠ざかる精霊車をしばらく見送ってから歩き出した。


「カーラ!!」

「元気？　ご飯食べてる？　ちゃんと寝てる？」

カーラが部屋に足を踏み入れた途端、友人達は勢い良く立ち上がり飛びついてきた。

ディアドラは腕や肩をぺたぺたと触りながら母親のようなことを聞いてきて、パトリシアは両手でカーラの手を握り、それを上下に揺らしながら今にも泣きそうな顔をしている。

「生活は今までと変わりないのよ。ブレインの方達のおかげでお金もあるの。心配しないで」

幼少の頃からの友人達だ。ひさしぶりに会っても、すぐに以前と変わらずに話せる。

でも変化がないわけではない。

ふたりとも更に美しくなった。

恋をして、その相手に愛されて大事にされている女性は、どうしてこんなに輝いているのだろう。

カーラには守ってくれる両親も、愛してくれる男性もいない。

自分でも意外だが妬む気持ちはわかなかった。

友人が幸せそうなのは純粋に嬉しい。

ただ寂しく、全てを招いた父親に対する怒りが湧いてくる。

「じゃあ、家庭教師は今も来ているのね」

「ええ」

椅子に落ち着いて座る間もなく、ディアドラが身を乗り出して聞いてきた。

「それを聞いて安心したわ。家庭教師をつけるのをやめたって聞いたら、ノーランドに乗り込もうかと思っていたの。礼儀作法も知識も武器よ。今はしっかり力を蓄える時間でしょ？」

「……え？」

ディアドラの言っている意味がわからず、カーラは首を傾げた。

「え？　ハミルトンが家を再興する手伝いをするんじゃないの？」

「再興?!　出来るの?!」

カーラの驚いた様子にディアドラとパトリシアは顔を見合わせてから、真剣な面持ちでカーラに注目した。

「カーラ、ハミルトンと会話しているの？　もしかしてあまり仲が良くない？」

パトリシアは更に心配の度合いが増したようで、テーブルの上で組んだ手に力が入ってしまっている。

「……お互いに気持ちが沈んじゃっていて、会話はしているけど当たり障りのないことばかり……離れていた時期が長いから、まだちょっと遠慮はあるかも」

母親が弟のハミルトンだけを連れて皇都に住んでいたせいで、領地で育ったカーラとハミルトンは顔を合わせる機会がほとんどない時期があった。

そのせいか今も、微妙な距離感を感じる時がある。

「先日も、母がハミルトンだけに一緒に暮らさないかと言ったの」

「まあ」

「まだそんなことを言ってるの?!」

「落ち着いてディア。お婆様が怒ってくださったし、ハミルトンもはっきりと断ったのよ」

「そりゃそうでしょう。ハミルトンは男爵でもいいから爵位をもらえるように、皇宮で働いて功績をあげるって話しているそうよ」

「ええっ?!」

「ノーランドの親戚だというだけと、平民では社交界には参加出来ないから、友人との関係を続けるのは難しい。爵位さえあれば、準男爵だろうが貴族は貴族。あなた達には後ろ盾と人脈があるんだもの。皇宮での地位を高めていくことも不可能じゃないわ。ハミルトンは、歴史のあるヨハネス家をこれで潰してしまうのも嫌なんでしょうけど、あなたの立場も心配しているの……ってアランお兄様に聞いたわ」

「私もアランに聞いたの」

ハミルトンのことを今でもジュードは弟のように可愛がり、剣も勉学もいろいろと教えてくれている。

ジュードと仲のいいアランも、時間が合う時には精霊関係やフライの扱い方を教えてくれているはずだ。

それでいろいろと相談に乗ってもらっているのかもしれない。

「ハミルトンが……」

「フランセルのやらかしたことで、ヨハネスを罰するのはどうかという声もあるのよ。あの段階ではもう縁を切っていたはずだから。ただヨハネスのそれまでの行いが悪くて、爵位を取り上げるしかなかったのよね。だからハミルトンが男爵になるのは難しくないと思う。何人か推薦してくれる高位貴族を集めればいいわ」

「ディアの言う通りよ。男爵から上は難しいし領地をもらえるかはわからないけど、ともかくまずは爵位よ。悪く言う人も出てくるでしょうけど、そんな人は無視すればいいのよ」

カーラの正面に座ったパトリシアは必死な面持ちだ。

しばらく見ない間に背が伸びて、彼女はだいぶ大人びて見える。

ディアドラは表情やまなざしの強さで大人びて見えるが、顔つきはまだまだ子供っぽい。むしろパトリシアの方が年上に見える。

「あのね、もしかしてカーラは私やディアに会うのは気が重いかもしれないって、それは理解しているの。だから無理に会わなくてもいいのよ。でも手紙のやり取りはしましょう。繋がりは切っちゃ駄目。人脈も武器になるんですもの。私やディアの名前を使えるようにしておかなくちゃ」

ディアドラが同じ言葉を発してもカーラは驚かなかっただろう。

でもパトリシアに自分達の名前を利用出来るようにしておけと言われて、カーラは唖然としてしまった。

「もちろんカーラが、再興より平民でいいから静かに暮らしたいというのならそれもありよ」

「そうね。財産があるなら投資するとか商売を始めて、貴族を見返すくらいにお金持ちになるのもいいかもね」

「ディア、聞いてた？　静かに暮らしたいのならって言ったの」

「静かに暮らすのにもお金はいるでしょう」

こんな話の流れになるとはカーラは思っていなかった。

同情してくれたり優しい言葉をかけてくれる人達はいた。でもそれだけだ。

かわいそうな子供達に優しい言葉をかけたのだから、もうそれで充分だとみんな傍を離れていく。

それか、人脈や財産を利用出来そうだとすり寄ってくる。

このふたりのように、今後について一緒に考えようとしてくれる人はいなかった。

祖父母でさえ、いい縁談話を持ってくることこそがふたりの幸せに繋がるからと、ハミルトンには婿入りの話を、カーラには少しでも地位の高い人との縁組の話を探してくれている。

「でもハミルトンは婿養子になると思うの」

「断るって」

「ええ?!」

「それはとても貴族的な思考だし、家同士の繋がりのためにあなた達姉弟は恰好の駒になるでしょう。あ、バーソロミュー様も現ノーランド当主も、あなた達のことを心配しているのは間違いないと思うのよ。でもふたりは辺境伯家の当主なの。一石二鳥を考えるのは当然よ」

「わかっているわ。お母様が失礼なことを言ったのに、伯父様が私達のことまで考えてくださっているんですもの。それにジュードだって家のために結婚相手を決められるのだから、私達だってそうよ」

「だけど当主の子供とあなた達では、立場の強さが圧倒的に違うの。結婚して相手の屋敷にはいったら、外からじゃ何もわからないわ。恩着せがましくされたり嫌みを言われるくらいならまだいい。暴力を受けても助けを呼べないでしょう」

ディアドラはいつも痛いところを衝いてくる。

辺境伯家や侯爵家の御令嬢なら、どこに嫁いでも大切にされるだろう。

でもカーラにはもう家がない。

平民だからと暴力を振るわれても、これ以上ノーランドに迷惑をかけられないと考えてしまうだろう。

「その辺もノーランドは考えて相手を選んでくれているとは思うのよ。でも、ハミルトンは自力で男爵になりたいんですって。ヨハネスは分家じゃない。由緒正しい侯爵家だったんだ。だから自力で再興したいって考えているみたいよ」

弟の考えをパトリシアから聞くなんて、こんな情けないことがあるだろうか。

互いに相手を気遣って、慎重になって、当たり障りのない会話しかしてこなかった。

それだけ平民になったという衝撃が大きかったとも言える。

「私はまた俯いて塞ぎ込んで、祖父母に任せて楽をしようとしていたのね」

誰かに守ってもらおうとするのはやめたつもりだったのに、結婚相手が祖父母に代わっただけだった。

決められた相手と結婚し、ひっそりと生きていくしかないんだと考えていた。

「しかたないわよ。私だってカーラの立場だったらきっとそうなるわ。ディアは……たぶん違うでしょうけど」

「私だって落ち込みますぅ。でも落ち込んだ分、きっちり反動をつけて飛び上がるわ。使えるものはなんでも使う」

「でも、いつも相談に乗ってもらってばかりで、私は何も出来ていないわ」

「今はね。でも五年後にはわからないでしょ？　もしかしたら今度は私が、カーラにいっぱい相談しているかもしれないわ」

「パティ……」

彼女達が愛される理由がわかった気がした。

愛されるだけじゃなく、相手に頼るのでもなく、一緒に前を向いて進んでいく強さを持っている。アランもカミルもその強さとやさしさと、そして可愛さに魅力を感じているんだろう。

「私はね、相談するのは友人なら当たり前だと思ってる。貴族らしくはないだろうけど、私はカーラが好きで一緒にいて楽しくて、これからもたくさんおしゃべりしたいの。だから手伝えることは手伝うのよ。自分のためでもあるんだもの……っていけない。食事にしましょう」

胸を張って言い切ってから、ディアドラは店に来た目的を思い出して、慌てて店員に準備を頼んだ。

精霊獣の魔法で声は聞こえなくても邪魔をしてはいけない雰囲気なのはわかるので、出来上がった料理を運んでいいのか迷って、入り口に待機していたのだ。

「待って。これだけ先に渡したいわ。ふたりにプレゼントを持ってきたの」

「そんな気を遣わなくていいのに……と言いつつ私も用意しちゃった」

テーブルをセッティングしてもらっている間に、三人は部屋の窓際に置かれていたソファーに集まり、まずはカーラが包みを置くと、パトリシアも侍女に預けてあった荷物の箱を開けた。

「私だって持ってきたわよ」

「新作のお菓子？」

「ディアは食べ物率が高いわよね」

「ふ、ふふん。お菓子だけじゃないんだから。見よ、このクリスタルの容器を」

ディアドラが両手で掲げたのは、光を反射して小さな破片が浮かび上がるように輝く魔道具の照明だ。

「まだ試作品段階なんだけど綺麗でしょ。ここがスイッチ」

「うわあ、とても綺麗だわ」

「私はお揃いの靴にしたの。微妙にデザインが違うのよ」

パトリシアが用意したのは爪先に飾りのついたブーツだった。

ドレスを着ることが多いため、靴は爪先部分が一番見えるので、そこにおしゃれをする人が多い。

「かわいい！」

「色も少し違うのね」

綺麗なラッピングを開ける楽しみより、さっさと中身を出して見せあいたくて、いつもこうして贈る側が品物を取り出してしまうため、ディアドラもパトリシアもプレゼントに梱包もリボンもつけていない。

カーラも店で贈り物だとは言ったが、傷がつかないように布で包んでもらっただけだ。

「こういうのがこれから帝国で流行るの？」

「さあ」

「ディアは知らないわよね。パティの靴はどう？」

「この靴はね、靴の中敷きにフェアリー商会で開発したクッション素材が入っているの。疲れにくいし暖かいのよ。この冬の人気商品になると思うわ」

「見て見て。似合う？」

「ディアはなんでも似合うわ。ああ、ホント。歩きやすい。これならダンスをしても足が痛くならないわね」

「ちょっと、その投げやりな返事は何？　カーラの爪先のデザイン可愛い！」

「いいでしょー」

「ふーん。私のも可愛いからいいもん」

本当にまったくディアドラの態度は変わらない。

ベリサリオ辺境伯やクリスが、ディアドラがカーラと会うのをよく思っていないのは知っている。

今日だってカーラに会うために家族を説得したはずだ。

それでもこうしてふたりに会えるのは、フェアリーカフェの奥にあるベリサリオ用の部屋だけで、入る時も出る時も別々に移動することになっている。

「お嬢さん方、せっかくの料理が冷めてしまいますよ」

「ああ、ごめんなさいレックス」

「この靴のままでいいわね」

レックスに注意されてパトリシアとカーラは慌てて席に着いた。

幼少の頃からディアドラの執事には世話になり、子供達だけで宿泊して遊ぶ時に騒ぎすぎてよく叱られていたので、レックスに注意されると叱る方も謝る方も、つい笑みが零れてしまう。

「カーラが流行を気にするなんて珍しいわね」

「実は……」

食事をしながらカーラは、先程の店でのことをふたりに話した。

ベジャイアの宝石箱はディアドラにもパトリシアにも好評で、カーラと店員のやり取りにだいぶ興味を持ったようだ。

「フライを売り込んでくれたのね。ありがとう。ベジャイアにたくさん売れたらお礼をしなくちゃ」

ディアドラに言われて気付いた。

思いついたことを話しただけだが、結果的にフライを売り込んだことになっていた。

カザーレがまとめて購入した場合、カーラの営業が利益を上げたことになる。

「もしそれでフライがベジャイアで流行ったら、その店からもしっかり謝礼をもらわなくちゃ駄目よ。情報は高いんだから」

「フェアリー商会とその店と両方からもらうのはどうなの？」

「両方ともあなたのおかげで利益が出たならいいんじゃない？　私は流行はわからないけどベジャイアの商品を売るアイデアならあるわよ。でもそれは向こうの出方を見てからの方がいいわ。アクセサリーあたりを土産に買ってきてお礼を済ませようなんてしたら、あなたは商人としてあまり優秀じゃないのねって言ってやらなくちゃ」

「そうね」

悪い想像ばかりしていたが、実際に友人達に会って話すのは楽しいし、驚くほど心が軽くなった。

まだやれることはある。

そう思えただけでも俯いていた顔をあげて前に進めそうだ。

「皇宮で働くのはどう？　けっこう独身の人もいるらしいの。十代は仕事を覚えるのに必死で身を固める気になれなかった男性が、同僚の女官と結婚することも多いのよ。皇宮で働けば情報が集まるし、なによりカーラが優秀だってアピール出来るでしょ。今はヨハネスの娘として見る人が多いけど、カーラの能力を見てくれるようになるわ」

「パティ、いろいろと考えてくれたのね」

「私じゃなくてお母様の案なの。子供の頃から遊びに来ていたカーラを見てきたから、親戚の子のように思っていて気になっていたんですって。働く気になったら推薦してくれるって」

「私からもお母様に頼んでみるわ。ベリサリオとグッドフォローの推薦があったら、どんな仕事にも就けるわよ」

「ありがとう」

まずはハミルトンと話をしよう。

もうふたりだけの家族だ。

友人からもらったプレゼントを大事そうに抱えて、カーラは彼女達より先に部屋を出て帰路に就いた。

閑話　卑劣な罠

Ｓｉｄｅ．カザーレ

「フェアリー商会の店に入ったんだな？」

カーラがプレゼントを買った店の二階の部屋で、カザーレは買い込んできたフライに視線を向けたまま戸口に立った男に尋ねた。

「間違いないと思います」

「思います？」

「警備が厳しくて近寄れなかったんですよ。制服を着た警備以外に、私服の目つきの悪い男が何人も店の周りに配置されていました」

「ふん。妖精姫がいたんだな。おい、これが何かわかるか」

「フライですね」

「知っているのか」

「俺らには関係ないですよ。精霊がいなくては使えませんから」

「ベジャイアは今、精霊がどんどん増えている。これは売れるぞ」

「真面目に商売すんのかよ」

襟元のボタンをはずし、だらしなくソファーに寝転がっていた男が不満げな声で言った。

彼も店の従業員のはずだ。

「するさ。何をするにも金はいる。だが今は、国は当てにならねえだろう」

「こっちの暮らしが快適過ぎてシュタルクに帰りたくなくなるよなあ」

「滅多なことを言うんじゃねえよ。ニコデムスのクソ共の耳に入ったら面倒だ」

「おまえだって」

「ニコデムスなんてどうでもいい。今の国の様子を見れば、あいつらは信じられないなんて一目瞭然だ。だが上の命令じゃ仕方ねえ」

わざわざ漁船でヨハネス領に乗り付け、フランセルを焚き付けた結果、ヨハネスを潰すのには成功した。

その割にカーラが元気そうなのが気になるが、今でも妖精姫と会っているくらいに仲がいいのが確認出来ただけでもまずは上出来だ。

「今日の分の帳簿が終わったよ」

奥の机に座っていたジルドが帳簿を閉じて顔をあげた。

「カーラはカザーレのことを警戒していたみたいだけど、本当に口説けるのか？」

「ばーか。第一印象が悪い方が、後が楽なんだよ。おまえみたいにしつこく追いかけたら逃げられるに決まっているだろうが」

「それならいいけど。シュタルクに妖精姫を連れて行くって無謀すぎるんじゃないか？」

「はあ？　いくら魔力が強くても女の子だろ？　ひとりぼっちで精霊獣を封印されたら、びびって何も出来ないさ。それに王太子の運命の相手なんだろ？」

帳簿を手に立ち上がったジルドは、寝転がったままの仲間を冷めた目で見下ろした。

「何もわかってないな。妖精姫はルフタネンの公爵と恋愛中だ。シュタルクの王太子はまったく眼中にない」

「あ？　ニコデムスのお告げはなんなんだよ」

「だからニコデムスを当てにすんなって言ってるだろう。王太子もいかれてんだよ」

ジルドから帳簿を受け取ったカザーレは、めんどくさそうに帳簿に目を落とした。

「カーラの言う通りに香りを弱くしたら、店に入って来る客が増えたな」

「ああ、ベジャイアの香りの使い方は帝国民には受けないんだ」

「先に言っておけよ。なんのために学園に潜り込んでたんだよ。全く役に立たねえな」

カーラと話した時と今のカザーレはまるで別人だ。

彼だけじゃなく、ジルド以外は店にいる時と今ではまるで態度も言葉遣いも違う。

「ベジャイアに逃げればいい坊ちゃんはいいよな。情報を集めるとか言って、国に帰ったら裏切るんじゃねえか？　カザーレ、こいつ平気かよ」

「その時には家族にこいつが何をやっていたかばらしてやるよ。それより問題はカーラだ。妖精姫がシュタルクで暴れたり帝国に転移で帰ったりしないようにするためには、自ら進んでシュタルクに残る気にさせるしかない。そのためには人質がいるんだ」

「おふくろを人質にした方が確実じゃねえか？」

「馬鹿言え。ベリサリオがブチ切れて戦争になる。いいか。人質は自ら進んで協力してくれないとやばいんだ。友人が心配だからシュタルクに残ると妖精姫に思わせないと、ちょっとでも怒らせたら精霊王が出てくるんだぞ」

カザーレの言葉に男達は互いの顔を見合わせ、眉を顰めた。

「そんな危険なことをするのか？　友人のためにそこまで妖精姫が動く保証はあるのかよ」

「ないが他にもうシュタルクを救う方法がない。ベジャイアにしたように精霊の木を生やしてもらうだけでいいんだ。その後は俺達の知ったこっちゃない。責任は王族がとればいい」

「カーラがおまえに惚れると思うのか？　惚れたとしても、友人を裏切るようなことをするのか？」

「クスリや精霊獣を顕現出来なくする魔道具を預かってきている」

「ちっ。貴族達は命じれば済むと思っていやがる。妖精姫が怒り出した場合、最初に殺られるのは俺達だぞ」

彼らは国に家族を残している。

ここで計画を止めるということは、家族を見捨てるということだ。

「ともかくカーラを見張れ」

「ああ」

カザーレに命じられた男は、心底嫌そうな顔をしつつも頷いて部屋を出て行った。

四年目の学園生活

皇都に雪が降り、今年も学園の始まる季節がやってきた。

四年目ともなると慣れたものよ。

試験の結果で何人かは入れ替わるけど、大多数が四年間ずっと同じ教室で過ごしているから、仲のいいメンバーは固定され、身分や性格等での距離感も出来上がっている。

私の性格もすでに知られていたので、世間がようやく気付き始めたことに呆れていた。

「だから何度も話したのに。信じてくれなかったのよ」

「儚げな雰囲気は、あくまでも雰囲気なのよね」

「黙って座っていても圧がすごいじゃないか」

本人が近くにいるのにそういう会話が出来るってことは、あなた達はこわがっていないでしょ。

それなのに妖精姫はこわいよとか強いよとか言うものだから、他所の組の生徒達が本気にしているじゃない。

おかげでカーラの話題に触れる生徒がいないからいいけどね！

教室では三人でいることが多かったから、カーラがいないことに未だに慣れなくて、つい話しかけそうになっちゃうこともあった。

元ヨハネス侯爵家の寮は無人状態で誰も近付かず、このままだと廃墟になって幽霊話が出そうな雰囲気だ。

手紙では元気にやっていると書いてあったけど、カーラは今頃どうしているんだろう。

年末や新年の祝いの時は、ノーランドで過ごすのかな。

心配だけど、ずっとしんみりしてはいられない。

今年も開園式の後に皇族の寮で高位貴族だけを招待したお茶会が開かれた。

公爵家、辺境伯家、侯爵家の子供だけでも結構な数だ。

新しい魔道具を開発して一躍有名になったデリルや、エセルの弟でもう海軍の船に乗って海賊退治に参加しているというヘンリー、そしてエルダも参加している。

「この人数が集まり、大人の目を気にせずに話せる機会はそうないだろう。俺のことは気にせず情報交換するなり親睦を深めるなり好きにしていい。学園では身分は関係ないからな」

俺様風兄貴大好き大型犬皇太子殿下は、ざっくばらんで気取りのない男に成長している。

成人したら陛下の手伝いをするらしいから、帝国は当分安泰なんじゃない？

本当は陛下もクリスお兄様も今年が最終学年なんだけど、即位したばかりで忙しすぎて、一年早く卒業してしまったので、今年からはエルさんが茶会の主催者だ。

「殿下、賄賂をお持ちしました」

「ディア、言い方」

「ご注文を受けていた小型冷凍庫です。中にジェラートをぎっしり詰めておきましたよ」

もう冷凍庫製造はフェアリー商会以外でもされている。

魔道省だっていろんな機能を詰め込んだ物を開発しているのよ。

ただしデザインセンスが悪い。

魔道省も職人も男ばかりで、しかもおっさんばかりで作っているからよ。

「冬にジェラートは……」

「わかっていませんね。雪の日に暖炉の前でぬくぬくしながら冷たいジェラートを楽しむ贅沢を」

「そういうものか」

濃灰色の冷凍庫には、凹凸だけで模様や王家の紋章が入っている。

シンプルだけどおしゃれだし、男性が持っていてもおかしくないデザインよ。

「これは普通に売っているフェアリー商会の冷凍庫と同じ物?」

デリルが興味津々で聞いてきた。

私の十三歳の誕生日会にカートリッジ付きのペンをプレゼントしてくれて以来、彼とはわだかまりなく話を出来るようになった。

教室で私に話しかけるデリルをみて、クラスメイトが驚いていたっけ。

自信をつけて顔つきも変わった彼は、一気に女性の注目を浴びるようになっている。

「エル……殿下しか」

「おまえはいつも何を言いかけているんだ?」

やめよう。エルっちもエルさんも言いやすすぎて、つい口から出てしまう。

考える時もちゃんと殿下にしよう。

「殿下以外には開けられないように出来ます」

「おおお」

「なぜその機能の説明よりジェラートの話を先にした」

最近突っ込み要員になっているよ、このヒト。

意外と細かい性格なのかな。

「登録しますか？」

「俺の話をスルーして先に進めるな」

「こういう説明は苦手なんで、アランお兄様に頼もうと思っていたんです」

「登録するところを見せてください！」

デリルが私とエルさんの間に割って入ってきた。

あ、エルさんじゃなくて殿下。

駄目だ、もうエルさんで定着してしまった。

「出来れば僕にもひとつ、登録出来るやつをくれないか。お金はちゃんと払う。分解してみたい！」

「分解？　もらったものを分解するって失礼でしょ」

「え？　すぐまた組み立てるよ。ちゃんと使う。組み立てるのも楽しいんだ」

あー、いるいる。

なんでも分解しちゃうやつ。

組み立てるのも好きなら、プラモデルなんて渡したら徹夜で作るかも。

建物のプラモデルなら、この世界でも人気が出るかなあ。

素材が問題だな。

「なんだ。おまえ達会話するんだな。同じ学年なのに一緒にいるところを見たことがなかったから、デリルはディアが苦手なのかと思っていた」

「僕も後悔しています。もっと早くこうして話して、彼女の性格を正しく認識するべきでした。そうしたら」

「そうしたら？」

「気が合うところもあったと思います。いい友人になれたでしょうし、フェアリー商会で新しい物を作るところを見られたかもしれません」

「友人なんだな」

「友人ですね」

つまり私の本当の性格を知った後では、恋愛感情は湧かないと。

性格に難ありだと言いたいのか。

「失礼なやつだ」

「アランお兄様、さりげなく侮辱された気がします」

「ち、違う！　ディアはあらゆる意味で型破りすぎて、僕では釣り合わないという話で」

「型破りって女性に対して使う言葉だったか」

「殿下までそんな風に言わないで助けてください」

話すとこういうやつだったんだ。

いつもひとりでいるイメージがあったんだけど、意外と弄られキャラ？

そういえばエルダがおもしろい子だよって言っていたっけ。

「実は女の子って、みんなこういう性格なのよ」

「ない。それはない」

「あってたまるか」

デリルだけじゃなくてエルさんまで即座に否定しやがりましたわ。

「それはないよ」

アランお兄様まで?!

私、そんなに変な性格してる？

「そんなことより！　ちょっと作ってみたいものを思いつきました」

「ディア、向こうで」

「なになに?!　この話の流れならきっと僕が好きなやつでしょ！」

デリルってこういう性格だったのか。

「俺も知りたい」

「殿下」

「まあまあアランお兄様、大丈夫です。むしろ意見が聞きたいわ」

「よく考えて話すんだよ。思いつくままに話しちゃ駄目だよ」

そんなにいつも思い付きで話しているかなあ。

発言が問題になったことなんてあったかな。

「余暇を過ごすのに、細かい部品をちまちまと組み立てて物を作り上げて遊ぶのって楽しいと思いますか」

「思う！」

「おもしろいと思うのはデリルだけなんじゃないか？」

「細かいという時点で駄目だ」

アランお兄様もエルさんもアウトドア派か。

「私はそういうの好き！」

エルダはそう言うと思ったわ。

お茶会には参加しているみたいだけど、基本は家に引きこもって小説を書いているからね。

「家にいる時間が長いのは女性ですもの。女性でも出来る物ならいいと思うわ」

モニカも簡単なものならチャレンジしてくれそう。

狙いは女性陣？

可愛い小物や細工物を組み立てるキットの方が売れるのかな。

「もうセットになっていて、説明書通りに組み立てていけば完成するの」

「それなら出来そう」

「簡単な物から本格仕様まで三段階くらいに分けて試作品を作ってもらおうかしら」

「一番難しいのをやりたい」

真剣な表情でデリルが手をあげた。

そんなすぐには出来ないわよ。今思いついたんだから。

あ。

「もっと簡単に作れるものがあるじゃない」

ジグソーパズルの三千ピースくらいのやつを作ってデリルに渡してやろう。

暇つぶしに最高よ。

可愛いイラストを描いてパズルにすれば、女性も喜んでやってくれるんじゃない？

「有意義なお茶会だったわ」

「ひとりで勝手に思いついているだけだし、茶会はまだ始まったばかりだぞ」

「全部ボケを拾って、突っ込みを入れてくれるってすごいですね」

何を褒められているのかエルさんはよくわかっていないみたいだったけど、自分が中心になってやれそうなことを思い付けてよかった。

最近は家具やカートリッジみたいな大掛かりなものが多くて、私は新作のスイーツくらいにしか関われなかったのよ。

留学生は皇族主催のお茶会には招待されていなかったし、夜間に他の寮を訪問するのは表向きは禁止されている。

男の子達は抜け出して遊んでいるみたいだけど、令嬢がそんなことをすると悪い噂になるからよほどのことがなければ寮でおとなしくするしかない。

だから開園式でカミルがいるのは確認したけど、会話する時間が全くなかったの。

「ディア、やっと話せる」

そのせいで翌日のお昼にカフェに行った時、アランお兄様やジュードと一緒に建物の前で待っていてくれたカミルがまず言ったのは、この言葉だった。

カミルの制服姿は試着した時に見ていたけど、改めて見ても黒髪に紺色の制服って懐かしさ補正も加わって、とっても似合って見える。

三人の中では一番貴公子風に見えるアランお兄様と異国の魅力満載のカミル、ベジャイア人に負けないくらい体格がよくて将来は渋い雰囲気になりそうなジュードという、まったくタイプの違うイケメンが並んでいるもんだから、通り過ぎる女子がほぼ全員振り返っている。

即位したばかりの陛下とブレインのメンバーのクリスお兄様が忙しくて卒業してしまった今、注目されているのがこの三人なのよ。

そのうちふたりはすでに婚約者が決まっているので、ジュードに群がる女生徒が多くなるのは仕方ないよね。

うちの教室にいるデリルとヘンリーもモテてはいるけど、彼らはカフェに顔を出す気がない。

高等教育課程の生徒にも留学生にも用がないからだ。

ダグラスなんてエルさんを放置して食堂に行ってしまったみたいで、途中でモニカと合流した時にエルさんも一緒についてきた。

大好きな兄貴の婚約者だからね。守らないといけないもんね。

エルさんの場合は陛下が結婚するまでは独身を貫くと明言しているので、割と平和に学園生活を送れそうだ。

「ここは学園だから、婚約者でも近付きすぎるのは禁止だぞ」

「デリルと親しくしているって聞いて、さっきからピリピリしてたんだよ」

私を見つけて駆け寄ろうとしたカミルを、両脇からアランお兄様とジュードが腕をがしっと掴んで止めた。

もうそんな話が彼らに伝わっているの？

「アランお兄様はわかっているでしょう？　昨日話していた私のアイデアを詳しく聞きたくて、朝からデリルが話しかけてきただけよ」

「あいつは朝からずっと一緒に授業を受けられるのに、俺は昼の一時間しか会えないなんて」

「往復の時間があるから、もっと短いな」

「アラン、おまえだって同じ立場だろうが」

アランお兄様とカミルがじゃれ合っているのは放置しよう。

皇太子殿下がいるというのに挨拶もしないなんて、いくらなんでも失礼でしょう。

「殿下、先に参りましょう」

「ディアを口説こうなんて勇気のある者はいないから、心配しなくてもいいのにな」

「ディアの魅力がそう簡単にわかってたまるか」

「その通り」

カミルとアランお兄様の様子にエルさんは呆れてしまっている。

カミルが陛下と親しいというのは知っていたけど、三人で話している様子からして、いつの間にかエルさんとも親しくなっていたみたいだ。

「こいつらはほっといて行こう」

「ジュードは加わらないの？」

「おまえの魅力について聞かされるのはもうたくさんだよ。あいつら教室でもあんな感じなんだから」

うわあ、やめてくれー。

私を話題に出さないで。

めちゃくちゃ恥ずかしいじゃない。

「行きましょう。カフェでエルダが待っているはずよ」

モニカに言われて私達が歩き出したら、カミル達もすぐ後ろをついてきた。

今年の学園生活も賑やかになりそうだわ。

「あら？　何か揉めているみたい」

先頭をモニカとジュードが並んで歩いていたので、モニカが最初に気付いて足を止めた。

エルダの周りに男の子が四人も取り囲んで、なにやら熱心に話している。

エルダの方はうんざりしているようで、イライラした様子で口を開いた。

「私のことはほっといて。ついこの間まで、小説なんて書いているやつは令嬢らしくないと言っていたくせに、うちが侯爵になった途端に態度を変えても遅いわよ」

「侯爵になったからじゃない。ノーランドとの縁談の話が出ていると聞いたからだ」

「そうだよ。きみの家はベリサリオとも親しいんだから、結婚相手は慎重に選ばないと」

「ノーランドがこれ以上力を持ったら、バントック派の二の舞いになるだろう。それよりは伯爵家と縁組した方がよくないか？」

「ジュードなんて年下じゃないか」

結局は自分がエルダと婚約したいくせに、何を言っているの？

しかもこんな場所で。

カフェの入り口の真ん前よ。

「留学生もいるこんな場所でやめてよ。私はね、自分をアピールするために他の人を悪く言う人は大嫌いよ。ひとりで話しかける勇気もないくせにしつこいのよ」

腰に手を当ててきつい口調で言うエルダと自分の姿が重なった。

うん。気を付けよう。

私もあんな感じなんだよね、たぶん。

確かにきっつい感じがするわ。

「そんな言い方をしなくても」

「今更バントック派の話を持ち出すということは、俺や兄上は信用出来ないということだな」

エルダを取り囲んでいたせいで私達が近付くのに気付かなかった彼らは、エルさんの声にびくっと肩を揺らして慌てて振り返った。

そして私達の顔ぶれを見てこれはまずいと思ったんだろう。

「い、いえ。そんな、まったく」

「私達はべつに……なあ」

「そ、そうですよ。あ、食事に行こうか」

「去年、ヨハネスの発言が問題になったばかりなのに、まだこんなことをする人がいるなんて」

モニカが悲し気に顔を伏せた横で、私は無言のまま彼らを冷ややかに見つめた。

おまえら何してくれているんだ。それでベリサリオと親しくなろうなんて甘いぞ、という目付きをしようとしていたんだけど、不意に肩にカミルが腕を回してきたので、驚いてそっちに気を取られてしまった。

「こんなやつらにまで、ディアは俺のだって態度で示す必要はないだろう」

「こういう馬鹿どもはすぐに勘違いするもんだ」

アランお兄様とカミルが大きな声で話すものだから、彼らを睨むどころか俯いてしまったわ。

婚約する前から公式の場でカミルはずっと隣にいたから、もう帝国中の貴族がわかっているから勘違いなんてしないわよ。

「おまえ達は自分の発言が、皇族とノーランドを侮辱する発言だとわかって言っているのか。わからずに失言するような愚か者が侯爵家と縁組出来るなんて思うな」

ジュードがずかずかと近付くと、エルダを取り囲んでいたやつらは気圧されて後退り、慌てて逃げだした。

いつも思うんだけど、逃げ出すなんてみっともないことをするくらいなら初めから変な発言しなければいいのに。

親に口説いて来いと命じられているのかなあ。

でももう少し口説き方を考えないと、もっとときめくようなセリフを言わないとただの嫌がらせになるわよ。

「おまえも、こんなところにひとりで来るからだ。もう侯爵令嬢なんだぞ」

「私が悪いの?!」

「いつまでも婚約者を決めないから、ああいう男達が近付いて来るんだ」

うおおい、ジュードはなんでエルダにまで食ってかかっているの?!

「ヤキモチで八つ当たりしているな」

アランお兄様が呟いた声を聞いて、私達全員は驚いてお兄様の顔を見て、その後全員いっせいにジュードに注目した。

あ、モニカだけは額に手を当ててため息をついているからわかっていたのね。

私はジュードがヤキモチを焼くほどエルダを好きだとは気付いてなかったわ。

「お互い条件を考えたら、いつまでもごねるより決めた方がいいと言っているだろう」

「条件条件って、毎回うるさいわよ」

「おまえだって自分勝手な条件を並べていたじゃないか。小説を書きたいから女主人の仕事はしないとか、皇都に自分の屋敷を持ってそこで仕事をするとか。家族のことなんて考えていないような条件だっただろう」

「……もういいわ。食欲がなくなった」

「おい」

ジュードの手を振り切って、エルダは私達には目もくれずに校舎の方に走り出してしまった。

「追いかけないの？」

モニカに言われても、ジュードはふんと顔を背けてカフェに入ろうとしている。

駄目だわ、この男。

「ちょっと待ちなさいよ」

「今はおまえの文句を聞く気分じゃない」

「いいから聞け」

私が頼むまでもなく、ガイアとイフリーがジュードの前に回り込んで行く手を塞いでくれた。

私の精霊獣はすごいでしょ。

「ジュードの言っていたエルダの条件の話、最後に聞いたのはいつだった？」

「いつって、いつも言っているだろう」

「最近は聞かないわよ」

パティもジュードに怒っているようで、いつもよりきつい口調で言いながら一歩前に踏み出した。

「私が聞いたのは……ノーランドを訪問する前だったかな。それ以降はそういう話は一切しなくなったのよね」

「………まじか」

「さっきの男共もそうだけど、女の子を口説くのに条件がどうとか何を言っているの？　おまえには興味がないけど条件が合うんだから、親を納得させるために表向きだけ婚約しておけとでも言いたいの？」

私も前に踏み出したから、ジュードは私とパティに挟まれて腰が引けてしまっている。

「そんなことは思ってない」

「だったらどう思っているのか話さないと駄目だろう」

私が前に出た時に離れずに、肩を抱いたままついてきたカミルが言った。

「話さなくてもわかるなんて思うのは馬鹿だぞ。話してもわかっていない時があるんだ」

「待って。それは私の話？」

わかっていない時なんてあった？

話してくれれば、ちゃんとわかるわよ。

「そもそも」

パティがずんずんとジュードに近付いて行こうとするのを、アランお兄様が慌てて止めている。

「去年は一度もカフェに顔を出さなかったエルダが、なんで今年は一日目からここにいたと思っているのよ。誰に会うためかわからないの？」

「……俺に？」

恐る恐るという感じで自分を指さしながら聞いたジュードは、その場にいる全員が頷くのを見て頭を抱えた。

「嘘だろ。くそっ」

慌てて駆け出したのはいいけど、エルダって足が速いのよね。

「シロ、エルダを捜してジュードに居場所を教えてあげて」

『呼ばれたー。まかされたー。何やってんだー！』

空にふわふわ浮いた状態で現れたシロは、ジュードを追い抜く時にわざと背中にぶつかっていった。

「クロも行ってやれ」

『はーい。女の子を泣かすなんて！』

クロも体当たりしてるわ。

まあジュードは自業自得よね。

お母様は社交シーズンの間精霊の森の屋敷を拠点として、ほぼお父様とセットで動くから、今は私がシロを連れている。

国王夫妻が王宮に戻ったので王子を守る役目の終わったクロも、今はカミルにくっついているのでシロクロ揃うと賑やかよ。

これでふたりの仲が少しは進展して、仲良くなってくれるといいな。

ともかくまずは会話が大事よ。

好きな相手の前でいいところを見せたい気持ちはわかるけど、どうせ続かないんだから。


「ディアー!!」

その日の夜学園二日目にして、クリスお兄様が寮にやってきた。

「昨日来るかと思ったのに、一日は我慢したんだね」

「馬鹿を言うなアラン。ちゃんと大事な話があるから来たんだ。遊びに来たわけじゃない」

三人とも夕飯は食べた後なのでお茶だけ用意して、私の部屋で話すことにした。

部屋の中では普段の服装なので、三人揃うとベリサリオ城にいる気分になる。

「カーラに動きがあると報告があった。ディアは学園にいるから僕の方に先に報告が来たんだ」

「ちゃんと教えてくれるならかまいません」

「もちろん教えるさ。約束したんだから」

「さすがクリスお兄様」

信用してくれているんだなって嬉しくて腕を組んで寄りかかったら、クリスお兄様はとても嬉しそうな顔をした。

最近は会える機会が減っているから、こうして三人で一緒にいられるのは私もとても嬉しい。

「ベジャイアの家具や小物を売る店に頻繁に顔を出しているようだ」

「あ、それならもしかして。前に会った時にカーラに聞いた話をしましたよね」

「提案型の展示方法を教えたんだっけ？」

「はい」

大型家具店に行くと、ベッドにベッドカバー、カーテン照明、家具までコーディネートして、小さな部屋を作って展示しているでしょ？

ベジャイア風のお茶会をしてみたいって貴族がいても、まだベジャイア風って浸透していなくてわからない人が多いのよ。

でも浸透していないってことは、今成功させたら流行先取りなわけじゃない。

だからテーブルや椅子を並べて、茶器や食器、小物をテーブルにセットして展示して、これをそのまま買えばベジャイア風のお茶会が出来ますよって見本を見せたら、まとめて買う人もいるんじゃないのって話したのよ。

「それは聞いた。だがその後も頻繁に出入りして、特にカザーレという男とよく出かけているようだ」

「出かける？　店以外に？」

「一緒に食事をしている」

本格的に商売を始める気になったのかな。

それとも、その人に惹かれているの？

「店とその男を調べるつもりだ」

「そうですね。万が一ということもあります。私のせいでカーラが危険な目に遭うのは嫌だから、ぜひそうしてください」

「弟と協力して貴族に戻るために動くかと思ったが、結局は恋人を作って相手に守ってもらうことを選ぶのかもしれない」

「それでもいいんです。世の中、強い人ばかりじゃないんですから。カーラが幸せになれるかどうかが重要なんです」

もしその人と恋愛関係になっても、弟のことを放置して自分だけ結婚はしないと思うんだよなあ。

カーラはそういう子じゃないもん。

彼女を支えてくれる男性と出会えたなら応援したいわ。

閑話　カーラとカザーレ

Ｓｉｄｅ．カーラ

曇った窓を手で擦り雪に覆われた街を眺めて、カーラはため息をついて壁に寄りかかった。

雪が積もっていても、今は精霊車があるので以前よりは出かけやすくなっているが、この季節に外を歩く者はまずいない。

比較的冬でも過ごしやすい領地で過ごしてきたカーラにとって、学園に行かず、冬の間ずっと雪の積もった皇都で生活するのは初めてのことだ。

高位貴族の友人しかいないカーラは出かける予定もなく、毎日屋敷に閉じ籠って過ごしていた。

「姉上」

廊下から弟のハミルトンの声が聞こえてきた。

「ここよ」

「あ、ここにいたんだ。姉上、僕は出かけてくるよ」

厚手のコートを腕にかけ、ハミルトンが部屋に入ってきた。

最近成長期のようでカーラの身長を追い抜いてしまった弟は、幼少の頃から皇都で生活していたため、雪に覆われた街での生活に慣れている。

うるさい母親への反抗心があったのか、反対されても平民とも親しくしていたため、貴族の子供のほとんどが学園に通っている時期でも遊ぶ相手には困らないようだ。

「いってらっしゃい」

ふたりがいる部屋は家族用の居間に当たる部屋だ。

子供がふたりで使うには広く椅子の数が多すぎて、暖炉のおかげで暖まっているはずなのにどこか寒々とした雰囲気がする。

「明日のお茶会には参加する？」

「やめとくわ。叔母様方にいろいろ言われるのはうんざりだもの」

「女の人の集まりのことは僕はよくわからないけど、本当に心配してくれている人もたくさんいるよ」

「……そうね。わかっている。でも今はそっとしておいてほしいの」

「ああ、僕もそれは同じかな」

善意からくる言葉でも、気持ちに余裕がない時は負担になることもある。

無理を続けて相手に嫌な感情を持ってしまうよりは、少しの間距離を置くほうがいいとカーラは考えていた。

「失礼します。お嬢様、カザーレ様の使いの者が来ています」

部屋に入ってきたのは、両親がこの屋敷から去ったのちも残ってくれた侍従長だ。

「ハミルトン様もいらっしゃったのですか。お邪魔してしまいましたか」

「大丈夫よ。使いの人はなんて？」

「予定が空いているのなら出掛けないかというお誘いのようです。一時間ほどしたら迎えに来るかと」

「どこに行くのか聞いて、そこで待ち合わせましょうと伝えて」

「そう言ったんですが……」

誘いがくるたびにカーラは自分の精霊車で現地に行くと言っているのに、それでも毎回カザーレは迎えに来たいと言う。

侍従長は使いに来る男をあまりよく思っていないようで、口には出さないが心配そうだ。

「じゃあ行くのはやめると伝えて」

「はい」

「姉上」

立ち去ろうとしてハミルトンの声音に足を止めた侍従長に、カーラは行っていいからと身振りで示した。

「年が明けるまで出かける予定が全くないんですもの。誘ってもらえるのはありがたいわ」

カーラは一礼して立ち去る彼を見送り、眉を寄せて不満を隠さない弟に笑みを漏らしながら話しかけた。

「ひとりで出かける気じゃないよね」

「ちゃんとジョアンナを連れて行くわよ。そんな心配しないで。自分の精霊車で行くんだから大丈夫よ」

「相手はかなり年上なんだろう。そろそろ噂になるかもしれない。ノーランドに知られてもいいの？」

「ハミルトン」

弟に歩み寄り、カーラは軽く腕を掴んだ。

「お願い。まだ言わないで。必要な時は私から話すから」

「……言わないよ」

「ありがとう。これでもちゃんと考えているのよ」

「言わないけど心配にはなるよ。僕達はもう、ふたりきりの家族なんだから。無茶だけはしないで」

「わかってる。心配してくれてありがとう」

「お礼なんて言ってほしくない」

ハミルトンはむっとした顔で早口に言い、カーラを残して部屋を出て行った。

前回ディアと話した後、ハミルトンと何時間も話し合ったおかげで、ふたりの距離はずっと近くなりわだかまりはほとんどなくなったのだが、カーラが姉らしく接しようとすると、自分が頼りにされていないと思うのか、ハミルトンは今のように素っ気ない態度になってしまう。

「難しい年頃なのかしら」

友達と無邪気に遊んでいてもいい年齢だ。

学園も二年目になって、旧友との関係も築けて楽しい毎日を過ごせるはずだったのだ。

それも全て両親のせいだと思うと、なんともやりきれない思いになるカーラだった。


カザーレと待ち合わせたのは郊外にある有名なレストランだ。

アーロンの滝から流れ込んだ水が流れ着く大きな湖の湖畔にあり、凍った湖で遊ぶ人々の姿が窓から見える。

「ここまでは距離もあるし、一緒に来れば道中もいろいろと話が出来るのに。どうしても僕が迎えに行くのは駄目なんだね」

初めて店で買物をしてから十日後に連絡があり、フライがベジャイア貴族に大人気だったと聞いた。

精霊を育て始めた貴族が急激に増え、使いこなせれば大変便利で、精霊と触れ合うきっかけにもなるフライを欲しいと思っていた層が増えていたのだ。

戴冠式の際、警備の者や若い貴族が颯爽とフライを乗りこなす姿が印象的で、ベジャイアに帰国した貴族達が購入して帰り、話題にしたのも人気の理由のようだ。

フライを紹介したということと、ディアから教えてもらった提案型の商品展示の反響の良さで、カザーレは定期的にカーラに会って話を聞くようになった。

相談料としてかなり高額な金額をもらうことになったので、カーラも店に顔を出して客の様子を実際に観察し、次に流行りそうなものを探すようになった。

そうして会う回数が重なれば、徐々に親しくなり話し方も砕けてくる。

特に最近は、カザーレが積極的になったようにカーラは感じていた。

「貴族の令嬢はよほど親しくならなければ、男性の馬車には乗らないわ。私はもう平民だけど、ノーランド辺境伯の姪でもあるのよ」

「信頼されていないってことか」

「どうかしら」

毎回食事をご馳走になっている間でさえ、時折会話が途切れることがあるのに、往復まで一緒にいて話をするほど話題があるとカザーレは思っているのだろうか。

それに簡単に距離を縮めて、軽く扱える子だとも思われたくなかった。

「でもこれは、あなた方のためにもなるのよ」

「……どういうことかな」

「私は未来の皇妃の従妹でディアの……妖精姫の幼馴染なの」

「そうなんだってね」

カザーレはフォークを置き、テーブルの上で手を組んで話を聞く体勢になった。

どんな時も穏やかな表情を崩さず、カーラには優しい。

「だから、ふたりを目当てに私に近寄ってくる人がたくさんいるわ」

「……なるほど」

「それでノーランドは屋敷の周りに警備を配置しているのよ」

「え？　今も？」

「ええ。昼夜問わず目立たないように警備されているので、精霊車や馬車が屋敷に来た場合、全てチェックされるわよ」

「それは本当に警備なのか？　きみ達を監視しているんじゃないか？」

「それもあるかも。少し前に父の元愛人のせいで、嘘の噂を流されたことがあるの。私に変な噂が流れたら、未来の皇妃の評判にまで影響が出るかもしれないでしょう？」

モニカの従妹でありディアの幼馴染だというのは、大きな強みであると同時に言動に大きな制限が加わることでもある。

クリスのように妹の足を引っ張るような行動は許さないと明言する人もいれば、さりげなく釘を刺してくる人もいる。

誰もカーラという個人には興味がなく、モニカやディアを優先させる。

ヨハネス家が爵位を失ってからは特にそうだ。

「そんなことがあったのか……」

「貴族社会で生きていくのも大変なのよ」

「皇妃の従妹というのは知っていたけど、妖精姫の幼馴染だったんだね」

「ジルドに聞かなかったの？」

「あいつは知っていたのか」

目を見開いて驚くカザーレの様子を、カーラは注意深く見つめた。

商人は演技もうまい。損得勘定なしに十三歳の子供の相手はしないだろう。

自分より八歳も上の彼が、なぜこうも自分に関わろうとするのか見極めなくてはならない。

「妖精姫は本当に皇妃にはならないんだな」

「そんなことをまだ気にする帝国民はいないんじゃない？　ディアはずっと昔から皇族とは結婚しないとはっきり言っていたし、陛下も同意していたわ」

「どうしてだい？　彼女が皇妃の方が」

「カザーレ、そのような話題をあまりしない方がいいんじゃないかしら」

「ああ……いや、そうだね。彼女にはもう婚約者がいるんだった。ルフタネンの彼はどんな人なんだ？」

「どんなと言われても話したことがあまりないのでわからないわ。帝国にいる時はディアの横にずっとついているので、近寄りづらい雰囲気だから。きっとディアがとても好きなのね。……でもあんなにべったり傍にいられたら、ディアは何も出来なくなっちゃうんじゃないかしら」

「へえ……」

窓の外に目を遣り、カザーレはなにやら考え込んでいるようだ。

まだ皿の料理が残っているのに、全く食べようとしていない。

「妖精姫が気になる？」

「え？　それは当然だよ。彼女のおかげでベジャイアは復興が進んで精霊が増えているんだ」

「ディアは本当にすごい子なの。なんでも出来るし優しいし」

「一度会ってみたいもんだよ。話は変わるけど、僕は明後日に帝国を発って国に帰るんだ。帰ってくるのは年が明けてからになる」

「まあ、そうなの。じゃあまた当分会えないのね」

「何も予定がないなら一緒にベジャイアに行かないか？」

「まさか。私はまだ十三歳の子供よ。保護者の許可が出るわけがないわ」

「……そうだったね。きみは大人びているから歳を忘れてしまうよ」

カザーレと会う時間が楽しいかと言われると、正直そうでもない。

年齢が離れているために共通の話題が少ないうえに、カザーレの連れてくる御者や仕事仲間だという者達は、どこかこわい雰囲気がするからだ。

何日も航海をしなければいけない商人はそんなものなのかもしれない。そう思おうとしても、彼らのきつい目付きが気になる。

「さびしくなるわ」

それでも全く予定のないこの季節に、こうして連れ出してくれるのはありがたかった。

ひとりで広い部屋にぽつんと座っているとみじめな気分になってくる。

成人するまでは知識や礼儀作法を身に付ける時間だ。成人してからが勝負だと思っても、十三歳の少女に孤独な時間は耐え難いものがあった。

閑話　後戻りできない道へ

Ｓｉｄｅ．カザーレ

カザーレは現在の状況にかなり焦りを感じていた。

年が明け春になってもカーラとの関係はまったく進展せず、仕事の話をしながら食事をするだけの日々が続いている。

学園では留学生に積極的に近付き、結婚相手を探していたとジルドに聞いていたので、父親への反抗心で異国の男と関係を持とうとする愚かな子供なら、両親のせいで平民に落とされ傷心している今なら、簡単に依存させ操れると思っていたのに。

「愚かどころか、商売であんなに成果を出せるなんておかしいだろ」

苛立たし気に頭を掻くカザーレを、仲間はにやにやしながら眺めている。

「裏に妖精姫がいるんだろ。俺達のこともばれてるんじゃねえか？」

「いや、妖精姫と接触した形跡はない。彼女は屋敷からほとんど出ていないんだ」

「あんたじゃ年が離れすぎていて、恋愛対象にならないんだろうさ。学生くらいが好みなんだろう」

「じゃあどうすんだ。仲間にそんなガキはいねえ！」

ジルドはベジャイアに帰ってしまった。

残されたメンバーは、カザーレと同じか年上ばかりだ。

「俺ならやれるってやつがいるなら代われ。ガキのお守はもうたくさんだ」

「まあ落ち着けって。おまえは紳士らしくちゃんとやってるさ」

「もうクスリを使っちまったらいいじゃんか。これ以上時間をかけてはいられねえだろ」

仲間に肩を叩かれ宥められ、カザーレは深く息を吸い込み吐き出して気を落ち着かせた。

「クスリの準備は出来ているのか」

「ああ。錠剤と液体の両方を用意した。液体の方はかなり薄めて使わないとやばいぞ」

「飲み物に少量混ぜるだけだ。ちょうど会う約束がある。フェアリーカフェに連れて行ってくれるそうだ」

珍しくカーラの方から連絡があり、フェアリーカフェの個室を予約出来たから食事をしようと誘われたのだ。

「おい、大丈夫なのか？　あそこは妖精姫の……」

「むしろ好都合だ。よく知っている店なら油断するだろう。出来れば妖精姫にも一度会っておきたいが、そううまくはいかないだろうな」

カザーレは、書類が山積みになった机に寄りかかった。

計画を進めるのならこの店も閉めて証拠を消さなくてはいけないのだが、店の売り上げが順調に伸びているために、どうしてももったいなく感じてしまう。

「少女を薬漬けにして操るなんてあくどいよなあ」

「国では辺境伯家を中心に精霊を育てている平民が集まり、ニコデムス教を捨て貴族達の弾圧に抵抗しようという動きがある。状況は刻一刻と悪くなっているんだ。他に方法がない以上、苦労知らずのお嬢様には犠牲になってもらうさ。魔道具の方はちゃんと動くんだろうな」

「確認は済んでいる」

カザーレは満足そうに頷き、仲間に指示を出した。

屋敷を見張っている者からの報告によると、今でも目立たないように警備の兵士が配備されているらしい。

出かけるたびに尾行されていたとしても、出かける先はデートスポットばかり。今回はフェアリーカフェだ。気まぐれに男と遊び歩いているだけだと思うだろう。

「どうせノーランドにとっては、彼女は立場が微妙で邪魔な存在だろうさ」

この際、カーラを攫ってもいい。

監禁してから薬漬けにする方が手っ取り早い。

彼女を人質にして妖精姫を誘い出し、実はカーラが進んでシュタルクに行こうとしていると話せばいいのだ。

「問題は精霊王だけだ」

人間に不干渉という話だが、妖精姫に関しては別のようだ。

だからどうあってもカーラは自分から望んでシュタルクに行こうとしていて、妖精姫は心配してついてくるという形にしなくてはならない。

「我ながら無茶をしているとは思うがな」

「もう帝国はこれだけ発展しているんだ。次は俺達に妖精姫を回してくれてもいいはずだ」

「ベジャイアだって妖精姫に助けられているんだろう？　そんな力をもう精霊王と上手くやっているルフタネンに渡すなんて、皇帝は何を考えているんだ」

祖国の貴族共など無視すれば、カザーレ達が不自由なく生活出来るだけの利益が店にはある。

それでも新しい生活への一歩が踏み出せない。

少女を犠牲にすることになっても、今までと同じ生活を続けることの方がたやすいのだ。

そして何もかもを妖精姫だよりにしている。

シュタルクの貴族達も彼らも、考え方の根本は同じだった。

それでも約束の日になり、店の前にカーラの乗った精霊車が停まった時には、この計画は無謀なのではないかと、カザーレは一瞬手を引こうとさえ思った。

迎えに行くなどと言っていたのが恥ずかしくなるくらい、元侯爵家の精霊車は豪華だった。

見た目だけではない。

中が空間魔法で広くなっていて、自宅の居間で寛いでいる時と同じようなソファーセットが用意されていた。

「これが……空間魔法」

「空間魔法を使用した精霊車に乗るのは初めて？」

カーラはいつも、シンプルだが高価な生地を使用した仕立てのいいドレスを着ている。

平民になったとしても、本人が言っていた通り、ノーランド辺境伯の姪という立場は貴族と何ら変わらない生活が保証されているのだろう。

「これはきみが魔法を？」

「まさか。この状態で販売されているのよ。ベジャイアも三年もしたら貴族はみんな精霊車を乗り回すようになるわ」

「三年？」

「帝国では十年かかって今の状況になったけど、先駆者がいて技術指導すれば、一足飛びに発展するでしょう。でも皇都は辺境伯領に比べればだいぶ遅れているのよ。ああ、商売をしているのならベリサリオに行ったことはあるわよね。あそこはすごいでしょ。歩道とフライの通る場所と精霊車の場所が分かれているのよ。横断歩道って知ってる？　そこに歩行者がいる時はフライも精霊車も止まらないといけないの」

ベリサリオ領やその周辺の街は身元のチェックがかなり厳しいと聞いているため、カザーレはまだベリサリオ領には近付いたことすらない。

皇都でさえシュタルクやベジャイアからしたら整備の進んだ美しく機能的な街だ。これ以上の街など想像出来ない。

「うちの商店の規模では精霊車までは扱えないな」

「そうなの？　もし興味があるのならベリサリオの誰かを紹介しようかと思ったんだけど」

「……紹介してもらえるのはありがたい」

話しているうちにフェアリーカフェに到着した。

前を通ったことは何度もあるが、門の中に入るのは初めてのカザーレは、窓に額を押し付けるようにして外を眺めた。

想像していた以上に建物が大きく、精霊車や馬車を停めておくスペースも広い。

皇都の中心にこれだけの土地を確保出来るというだけでも、ベリサリオの権力と財力が大きいということがわかる。

「予約しているから入り口が違うの」

ふたりの乗った精霊車は正面玄関前に並んで停められた精霊車の列から逸れ、建物の右手に進み、小さな入り口の前で停まった。

「ここから入るのよ」

小さくとも扉は重厚で、出迎えの店員が四人も待機している。

ふたりが精霊車を降りるのを待ち、ふたりの店員が店内に案内してくれた。

「よく来るのかい？」

「最近はあまり……。でも、ディアと食事する時にはだいたいここを使うの」

階段を上った二階のスペースは、貴族用に用意されたスペースだとカーラに聞いてはいたが、店内の内装も案内する店員の立ち居振る舞いも、カザーレが普段食事する店とは別世界のようだった。

カーラがジョアンナを連れているように、カザーレが連れてきた仲間も気後れしているようで、ちらっと背後を見たら、そわそわと落ち着かない様子で周囲を眺めまわしている。

カザーレもシュタルクの貴族の生まれだ。

しかし、今まで一度もこのような店に来たことがなく、贅沢とは無縁の生活をしてきた。

カザーレの家族達も明日食べる物にさえ苦労する日々だ。

それに比べ……。

恵まれたカーラの生活を目にするうち、徐々に後ろめたさは消えて、彼女を利用することに喜びさえ感じ始めていた。

「こちらのお部屋です」

案内された部屋は品のいい落ち着いた雰囲気で、中央に衝立で仕切りが設けられていた。

手前が侍女や従者の控え用の席になっていて、カーラとカザーレだけが奥の席に座った。

たった衝立一枚でも、精霊獣が結界を張れば会話を聞かれる心配はない。

「どうぞ」

「ありがとう」

「おひさしぶりです、カーラ様」

初老の男性はこの店の支配人だと名乗っていた。

わざわざ支配人が挨拶に来るほど、カーラはこの店の大事な客なのだ。

席に座るとすぐに飲み物の準備がされた。

「なかなか予約が取れないいんだろう？」

「そうなの。実は結構前に予約したのよ」

「ありがとう。お礼というわけではないんだけど、プレゼントを受け取ってほしいんだ」

カザーレはテーブルの中央に箱を置き、カーラが見えるように蓋を開けた。

中に入っているのは、いかにもベジャイアらしいデザインの腕輪だった。

複雑に編み込まれた金色の細い鎖が五本、留め金の部分でまとめられていて、そこに大きな紅い宝石が輝いている。

「こんな高価な物はいただけないわ」

「今までの店への貢献も考えたらたいしたことはないさ。つけてみて」

箱をカーラの方に押しやると、彼女は何度もカザーレの顔と腕輪の間で視線を動かし迷っている素振りを見せ、やがてそっと手を伸ばして腕輪を手に取った。

鎖同士がこすれ合いしゃらしゃらと音がする。

留め金の形が変わっているため苦労しているカーラを見て、カザーレは立ち上がり、横から留め金を留めてあげた。

「この宝石の色は初めて見たわ」

「ペンデルスとの国境付近にある鉱山で採掘された石なんだ」

「そうなのね。とても素敵。ありがとう」

嬉し気に腕輪を揺らすカーラの笑顔は年相応に幼く見えた。

やがて料理が運ばれ、無駄のない動作で皿がテーブルに並べられた。

コース料理を注文してあるということで、自分で料理を選ばなくていいことに内心カザーレはほっとした。

「やめてください」

「そんな騒ぐほどのことじゃないだろう」

店員が部屋から出て行き、さあ食べようかという時に、衝立の向こうから声が聞こえてきた。

どうやらジョアンナがカザーレの従者と揉めているようだ。

カーラは急いで席を立ち、衝立の向こうに早足で向かった。

「どうしたの？」

「カーラ様」

カーラの姿が見えなくなるのを確認し、奥の席に残されたカザーレは急いでポケットからクスリを取り出し、カーラの飲み物に一滴垂らした。

この薬は一種の麻薬のような物だ。

高揚感と多幸感と共に体はだるくなり、手足から力が抜ける。

常用性があり、飲み続けると廃人になる危険があった。

「何事だ？」

何食わぬ顔でカザーレが衝立の向こうに行くと、ジョアンナが青い顔でカーラにしがみついていた。

「何をしたんだ？」

「いや、あまりに手が綺麗だったから、ちょっと触ってしまっただけなんです。他には何も」

カザーレが問いながら小さく頷くと、従者役の仲間は何度も頭を下げながら口端に笑みを浮かべた。

「女性の手に安易に触れるなんて。このような人とジョアンナをふたりだけにはしておけません」

大きな大人の男とふたりきりになるだけでもジョアンナにとっては心細いことだったのだろう。

カーラのドレスを握り締める手が震えていた。

「申し訳ない。彼には二度とこのようなことはさせないので落ち着いてくれ」

「本当に申し訳ありません。私はあちらの席に移りますのでお許しください」

警護や従者など複数の人間を連れてくる貴族もいるため、大きなテーブルの置かれている奥とは違い、こちら側は丸い小型のテーブルが三カ所に並べられている。

従者は一番奥のテーブルを指さし、自分の分のグラスを持ってそちらに移動した。

「カーラ様、騒いですみません。大丈夫ですわ」

「本当に？　向こうで一緒に食事してもいいのよ」

「侍女がそのようなことをしては、店の方に笑われてしまいます。どうぞ食事に戻ってください」

ジョアンナがきっぱりと言ったので、カーラは迷った様子を見せつつも自分の席に戻った。

それからは特に問題もなく、運ばれてくるコース料理を楽しんでいたのだが、カザーレはカーラの背後に浮いている精霊達の輝きが、徐々に鈍く小さくなっているのに気付いていた。

カーラ自身も体調が悪くなってきているようで、フォークを持つ手が震え、顔色が悪くなってきている。

「カーラ、どうかしたかい？」

「す……こし、気分が悪くて……」

「それはいけないな。無理に食べない方がいい。店には悪いが帰ろうか」

「いえ、少し休めば……ジョアンナ」

力のない声でもジョアンナは気付いたようで、すぐにガタリと音がして衝立の向こうから侍女が顔を出した。

「お呼びでしょうか……まあ、カーラ様！」

顔を見ただけでも具合の悪いことがわかったのだろう。

ジョアンナは慌ててカーラに駆け寄った。

「少し……休みたいの」

「わかりました。お店の方に」

「待ってくれ。ここから俺の店まですぐ近くだ。ここで休むより、うちで休む方がいいだろう」

「いえ、ここで」

「カーラ、うちなら何時間いてくれてもかまわない。でもここでは迷惑になる」

「ジョアンナ、支配人を呼んで」

「カーラ！　俺と一緒に帰るんだ！」

「命令しないで！」

掴もうと伸ばされたカザーレの手を、カーラは力いっぱい叩き落とした。

「お父様みたいに私に言うことを聞かせようとしないで！　私がどうするかは私が決めるの！」

先程までぐったりしていたのが嘘のように、大きな声で言いながら勢い良く動いたためにふらつき、カーラはテーブルに置かれていた皿を床に落としてしまった。

皿の割れる音が響き、残っていた料理が零れ、ソースが飛び散る。

「きゃあ！」

「カーラ様」

よろめくカーラをジョアンナが支えようとしたが、ふたりしてその場に座り込んでしまった。

「いかがいたしましたか⁈」

これだけ騒げば廊下にも聞こえる。

扉が開き、支配人と店員が部屋に駆け込んできた。

「あ……ああ、すまない。彼女が体調を崩してしまったようで」

「カーラ様！　きみはすぐに割れた皿を片付けろ。きみは女性の従業員を呼んでくれ」

店員に指示を出しながら、支配人はカザーレを押し退ける勢いでカーラに歩み寄った。

「別室でお休みになりますか？　医者を呼びましょうか」

「いいえ。屋敷に帰りたいんです」

「かしこまりました。すぐに連絡して精霊車を入り口に回すように手配します」

「待ってくれ。俺の店の方が近いんだ。彼女はそちらに連れて行く」

「お断りいたします」

腕を伸ばしたカザーレからカーラを守るように体を割り込ませ、支配人は背筋を伸ばして立ち上がった。

「カーラ様はベリサリオと大変親しい特別な御令嬢です。私どもは彼女の意思を最優先いたします。彼女も侍女もあなた方を少しも頼りにしていないようにお見受けしますので、さほど親しい間柄ではないのでは？　それなのに大人の男性が少女を自分の店に連れて行くというのは非常識です」

「なんだと」

従者役の男が低い声で呟いた途端、支配人を守るように鋭い牙を持つ二頭の大きな犬が姿を現した。火と風の精霊獣のようだ。

「このフェアリーカフェで騒ぎを起こすおつもりなら、それ相応の覚悟をしていただきたいですね」

気付くと部屋の入り口近くに待機している従業員達も、小型化しているとはいえ精霊獣を顕現させている。

それらすべてが明らかに戦闘態勢に入っているのを見てしまっては、さすがにこれ以上騒ぐわけにもいかず、カザーレは両手を胸の横で広げ、おとなしく自分の椅子に腰を下ろした。

作戦本部を作ろう

精霊の森の屋敷にフェアリーカフェの支配人が訪ねてきた時、私はカミルやお兄様方と少し早めのランチを終えたところだった。

わざわざ支配人自らフライで飛んできたのよ。

カーラのことで報告があると言われて、あのベジャイアの小物を売っている店員のことがすぐに頭に浮かんだ。

カーラがたびたび一緒に出掛けていると聞いて、ウィキくんで彼のことはチェックしていたからシュタルク人だっていうのは知っていたけど、シュタルクからベジャイアに移り住んだ人の人数ってすごいのよ。

そういう人達のほとんどは新天地で必死に頑張っているから、それだけでニコデムスの関係者とは断定出来ない。

カザーレも、もう何年もシュタルクには帰らないで、帝国とベジャイアを往復する生活をしていると書いてあった。

ベジャイアにいる時も接触するのはベジャイア人ばかり。

ただ仕事仲間にニコデムスがいるかどうかまでは、ウィキくんには載っていないんだなこれが。

ウィキくんに載っているのは誰が何をして、その結果どうなったか、どんな評価をされているかであって、その人が何を目的に行動しているのかなんてことまでは書かれてはいないのよ。

エーフェニア様の考えが書いてあったら、もっと早く何か出来たかもしれないけど、将軍を愛していることとしか書いてなかった。

誰を愛しているか。

誰を殺したいほど憎んでいるか。

何が好きか。

何が嫌いか。

周囲の人達から認識されていることしか書かれていない。

ただカザーレの項目には、家族がシュタルクで生活していてニコデムス信者だということが書かれていて、カーラを愛しているとは書かれていなかった。

いったい何が基準かわからないけど、たぶん王家や高位貴族等の重要人物、あるいは有名人の項目は詳しく書かれているんだと思う。

その辺りを確認したくて、中身は読まないようにして手当たり次第項目を調べたことがあるんだけど、クラスメイトのほとんどが父親の家族欄に名前が載っているだけで、その父親さえ、主だった家系の人以外は身分や誕生日くらいしか載っていなかった。

ただし例外はある。

有名人じゃなくても、たとえば侍女や執事でも、私と個人的に親しい人は徐々に項目が増えていくの。

それにもちろん未来のことも書かれていない。

計画段階のことも書かれていなかった。

そうやって考えると不便よね。

欲しいものの作り方や材料を調べるには便利なんだけど。

いや、充分に役立ってくれているし、これ以上を望むのはさすがにずうずうしいと思うよ。

カザーレが過去にニコデムスとして動いてくれていれば、それは確実に載っていたはずなんだけど、そんな簡単に尻尾を掴まれるようなやつを、シュタルクも私の傍に送り込んでは来ないだろうし、彼に関しては信用していいのかどうか全く判別不能だった。

お兄様方も当然調査はしたみたいだ。

でも彼も店の従業員も、どう見ても怪しい雰囲気なのにいっさい怪しい行動はしていないから、むしろ反対に怪しいかもしれないという状況だったのよ。

「それで何があったんだ」

「おそらくカーラ様は一緒に来店していた男性に、何かクスリを盛られたのではないかと思われます」

「なんですと?!」

思わず叫びながら立ち上がってしまったので、スマートでダンディーな支配人はあまりに驚いてびくって肩を揺らしていた。

「ディア、落ち着こう。座って」

「離してカミル。話ならカーラから聞けばいいじゃない。これから会いに行けば」

「カーラがきみに会いたいと思っているとは限らないだろう」

クリスお兄様の冷静な声と言葉に、体の内側が急激に冷えた気がした。

「相手の男とどういう関係かもわからないんだ。僕達と関係のない痴話喧嘩だったらどうするんだい?」

「そんなこと思っていないくせに、兄上はたまにディアに冷たい言葉を言いすぎだよ」

「そうだ。言い方ってものがあるだろう」

アランお兄様とカミルに注意されて、クリスお兄様は眉を寄せた。

場の空気が悪くなってはいけない。

三人とも私を心配してくれているんだ。

「いいえ。大丈夫。落ち着いたわ。まずは報告を聞きます。余計なことをしてカーラに迷惑をかけられない」

出来ればニコデムスやシュタルクとは無関係であってほしい。

カミルが命を狙われたと聞いた時もそうだったけど、それは過去の話で、目の前に元気なカミルがいたからまだよかった。

でもカーラは、現在進行形でつらい目に遭わされているのかもしれないと思うと、胸がざわざわしていてもたってもいられなくなってくる。

居住まいを正しテーブルの上で手を組んだら、カミルが包み込むように手を重ねてきた。

温もりに勇気づけられる反面、私にはこうしてなによりも私を優先して守ろうとしてくれる人がいて、それが当たり前になっていて、甘えてしまっている自分がいることに気付いて後ろめたくなる。

カーラにはそういう人はいるの？

「室内で大きな物音がしたので部屋に入った時、カーラ様はかなり体調が悪そうでした。男達は近くに自分の店があるからそこで休ませると言いましたが、カーラ様は自分の屋敷に帰るとおっしゃっていましたので、男達を引き離し、精霊車にお乗せしたのです」

お兄様達も私もカミルもソファーに座っていて、支配人だけが立って報告をしている。

彼に連れられた犬系の精霊獣達は、私達の精霊獣がずらりと揃っている様子がこわいのか、支配人の足元に小さくなって固まっていた。

「待って。体調が悪くても精霊がいるでしょ？　浄化魔法を使わなかったの？」

「はい。カーラ様の精霊はかなり光が弱まっていましたし、侍女の精霊も魔法を使っていませんでした。それで何か理由があるのかもしれないと思い、その場では回復せずに男達と離れてから私が回復しましょうかと申し出たのですが断られまして……」

「へえ」

アランお兄様が興味津々という感じで、少しだけ身を乗り出した。

クリスお兄様はいつもの無表情のままだけど、興味を示しているのは間違いないわ。

これはいい反応よ。

これなら協力してもらえそう。

「精霊車に一緒に乗り込んで、このままでは危険かもしれないので浄化させてほしいと言ったところ、これから知り合いの医者に会い、どのようなクスリを飲まされたか調べてもらいたいから嫌だとおっしゃいました」

「まじか。たいした子だな」

カミルが感心したように言うと、お兄様方も笑みを浮かべながら頷いた。

「どうやらカザーレに騙されていたわけではないようだね。それでどうしたんだい？」

「クリス様からカーラ様が来店した時には、気を付けるようにと前もって指示されておりましたので」

「え？」

「テーブルは片付けないでそのままになっているので、皿や残っているソースや飲み物から毒物を調べることは出来ます。ただし、どちらにしても本日のことはクリス様に報告させていただくとお話ししたところ、では浄化魔法をかけてくださいとおっしゃられたので回復させていただきました」

「クリスお兄様」

「うん？」

「支店長や今回の件に関わった人達全員に特別手当をあげてください。素晴らしいわ」

「彼は皇都の店の支配人なんだよ。優秀な人に決まっているだろう」

今まで淡々と報告していた支配人は、私とクリスお兄様に褒められて照れくさかったらしくて、急に目が泳いでしまっている。

お父様より年上の男性にこう言っていいかわからないけど、かわいい。

「ではカーラはもう回復して元気なのね」

「はい。ただ精霊は光が弱いままでした」

「……アラン、ハミルトンと仲が良かったよな。屋敷に行ったことは？」

「うん。ちょっと行ってくる」

「たのむ」

フェアリーカフェを使ってくれてよかった。

あそこの従業員なら守ってくれるってカーラもわかっていたはずだわ。

ということは、カーラはベリサリオに知られてもいいと思っていたし、カザーレが何かするのではと疑ってもいたのね。

「ディア」

転移して姿を消したアランお兄様がもう戻ってきた。

「面倒だから空間を繋げて。ちょうどハミルトンがこっちに来ようとしているところだった」

「まかせて！」

ハミルトンが来ようとしていたってことは、カーラが私を呼んでいるのよ。

よかったよー。

会いたいと思ってくれているよー。

すっかり心が軽くなって絶好調よ。

よそ様の屋敷に行くんだから玄関からお邪魔するべきよね。

クリスお兄様が支配人にねぎらいの言葉をかけている間に、私は部屋の壁に人がふたりくらい通れる穴を作って、ヨハネス家の皇都のタウンハウスに繋げた。

ただカミルもお兄様方も、私よりずっと身長が高いことを忘れていたわ。

彼らには屈んでもらわないといけないけど、急いでいるんだからそのくらいは我慢してもらおう。

「ディア！」

私が来るのを待っていたハミルトンは、安心したのか今にも泣きだしそうな顔になって、慌てて両手で顔を擦って、後ろからやってきたお兄様達を出迎えた。

「カーラはどこ？」

「自分の部屋にいるんだ」

「わかった」

日頃から普段着は少し丈を短めにして、思い切り走れる踵の低い靴を履いているのが役に立った。

ドレスをつまんで優雅に移動なんてしていられないわよ。

「ちょ……待って」

「なんでカーラはそんな無茶をしたの？」

「カザーレがニコデムスの関係者の可能性が高いから尻尾を掴みたくて」

「はあ?!」

慌てて立ち止まったら、後ろを走っていたカミルがぶつかりそうになって、慌てて私の肩を抱いてくるりと位置を入れ替えながら勢いを殺した。

「急に止まったら危ないよ」

「何かにつけてディアに触るな」

急にカミルに肩を掴まれてよろめきそうになった私を、アランお兄様が支えてくれて、クリスお兄様がカミルの手を叩き落とした。

「ぶつかりそうになったから避けたんだろ」

「反射神経鈍いんじゃないか？」

「今は喧嘩している場合じゃないですよね」

アランお兄様の腕をそっと外しながら、カミルとクリスお兄様の間に割ってはいる。

いまだにクリスお兄様は、こうしてたまにカミルに文句を言うのよ。

複雑な兄心なんだって。

「それで？　どうして急に止まったんだ？」

「カーラはカザーレがニコデムスと関係あると承知の上で囮になったと聞いたら、そりゃ驚きますよ」

アランお兄様に聞かれたので、胸を張って得意げに答えた。

「は？」

「帝国の女性は、みんな根性あるな」

いやいやいやいや。帝国女性全部がそんな無茶をするわけじゃないからね。

「相手はずっと年上の大人だし、危険が大きすぎるからやめてほしいって言ったんだけど、祖父の代までは堅実にやってきたヨハネスを父が潰したことが許せなくて、功績をあげれば爵位を取り戻せるかもしれないって言われて、僕も協力して爵位を取り戻したいと思ってしまったんだ。しかたないとはいえ、姉上に求婚してきているのはずっと年上だったり、遊び人だったり、問題のある男が多いんだよ」

醜聞にさらされて潰れた元侯爵家の娘を嫁にしてやるんだって、恩着せがましいやつもいるんだろう。

なかなか婚約相手が決まらないのは、ノーランドが出来るだけいい縁談を探してくれているからなんだと思う。

「まさかニコデムスのことを承知だとは思わなかったな」

「商売を成功させようとしているのかと思ったね」

さすがにうちのお兄様達も、カーラがそこまで思い切ったことをするとは思っていなかったみたいだ。

「それに、ディアはニコデムスに狙われているだろう？　姉上は、いつも助けてもらってばかりだから、少しは役に立ちたいって言っていたんだ」

カーラってば、そんなことを考えていたの？

私は何も出来ていないわ。

相談には乗ったかもしれないけど、それは友達なら誰でもやることよ。

危険を冒してまで無茶してほしいなんて思っていないのに。

「って、のんびりしていられないんだった。姉上はもう回復出来たんだけど、精霊達の様子がおかしいんだ。いつもより光が弱くなって、動きが鈍くなっているんだよ。たぶんカザーレが姉にプレゼントしたブレスレットのせいだと思うんだけど、はずせないんだ」

「魔道具かもしれないわ。イフリー、乗せて」

『まかせろ』

一刻も早く駆け付けるためにイフリーに乗って廊下を駆け抜け、階段は浮かび上がって最短ルートで移動して、お兄様達を置き去りにしてカーラの部屋に急いだ。

「カーラ！」

部屋の前でイフリーから飛び降り、その勢いのまま扉を開けて部屋の中に駆け込む。

カーラはソファーの端に小さくなって座っていて、俯いて膝の上を見つめていた。

ジョアンナも床に膝をついて、何かカーラに話しかけていたようだ。

「ディア！　ディア、どうしよう。精霊達が！」

私に気付いたカーラが勢い良く立ち上がったので、膝の上に固まっていた精霊が落ちそうになり、カーラは精霊を両手で抱き込んで慌てて床にしゃがんだ。

「どうしたの？」

「元気がないの。光もどんどん弱くなっているの。たぶんこのブレスレットのせいよ」

カーラは私に見えるようにブレスレットをした腕を持ち上げてみせた。

ベジャイア風の高価そうなブレスレットだ。

使われている宝石も珍しい色合いでかなり大きい。

宝石？　あれ？

もしかしてこれは魔石じゃない？

「さっきからいろいろ試しているんだけど外せないの。どうしよう」

「ちょっと手首が傷だらけじゃない」

「カーラ様、落ち着いてください。ディア様が来てくださったからもう大丈夫ですよ」

ジョアンナも不安だっただろうに気丈に振る舞っている。

カーラの肩に手を置いてそっと声をかけてから、今度は私の方に顔を向けた。

「先程から何度も回復はしているんです。でもカーラ様は慌ててしまって、無理に外そうと留め金の隙間にナイフを突き刺そうとしたり、無理に鎖を切ろうとしたり、無茶ばかりしていて」

「でも、でも精霊達が」

『おまえら、甘ったれているんじゃないぞ』

ジンが急にむっとした口調で言い出したので、カーラや私のことを言ったのかと思って驚いて顔をあげたら、パタパタと羽を動かして空中に浮かびながらカーラの膝の上を睨んでいた。

びっくりした。カーラの精霊達に言ってたのね。

『カーラが過保護過ぎるんだよ』

『ジンの言い方はどうかと思うが、魔力が吸収出来なくても一日や二日で精霊は消えたりはしない。カーラも精霊達も少し落ち着け』

カーラはびっくりした顔でイフリーやジンを見ている。

自分以外の精霊獣に話しかけられたのは初めてだったんだろうな。

普通の精霊は自分の主人としか話さないもんね。

『普段カーラに大事に育てられているから、突然魔力が吸収できなくなって慌てたんだろう』

リヴァは精霊達のすぐ近くに移動し、すぐにまた私の傍に移動してきた。

『ディア、あのブレスレットから嫌な音がする。聞いているだけで眩暈がしてくる』

「カザーレがニコデムスの関係者なら、ペンデルスで開発した魔道具なのかもしれないわね。カーラ、掌に魔力を集めることは出来る？」

「それが出来ないの。上手く魔力を使えないのよ」

精霊を実験台にして作った魔道具をカーラに使いやがったわね。

どうしてくれよう。

『カーラ、彼らは会話してはいけないのか？』

ガイアがにゅっと顔をカーラの近くに寄せて注意を引いてから質問した。

「いえ……あ！　そうだわ。父が精霊達が話すとうるさいって言って、うちでは自分ひとりの時以外は話さないようにしていたんだわ。ごめんなさい。話していいのよ」

「焦りすぎて、頭が回っていないわね」

「だって、このまま消えちゃうのかと思って」

「泣かない泣かない。大丈夫よ」

気が緩んだのか、カーラの目から大粒の涙が溢れだした。

カーラは真面目で優しい子なのよ。

『困らせる気はなかったのだ。でも驚いたのだ』

『魔力が全く吸収出来ないなんて初めてなのだ』

『誰がカーラを泣かせたのだ？』

『僕達なのだ』

うわ、突然一気に話し始めた。

確かにちょっと賑やかかも。

『魔力が足りないのなら、あり余り過ぎて無駄に垂れ流しているディアの魔力を吸収すればいい』

ガイア？　その言い方は何かな？

怒らせるようなことを何かしたっけ？

静かなガイアが後回しにならないように気を配っているつもりなんだけどな。

『ディア、魔力を吸収してもいいだろう？』

「無意識に余った分を垂れ流しちゃっているんでしょ？　かまわないわよ」

『どうした？　言い方がまずかったか？』

「垂れ流しているんじゃなくて溢れ出しているの」

『どこが違うんだ？』

微妙なニュアンスの違いがわからないのかあ。

垂れ流す魔力と溢れ出す魔力じゃ、受ける印象が全く違うわよ。

『いいか！　今だけだぞ。ディアの魔力は僕達のなんだからな』

『ジン、子供みたいなことを言うな。リヴァもイフリーもいいよな』

ガイアに言われてリヴァとイフリーが同意すると、カーラの精霊達は嬉しそうに跳ねまわった。

今までは初めての状況に焦って、パニックになっていたのかな。

「大丈夫なの？　ディアの負担にならない？」

『問題ない。精霊は他人の魔力をもらう場合、自分の主の魔力より強い魔力ではないと吸収しないが、ベリサリオやカミルは魔力が強い。特にディアとカミルは精霊王が後ろ盾になってたくさんの祝福を受けているので、人間としては異常な魔力の強さと量がある』

珍しい。

ガイアがいっぱい喋っているよ。すごいよ。

『でも本人とその精霊の承諾なしに吸収したら、その人の精霊に喧嘩を売っていることになるんだ』

「ほー」

「そうなのか」

不意に背後から声がしたから振り返ったら、ハミルトンだけが部屋に入ってすぐのところに立っていて、カミルとお兄様達は扉の外から部屋を覗き込んでいた。

独身の御令嬢の部屋に無断で入ったら悪いと思っているのかな？

さすが貴公子と言いたいところだけど、そこまでがっつり覗き込んでいたらたいして違いはない気がする。

「姉上、大丈夫？」

「ええ、もう大丈夫よ。ディアの魔力をもらったの」

『ディアは人間なのか？』

『この魔力は人間じゃないのだ』

『力が漲ってきたのだ』

『あんまり吸収すんなよ』

『この猫型はケチなのだ』

『あんだとー！』

うん。これだけ元気なら大丈夫だ。

「はい。ひとまず部屋を移動します！」

大きな声で言いながら立ち上がる。

聞きたいこともあるし、ブレスレットを外さなくちゃいけないし、まずは全員が落ち着いて話せる場所が必要よ。

「居間に案内するよ」

ハミルトンがお兄様達に声をかけている間に、私は立ち上がったカーラを抱きしめた。

「まずは顔を洗って、髪を整えた方がいいわ。服も出かけた時のままでしょ」

「そうするわ。すぐに支度する」

『うひょひょーい』

『話していいの？　ねえねえ？』

『ひゃっほー』

『精霊いっぱーい』

突然廊下の方から素っ頓狂な声が聞こえてきたんですけど。

「あれはハミルトンの精霊達なの。……うるさいでしょ？」

「たしかに……」

『うるさくないのだ』

『喋りたいのだ』

ちょっとだけ話すの禁止と言った気持ちが理解出来た。

これが毎日だったら、たしかにうるさいわ。

母親であるクラリッサ様の好みに合わせて造られているため、この屋敷は装飾が派手で全体的に女性らしい内装になっている。

友人を招くことが好きなクラリッサ様は、広い居間にソファーや寝椅子をいくつも置いていた。

私が少し遅れて到着した時、お兄様ふたりは奥の三人掛けのソファーにゆったりと腰を下ろしていて、自分の屋敷のように寛いだ様子だった。

普段ならふたりの間に私の座るスペースが用意されているんだけど、今日はその場所が確保されていない。

私も三人並んで座る気はなかったから、意見が一致したようだ。

三人並んだら尋問みたいじゃない？

ベリサリオ対ヨハネスじゃないんだもん。私は中間の位置から公平な判断をしたいわ。

入り口近くで落ち着かない様子で待っていたハミルトンは、身嗜みを整えてきたカーラの姿を見て安心したようで、姉の手を取ってお兄様達の正面のソファーにエスコートした。

となると、私の席は審判席の位置よね。

ひとり掛けの大きな椅子に腰を下ろすとすぐ、窓から外を眺めていたカミルが私の座っている椅子の肘掛けに腰を下ろした。

なぜそこ？

立場的に座る場所に悩むのはわかるけど、隣に椅子があるでしょう。

見上げたらにっこりと微笑むあたり、わざとこの場所に座っているな。

いいんだけど、この雰囲気の中で私達だけがカップルでくっついているのはどうなのかなって気になるじゃない。

はっ！　もしかして、私が感情的になって立ち上がりそうになったら押さえるためか？

「きみはフェアリーカフェにいたんだろう？　聞きたいことが出るかもしれないから、ここにいてくれないかな」

「は、はい」

クリスお兄様に声をかけられたジョアンナは緊張しちゃって、ぴしっと背筋を伸ばして返事をして、部屋の隅の方に引っ込んだ。

出来るだけ目立たないようにしたいんだろう。

壁と同化したいと思っているかもしれない。

クリスお兄様はもう皇宮でブレインとして仕事をしているから、落ち着き払っているというか静かな凄みがあるというか、存在感が半端ないのよ。

特に今は大事な話をする場面だから、黙っていると冷ややかに見えてこわいんだってば。

横のアランお兄様も近衛隊で訓練しているせいか、やっぱり威圧感が増している気がする。

年下の女の子が相手だということを忘れないでね。

ハミルトンなんて、私より二歳も年下なのよ。

「あの」

なかなか話し始めないものだから、カーラが耐え切れなくなって口を開いた。

駄目だー。こういう時は先に口を開いた方が不利よ。

「来てくださってありがとうございます」

敬語になってるし。

「ご迷惑をおかけしてすみません」

「迷惑?」

クリスお兄様が無表情のまま首を傾げた。

「何に対する謝罪だろう。迷惑をかけられた記憶はないんだが」

「え？　……あ、あの」

何か投げる物はない？

クリスお兄様の頭にぶつけたい。

「フェアリーカフェで騒動を起こしてしまって、迷惑をかけてしまったので」

「ああ、なるほど」

ようやくクリスお兄様の表情が少しだけ和らいだ。

「まったく気にしていないよ。あれが他所の店だったら今頃どうなっていたかを考えたら、むしろうちでよかった。そろそろカザーレが行動に移しそうだと予想していたのかい？」

「……」

頷いといて。いいから、そういうことにしておいて。

自分に都合のいいようにしてオッケー。

でもカーラは真面目だから困った顔で私を見て、頷け頷けって念じている私の様子に気付いて、もっと困ってしまっている。

クリスお兄様も私がどういう顔をしているかわかっているんだろうな。チクチクと視線を感じるわ。

「ハミルトンが、きみはカザーレがニコデムスと関係があると知って、自ら囮になったと言っていたがそれで間違いないのかな？」

「はい」

「だったら謝る必要はない。ベリサリオがニコデムスを潰すために動いていることは知っているはずだ。むしろフェアリーカフェを使用したことは賢い選択だよ。こうしてカザーレが行動を起こしてくれたのは、きみの功績だ。俯かないで胸を張るべきだ。貴族は簡単に謝罪してはいけないと教わらなかったのかい？」

「あ……」

話を聞くうちに、クリスお兄様は責めるのではなく評価しているとわかって、カーラは心から安心したんだろうな。

胸に手を置いて大きく息を吐き出して、また泣きそうになっている。

そんなカーラを慰めるハミルトンも、すっかり表情が明るくなっていた。

「こわいんですよ」

「え？」

「お兄様達ふたり並んで威圧しないでください。ここは皇宮じゃないし、目の前にいるのは私の友達なんですからね」

「こわい？」

「兄上はこわいけど、僕はそんなことないだろう」

「え？」

ふたりして不満そうな顔をしない！

私だって尋問が始まるのかと思ったわよ。

「ただ、もう少し早く相談してほしかったな」

私に文句を言われたからか、クリスお兄様はゆったりと座り直して背凭れに寄りかかり、膝の上で手を組んだ。

「まさか進んで囮になろうとしているとは思わなかったから、貴族に戻るためにまずは商人として成功して、豊富な財産を足掛かりにしようとしているか、ベジャイアとの強い繋がりを作ってそれを武器にしようとしているのか、あるいはカザーレに恋しているのか、どれかわからなくて傍観しているしかなかったよ」

「商売の相手だとしても、恋していたら尚更、クスリを使うようなやつだったと知ったらショックが強いだろうなって思ったよね。でもそこで冷静になんのクスリか突き止めようとするなんて、もしかして」

「もしかして？」

アランお兄様が言葉を切ったので問いかけたら、お兄様ふたりは顔を見合わせてから苦笑いした。

「自分を傷つけた男に復讐する気なのかなって思った」

「アラン、僕はそこまでは考えなかったよ」

「さっき真面目でおとなしい子ほど、本気で怒ると怖いって言ってたじゃないか」

私が先にカーラの部屋に行った時に、そんな話をしていたの？

「じゃあ私に、カーラは会いたいと思っているとは限らないって言ったのは？」

「商売相手にしても恋愛の相手だとしても、信頼していた相手にクスリを盛られたんだ。かなり傷ついているだろう。そんな時は友人に会いたくないじゃないか。情けないところは見せたくないだろう？」

「あーー」

男性陣は納得したようだけど、そりゃね、クリスお兄様はそうでしょう。

「女子は違います」

「え？」

みんな揃って、ハミルトンまで一緒に意外そうな顔をしないで。

「女の子はそういう時は仲のいい友達と、甘いものでも食べながら文句を言ったり思いっきり泣いたりしたい子が多いんですよ。ひとりで泣くなんて寂しいでしょ。ねえ」

「失恋したことがないからわからないけど、落ち込んだ時に傍に友達がいてくれるのは嬉しいわ」

ほら、カーラもそう思うわよね。

一緒に怒ったり泣いたりしてくれる友達は、かけがえのない存在だ。

「そうなのか？」

男の子って友達相手にもカッコつけたいんだね。

そういえば前世の友達が、友人といる時の男の子と恋人とふたりだけの時の男の子は別人だって言ってたような気がする。

「ともかく！　話を元に戻そう」

「クリスお兄様、今回は読みが全く外れていますね。女心をスザンナに教わらないと」

「話を、元に、戻そう」

「はーい」

緊張した雰囲気が消えて、カーラも少しだけ強張っていた体の力を抜くことが出来たみたいだ。

ほっとしたら甘いものが食べたくなったので、バングルのマジックバッグから焼き菓子を取り出してみんなの前においてあげたのに、こいつ何やってるんだって顔で見られてしまった。

解せぬ。

「きみ達に確認したいことがいくつかあるんだ」

クリスお兄様が真面目な口調に戻ったので、緩んでいた空気がまた引き締まった。

ハミルトンなんて、飲もうとしていたお茶を飲まないで、カップをテーブルに戻しちゃったわよ。

そんな緊張しないで平気だよ。

「そもそもどうしてカザーレがニコデムスの関係者だとわかったんだい？」

「前回、ディアとパティの三人で食事をした日に、偶然ジルドに会って、ベジャイアの小物を売っている店を紹介されて……ディアには話したわよね」

「うん。お土産を買ってきてくれたよね」

フライの売り込みをした話も聞いたわ。

え？　あの日にもう怪しいと思っていたの？

「あの店とフェアリーカフェは裏通りを使うととても近いの。それで路地に入って店の裏手に出た時に、カザーレの店の前に停まっていた精霊車が走り出したので、道の端に寄って通り過ぎるのを待ったのよ。窓にはカーテンが閉じられていたから、お忍びの貴族でもいるのかなって注目していたら、隙間から乗っている人が見えたの。それがルガード伯爵家の家令だったの」

「フランセルを城内に引き入れたやつか」

すかさず確認するアランお兄様をまっすぐに見て、カーラははっきりと頷いた。

「ヨハネス家の皇宮の控室に行くには、ルガード伯爵家の控室の前を通るから何回も見かけたことがあったの。だから間違いないわ」

「そうだったのか。ということは、カザーレの店の船で国外に脱出したんだろうな」

「その時に話してくれたら、手伝ったのに」

「ディアは助けてくれるとわかってはいたけど、自分でどうにかしないと駄目でしょ？　爵位を取り戻したいなんて言っておいて、最初から甘えるなんて出来なかった」

こんないい子なのに、両親のせいでつらい目にばかり遭わされるなんてひどくない？

ヨハネスも悪いけどクラリッサ様だって悪いわよ。

領地に籠ってはいても、友人を招いて派手に遊んでいるって聞いているんだから。

それを放置しているノーランドもノーランドだ。

家族に甘いのはうちも同じだけど、それにしたってもう少しどうにかしなさいよ。

「その時にハミルトンには話したのか？」

「ええ。反対されて何時間も話し込んで説得したの」

「最後まで反対はしてたよ。何をされるかわかんないじゃないか」

「だからちゃんと注意していたでしょ？　誘拐されて監禁されて、ディアを脅す道具に使われるのは嫌だったから、ふたりだけにならないように同じ精霊車には乗らなかったし、第三者の目がある場所でしか会わないようにしていたのよ。ディアの話をちらちらとして、会いたいってカザーレが言い出したらディアに相談しようと思っていたのに、ちっともそういう話の流れにならないんだもの。もしかして利用されただけで彼らは何も知らないんじゃないかって、だったら作戦が無駄になってしまうって慌てたりもしたのよ」

いや、私に会うのは最後の最後にしたいでしょ。

怒らせたらそこで終わるんだから。

「カザーレに口説かれたりはしなかったのか？」

「口説く？　いいえまったく」

クリスお兄様がなんでこんな質問をするのかわからないようで、カーラが首を傾げたのを見て、

「口説かれていただろう！」

ハミルトンがびっくりした顔で、きょとんとしているカーラの肩を掴んだ。

「はあ？　気付いてなかったの？　なんであんなに頻繁に誘われていたと思っているんだよ」

ハミルトンに言われてカーラは目を何回か瞬かせて、はっとしたように手で口を覆った。

「口説かれていたの？」

「ベジャイアに行かないかと誘われたことは？」

「何度も誘われたわ」

「それでも気付かなかったのか」

クリスお兄様が脱力している。

アランお兄様はにやにやしそうになって、口元を手で隠して横を向いた。

なんというか、私より鈍い子がいて安心したような不安になったような……。

「ディアを口説くならわかるけど、私を口説くなんて思わないじゃない」

「いや、口説くならきみだよ。きみがカザーレと一緒にいたくてベジャイアに行く。向こうで婚礼をあげるって言い出したら、ディアはどうすると思う？」

クリスお兄様の口調が、子供に言い聞かせる大人の口調になっている。急にやさし気で笑っちゃいそう。

「……ベジャイアにお祝いに来てくれる？」

「まあそれもあるけど、心配して向こうでどんな所に住んでどんな生活をすることになるのか、確認しに行くだろう」

到着した場所がシュタルクだったとしても、カーラが泣いてカザーレと一緒にいたいと言い出したら、心配した私がシュタルクに滞在するかもしれないって、そういう計画よね。

あいにくだな。

私なら、カザーレの首根っこひっ捕まえて、ずるずる引きずりながらカーラと一緒に帝国に戻るわ。

「ああ……。私はやっぱり駄目ね。囮にもなってない」

「いや、それでよかったんだ」

今までずっと黙っていたカミルが話したので、みんながいっせいに注目した。

ここは傍観者に徹するかと思ったのに意外。

「きみに万が一のことがあったらと考えたら怖すぎる。ディアと親しい人は身の安全には充分に気を配ってほしい。彼女は自分が攻撃されるより家族や友人が傷つく方が許せないんだ」

「カミル」

「きみがニコデムスのせいで死んだりしたら、シュタルクは荒野か砂漠になるぞ。シュタルク国民が全員砂になるかもしれない」

「ならないわよ！　精霊王達がそうしようとしても止めるわよ！」

何を言っているのよ。

他国といい関係を築いて、精霊王と人間の関係もとっても良好なのに、妖精姫を怒らせたせいで一瞬で国が滅びるなんてことが実際に起こったら、精霊王と私は恐怖の対象になってしまうでしょうが。

「帝国に対する警戒心だって強くなるし、帝国内の貴族達だってベリサリオに近付かなくなるかもしれないわ。だからシュタルクを攻めるのにも、こんなに時間をかけているのよ。それに一般国民を砂にするなんてありえない」

「ディアがショックで落ち込んでいるうちに、全部終わっているかもしれない」

「うっ……」

自覚はあるわよ。

大事な家族や友人知人を亡くした経験が、私にはまだないし、信頼されている人達に嫌われたことも裏切られたこともない。

精霊王や家族に守られて、今ではカミルも加わって、好き勝手に生きている。

だからせめて私の手の届く範囲にいる人達は、私だって守りたいのよ。

「こうして無事だったんだから、これからのことを考えましょう。クリスお兄様、これからはカーラと一緒に打倒ニコデムス作戦を決行するんですよね」

「そのセンスのない作戦名はどうかと思うけど、それはカーラ次第じゃないかな。今回はずいぶん怖い思いをしたはずだ。それでもまだ囮を続けられるかい？」

「もちろんやるわ」

クリスお兄様に聞かれて、カーラはしっかりと頷いた。

「でも今回、カザーレにきついことを言ってしまって、険悪な別れ方をしたのに大丈夫かしら。いちおう、父が嫌いなのにカザーレが父と同じような態度を取ったから、感情が高ぶったって思ってもらえるようにとっさに演技はしたけど」

「ほう。体調が最悪だったはずなのに、よく考えたな。それなら大丈夫だろう。まずは早めに手紙を書いてくれ。いつもならあんなに感情的にならないのに、自分でもよくわからないと書いてくれればいい。実際だいぶ精神不安定になっていたみたいだし、クスリのせいだと考えるかもしれない」

「わかったわ」

「きみにはシュタルクに行ってもらうことになるが、それも大丈夫……」

「待って。僕も何かしたい！」

落ち着かない様子で座っていたハミルトンが、カーラが返事するより早く声をあげた。

「姉上ばかり危険な目に遭わせて、僕だけ何もしないなんて嫌だ」

「そうだろうな。このままだと功績をあげるのはカーラだけだ」

「でも爵位はハミルトンに」

「何もしないのに爵位をもらうなんて、僕なら断るよ」

「僕もだ」

クリスお兄様の言葉にアランお兄様が頷いた。

「僕もシュタルクに行く。姉がよくわからない男と外国で暮らすと聞いたら、どんな生活をするのか確認したいと思うはずだよ」

「……それはそうだけど」

「カーラ、心配しないで。ふたりとも私が守るから」

「ディアもシュタルクに行くの？」

「あったりまえでしょ」

「危険なのに？」

「ディアに危険はない。ディアが危険なら……いて」

真面目な話の時に何を言っているんだと、カミルの手をべしっとはたいた。

「それと、カーラが我々に協力していることを陛下とブレイン、そしてノーランドに話す必要がある」

「クリス……でも、お爺様はきっと反対すると思うの」

「子供が余計なことをするなって言われないかな」

カーラやハミルトンの不安は当然よね。

「そのあたりを調整するのは僕の仕事だ。きみ達は心配しなくていい」

でも、もうふたりだけじゃないから大丈夫よ。

「爵位を取り戻すことに関しても心配はいらない。ベリサリオが全面的に協力しよう。ノーランドとは適度な距離を取った方が、中央貴族の反対意見を躱しやすい。パウエル公爵の地方の領地の近くがいいかもしれないな」

パティがアランお兄様と結婚してパオロがミーアと結婚したので、ベリサリオと近しい人と婚姻関係を結んでいないのはパウエル公爵家だけなのよね。

今は私達と行動するためにベリサリオが後ろ盾になるのもいいけど、問題が片付いた後は、ベリサリオやノーランドが後ろ盾になると民族問題が面倒だから、パウエル公爵に頼もうってことね。

「そうだ。アランお兄様、デリルに内密で来てほしいって話してほしいんです」

「デリル？」

「ペンデルスの珍しい魔道具を分解して組み直してほしいと言えば飛んでくるはずです」

「ああ、魔道具としては使えなくしておくのか。わかった」

「待て、アラン」

さっそく立ち上がろうとしたアランお兄様をクリスお兄様が止めた。

「これから多くの人が関わってくると、この屋敷ではまずい。カザーレ達も見張りくらいは置いているだろう」

「転移魔法を使えばいいんじゃないですか？」

「客が増えれば必要な物も増える。どうしても人の出入りは多くなるよ。カザーレ達が屋敷で働いている人に危害を加えないとも限らないだろう？　精霊王に頼んで、ここと精霊の森の屋敷を繋ぐ転送陣を作ってもらうのはどうだろう」

「またそんな特別扱いをお願いするんですか？」

人間には干渉しないって決まりがあって、ベジャイアの風の精霊王にはそれで文句を言ったのに、私ばかり都合よくお願いするのは気が引けるのよ。

「もともと特別枠なんだから、精霊王に相談しない方が悲しまれるよ」

「カミルはモアナに甘えすぎ」

「ディアこそ、いい加減に普通の人間とは違うって自覚を持った方がいい」

「その辺の話はあとでふたりでやってくれ。他にも精霊王に相談したいことがあるんだ。魔道具を動かなくしたうえでカーラにつけさせて、カザーレ達のたくらみに僕達が気付いていない振りをするんだろう？」

「そうです」

「精霊達はどうするつもりだい？」

クリスお兄様に言われてカーラの精霊に目を向けたら、いつも以上に元気に飛び回っていた。

私の魔力を吸収したせいか、人間だったらつやつやのペカペカになっていそうな感じよ。

「ぶえええええ」

「ディア、ひどい顔になっているよ」

そうでしょうね。

口端を思いっきり下げて、眉尻も思いっきり下げている自覚はあるわよ。

「ひどい顔？」

カミルが横から覗き込んできて、私の顔を見て爆笑しやがった。

「だから精霊王に相談しよう」

「わかりました。シロ、瑠璃に……」

『遅い！　ディアはいつも呼ぶのが遅いわよ！』

まだ呼んでいないし、瑠璃を呼ぶつもりだったのに、なぜか翡翠が腰に手を当ててみんなの中央に置かれているテーブルの上に現れた。

『話は全部聞かせてもらったわ。私に任せなさい！』

得意げに言っているけど、盗み聞きはいけないと思うの。

「今日はひとりなのね。それに皇都だから翡翠が来るとは思わなかったわ」

翡翠はいつも通り、季節感を無視したシンプルなロングのワンピースに薄手の上着を羽織り、髪をポニーテールにしている。

精霊王だから当たり前だけど、初めて会った日と全く外見が変わらない。

『さっきまでは琥珀も一緒にいたのよ。突然、あなたが転移魔法を発動させて皇都に来たから何かと思って、それで話を聞いて、すぐにアンディに会いに行ったわ』

ガタンと音を立ててクリスお兄様が立ち上がった。

「今の話を陛下に？」

『ノーランドの当主が皇宮にいるから、話すのにちょうどいいでしょ？』

「皇宮に行ってくる」

言葉を言い終えるより早く、クリスお兄様は転移して姿を消した。

たぶんベリサリオに飛んで、そこから転送陣で皇宮に行くんだろうな。

『え？　話しちゃいけなかったの？』

「そんなことないわ。でも話の持っていき方をクリスお兄様は考えていたんだと思う。ノーランドにとってヨハネス家は微妙な問題なの。カーラやハミルトンとノーランドの関係が悪くなっても嫌だしね」

『琥珀もその辺りは考えているでしょう』

というか、人間に干渉しない決まりはどうしたの。

最近、どこの精霊王もその辺りが適当になっていない？

『人間には干渉はしないけど、この件はあなたが関わっているじゃない。ニコデムス関連は別扱いよ』

「あーそうか。そうね」

『で、蘇芳はタブークに行っていて、瑠璃はベジャイアに行っているの。あなた達もベジャイアに早めに行った方がいいわよ。動きがあったから』

え？　動き？

今朝もウィキくんを確認したけど、特に更新されていなかったのに？

不具合なんて起きるのかな。

「僕はデリルに連絡した方がいいんだよな」

「なら俺がベジャイアに行く」

アランお兄様が迷うそぶりを見せたからか、カミルが立ち上がった。

「たのむ。僕も後から合流する」

「わかった。向こうでどの程度のことが起こっているかわかったら、クロに連絡させる」

カミルは私と視線を合わせて一回頷いてから姿を消した。

次々と転移魔法を使う様子を見て、ハミルトンがうわあと引き気味な顔で口を開けている。

カーラは転移魔法が使えても、活用する場面がないって話していたっけ。

街中の目立つところで使うのはまずいとしても、遠慮しないで使えばいいのにね。便利よ。

「アランお兄様、エルダにも声をかけてほしいです。精霊の森の屋敷に集合で」

「デリルとエルダと他には？」

「パティもスザンナも、みんなカーラのことは心配していますけど、精霊の森にいるのならいつでも会えますから、あとはエルダにまかせていいかと」

「出来れば僕もベジャイアに行きたいから、エルダが捕まらなくても捜さないよ」

「はい」

突然事態が急展開って感じよ。

いっぺんにやってこないで、少しずつ小出しにしてくれないかな。

暇な時には何も起こらないのに。

「じゃあ転送陣をどの部屋に作るか決めてくれる？　翡翠、登録した人だけ使えるように出来るかな」

『もちろん』

「まさかとは思うけど、ここが襲撃された時に精霊の森まで来られるとめんどうだからね。カーラはジョアンナを連れて行く？　ハミルトンも誰か指名して。向こうに滞在することもあるだろうから、部屋を用意するわ」

「そんな。そこまでしてもらったら悪いわ」

「これは作戦を成功させるのに必要なことよ。精霊の森の屋敷ならふたりとも安心して休めるでしょ。ニコデムスとやりあうなら安全地帯は作っておかなくちゃ」

出来れば短期決戦にしたいわ。

向こうだって焦っているから、フェアリーカフェでクスリを使うなんて無謀なことをしでかしたんですもの。

「屋敷のほうは、普通の転送陣がある部屋の隣が空いているから、そこにする。一度向こうに転移して場所を知らせればいい？」

『そうね』

私と翡翠が転送陣を用意している間、カーラとハミルトンは屋敷の人達に説明したり、荷物をまとめたり、大忙しだった。

ひとまず本人達が行けばいいんだから、あとはゆっくりでいいと話したんだけど、なかなか準備が終わらない。

どうしたんだろうと廊下で待っていたら、カーラとジョアンナが困った顔で近付いてきた。

「着る機会がなかったからドレスをクローゼットの奥にしまってしまったの。今、何着か出してもらっているから……」

「今の服でいいじゃない。私も普段着はこんな感じよ」

御令嬢の中には自分の屋敷にいる時も豪華なドレス姿の人もいるそうだけど、私は動きやすさを第一に考えている。

そのまま街に出て行けば、ちょっと裕福な平民の女の子にだって見えるかもしれないわ。

カーラだって、確かに飾り気のないシンプルな服を着ているけど、上質な生地で可愛いデザインだもん。汚れているわけでもないし、まったく問題ないわよ。

「辺境伯の屋敷に行くのに、この姿では……」

「違うわ。私の屋敷よ。それに屋敷で働いているのは、セバスやブラッドや他もほとんどがカーラの知っている人ばかりよ。皇宮に行く時はそれではまずいけど、それはあとでゆっくり選べばいいわ」

「皇宮に行くの？　平民になったのに？」

「じゃあどこで話すの？　陛下に来てもらう？」

「駄目よ。あなた、本当にやりそうだからやめて」

平民になったってことを、やっぱり気にするか。そりゃするよね。

皇宮に行ったら、嫌みを言うやつがいるんじゃないか、ここぞとばかりに攻撃してくるやつもいるかもしれないって心配だろう。

大丈夫。私がずっとカーラの傍に張り付いて、絶対にそんなことさせないから。

「ジョアンナもわからないことがあったらネリーに聞けば大丈夫。あとで紹介するわ」

「よろしくお願いします」

緊張しているなあ。

クリスお兄様達がいる時もガチガチになっていたし、私と話すのも緊張しているみたい。

でもこればっかりは慣れてもらうしかない。

「ともかく部屋を案内するわ。転送陣からそんなに離れていない場所にしたから、荷物はあとから運びましょう。ハミルトンの方は準備出来た？」

「とっくに」

男は気軽でいいな。

ようやく精霊の森に移動して、ふたりをそれぞれ客室に案内した。

カーラの手伝いにネリーを、ハミルトンの手伝いにレックスを付けたから大丈夫だろう。

ついでにブラッドにカーラの屋敷の防犯体制のチェックを頼んでおいた。

屋敷に残る人達の安全もしっかり確保するわよ。

私自身はやることがないので翡翠とお茶をしていたら、デリルとエルダとスザンナが琥珀に連れられてやってきた。

デリルは皇宮にいたので、アランお兄様が珍しいペンデルスの魔道具を分解できるぞと話したら、迷うことなく飛びついてきたらしい。

エルダはタウンハウスにいたそうで、アランお兄様が伝言を頼もうとしていた時に琥珀が事情を聞いて、自ら迎えに行ってくれたんだって。

突然精霊王が現れたブリス侯爵家はどんな騒ぎになっているんだろう。

スザンナは皇宮にいたから、ついでに連れて来てくれたらしい。

「ありがとう。ものすごく助かる」

『そう？　このくらいなんてことはないわ』

得意げな琥珀先生がエモい。

その横で、恐縮しちゃってガチガチになっている三人はちょっと気の毒ね。

カーラや私からだいたいの説明を聞いている間、エルダとスザンナはカーラを真ん中にしてソファーに座って、しっかりと手を握っていた。

もちろん服装なんて誰も気にしないわ。

「ようやくか。ようやくなのか。もーう、もっと早くディアが協力してくれればこんなに心配しなくて済んだのに！　特にクリスがめんどくさいのよ」

「エルダ、落ち着いて。私が自分の力で動いたからこそクリスも認めてくれたの。ベリサリオの力を借りたかったら、それなりの成果を見せるのは当たり前よ」

「まあ……そうね。スザンナがここにいるってことは、ベリサリオは全力でカーラとハミルトンを守ることにしたってことよね」

「そう思っていいんじゃないかしら。ね、ディア」

スザンナに聞かれて、しっかりと頷いた。

「ベリサリオだけじゃないわよ。帝国と精霊王にも全面協力してもらうわ。あとはベジャイアとルフタネンにもね」

「……うわ」

「………国単位」

少し離れた位置で話していたハミルトンとデリルが、私の台詞を聞いてドン引きしている。

何を他人事みたいな顔をしているのよ。

あなた達も、もう巻き込まれている自覚を持って。

「それとなく気があるように感じられた方がいいのね？　で、迷惑をかけたと後悔している感じで」

「そうね。会う約束をしたいんだから、お詫びに行きたいって書けばいいんじゃない？」

説明が終わったら、さっそく行動開始よ。

午後の日差しが差し込むティールームで、エルダとスザンナはカザーレに送る手紙の文面を考えてくれている。

小説家なら手紙のひとつやふたつ楽勝でしょうと言ったら、文章は全部同じだと思うなと叱られたわ。

「この上に手を置いて。手首はこう」

デリルはテーブルにクッションを置いて高さを調節して、その上にカーラに手を置いてもらってブレスレットを観察しだした。

よっぽど楽しいのか、目がきらきらしちゃっている。

そんなに道具には種類があるのかとびっくりするくらい、いろんなものが入ったケースをいくつも持ってきて、おもむろにテーブルに並べだした時には女の子達がびっくりしていた。

たぶん道具フェチだね。

いるよねー。道具類が大好きな男の子。

デリルの助手になっているハミルトンも、道具に興味津々だ。

「これはペンデルスの魔道具を基に作った模倣品だよ。この辺りの作りが雑だなあ。壊さないように外した方がいいんだよね」

「そう。魔道具としての機能は止めて、カザーレに会いに行く時につけて行きたいの」

「うーん。この留め金は壊さないとはずせないから……こっちかな」

機能を止めるより、壊さないでブレスレットを外す方が難しそうね。

でも外さないと機能を止められないらしい。

「あの……」

「うん？」

デリルが魔道具に夢中になってがしっと腕を掴んでいるせいで、カーラはちょっと痛がっているみたい。

「デリル。女の子の腕をそんなに強く掴んじゃ駄目」

「あ、ごめん。つい夢中になって」

「大丈夫。わざわざ来てくれたんだから気にしないで」

男性陣の中では背が低めで細くて可愛い見た目でも、男の子は男の子。

カーラの手とは大きさがまるで違う。

「いや、痛かったら痛いって言ってくれた方が僕も気を遣わなくて済むよ。手をこう、こっちに向きを変えられるかな」

「こう？」

「そうそう。ああ、やっぱり鎖の途中に外せそうな場所がある」

顔を近付けすぎじゃない？

事情を知らない人が見たら、カーラの手にキスしそうに見えるわよ。

「なんかいい匂いがするね。この魔道具かな」

「どう考えてもカーラの手の匂いでしょ」

「ちょっと」

「香水の匂いじゃないよ」

「え？　それはカーラがいい匂いだって言いたいの？」

「ディア！」

「ちょっとディアは向こうに行っていてくれないか。気が散る」

えーー、匂いのことを言い出したのはデリルじゃないかー。

私は何も悪くないでしょ。

「ハミルトン、あなたがちゃんとカーラのフォローをしてあげてよ」

「ブレスレットを外すのが最優先だから、少しくらいは我慢しないと」

ドライだな。

ちゃんとカーラの傍にいるから心配はしているんだろうけど、言葉にするのは苦手なのかも。

うちのお兄様達とはだいぶ距離感が違う姉弟ね。

あれ？　私はやることがなくなっちゃった。

毎回思うことだけど、実務能力が低いのよね。

プロデューサーに向いているタイプなんだろうな。

ほら、頭脳労働者だから。

『ディア、ちょっといい？』

やること、ありました。

テラスで寛いでいる精霊王のお相手をしなくては。

「今日はいろいろとありがとう」

『お礼なんていいのよ。ここが賑やかなのは私も嬉しいわ』

『あなたはなかなか頼りにしてくれないんだもの。水くさいのよ』

琥珀と翡翠が並んで座っていると、自分の住んでいる屋敷のはずなのに現実味が薄くなる。

自然豊かな景色も相まって、ここだけ精霊王の住居のある空間に移動してしまったみたいだ。

『これから話すのは、あなたにとってはショックな話かもしれないわ』

私が席に腰を落ち着けた途端、翡翠が切り出してきた。

「え？　何かあったの？」

『あなたは、前の世界のことやこの世界のことを調べられる手段を持っているでしょ？』

ウィキくんの話？

それで会話が他所に聞かれないように、念入りに結界が張られているのか。

『賢王もそういう手段を持っていたって、前に話したわよね』

「ええ」

『つい先日、モアナとその話になってね。ディアも賢王と同じ手段を持っているのかって聞かれたのよ』

「うん」

『だから持っていることを話したの。かまわないでしょ？』

「もうとっくに知っているのかと思っていたわ。人間に話さないでくれるなら大丈夫よ」

『賢王も誰にも話さないでくれって言っていたそうだから、話す気はないってモアナが自分から言ってくれたわ。それでね、賢王はある日突然、その手段が使えなくなったんですって』

…………え？　どういうこと？

これって期間限定の特別ボーナスだったの？

「何歳くらいの話？」

『よく覚えていないそうなんだけど、若い時だったそうよ』

日本語を忘れてしまって読めなくなる危険は考えていたけど、使えなくなるなんて考えたことがなかった。

新商品の開発はウィキくんに頼っているところが大きいのに、使えなくなるかもしれないの？

『ディア、大丈夫？』

落ち着け、自分。

アラサーだった時の感覚はほとんどなくなって、前世のことは昔見た夢のように感じ始めていた。もうすっかり私はディアドラで、大好きな家族だっている。

この世界で充分にやっていけるだけの経験を積んでいて、助けてくれる人もいるんだから、そろそろ特別扱いはいらないだろうと神様に思われて当たり前よ。

精霊王が後ろ盾になってくれているだけでも特別扱いなのに、ずっとチートスキルを使える方がおかしいのよ。

「大丈夫。驚いたけど、そろそろそういう手段に甘えないで、周りの人達と協力して、自力で生きていかなきゃいけないお年頃なんだと思うわ。まだすぐにどうこうってこともないだろうし、今はまず、打倒ニコデムスよ」

『よかった。瑠璃がいる時に話した方がいいかなとも思ったんだけど、早く知りたいでしょ？』

言いにくいことを話してくれた翡翠には感謝よ。

相手が瑠璃だと甘えちゃいそうだから、翡翠でよかったのかもしれない。

『困ったことがあったら、いつでも言って。私達はずっとあなたの味方よ』

「ありがとう、琥珀。あなた達がいつも力を貸してくれるんだもん。落ち込んだりしないわ」

そうは言ったけど、気にはなる。

デリルが無事に魔道具を外して機能を止めてくれて、カザーレ宛の手紙も完成して、みんなで夕食を食べて解散してから、私はまた寝室に籠った。

カーラとハミルトンは屋敷に泊まっているわよ。

当分はこちらで生活したほうが安心だし、細かいやり取りが必要になるからね。

「えーっと、カーラに教えてもらった名前は」

ウィキくんを開いて、カザーレと一緒に店で働いている男の名前を検索してみた。

「シュタルク人。遭難した漁師を装い帝国に潜入。ビンゴ！　やっぱりそこにいたのか！」

これはもう間違いなく黒だ。

半年以上潜伏して、何もしないうちにカーラに見破られちゃうなんて馬鹿じゃないの。

ニコデムスが信じたければ好きなだけ信じて、シュタルクだけ滅びなさいよ。

他人を巻き込むんじゃないわよ。

潜伏されて、また何年か後にゲリラ攻撃されたら面倒だ。

全員ひとり残らず、芋づる式にずるずると捕まえてやるわ。

「ベジャイアの方は何があったんだろう。ウィキくんは……特に変わったことは書かれていないな」

「ディアドラ様」

「うっ」

リュイの声が聞こえたので、慌ててウィキくんを消してベッドから飛び降り、テーブルに置いておいた本を手に寝椅子に倒れ込んだ。

「何？」

「カミル様がお見えです」

「え？」

慌てて自分の姿を見下ろすと、ドレスのままベッドに寝転がっていたからしわくちゃよ。髪も乱れているはず。

「あの……お会いになりますか？」

「会うわよ。ベジャイアの話でしょ。ちょっと待ってもらって。そして誰か来て。髪が」

「かしこまりました」

今、ふふって笑ったでしょ。

別にカミルだから綺麗にしなくちゃって思ったわけじゃないのよ。

相手が誰でも身嗜みは大事よ。

「ディア、着替えるの？　髪はどうする？」

なんでネリーを呼ぶかな。

すっかりやる気になってしまっている。

可愛いドレスにしようとか、いっそネグリジェにガウンを羽織るのもいいかもとか、よくわからない盛り上がり方をしているネリーは放置で、髪は解いて手櫛で整えて、ショールで皺を隠して居間に向かった。

手伝いを呼んだ意味が全くなかったわよ。

「遅い時間に突然すまない」

居間で待っていたカミルは、昼間会った時のままの服装だ。

ベジャイアから戻ってすぐにここに来たんだろうな。

「アランお兄様は一緒じゃなかったの？」

「あいつは皇宮に向かった。俺はきみに報告した後、ルフタネン王宮に行く」

「何があったの？」

隣に腰を下ろすとすぐ、カミルが手を握り締めてきた。

「本当は抱きしめたいところだけど、話をしないといけないからしかたない」

「疲れているみたいね」

「癒しが必要なくらいにね」

私の手を取って自分の頬に当て、

「少し冷たくないか？」

と言いながらさりげなく手の甲に唇を触れさせた。

「ちょっと、真面目な話なんじゃないの？」

ネリーやレックスが見ているから恥ずかしいじゃない。

私の方はまだ慣れなくて、こういうことをされると心臓に悪いのよ。

「真面目というか、シュタルクの現状がわかった。思っていた以上に悪い」

「そりゃ悪いでしょ。王都やその近郊で作物が育たなくなって、農民が暴動を起こした地域が複数あるって何年も前に聞いたのに、それ以降、全く状況は改善されていないのよ」

「その後、農民は地方で精霊を育てて、その精霊を連れて王都に帰り魔力を増やす方法を取ったんだが、近郊はまだしも王都は農民だけじゃ何の足しにもならなくて、子供を預かる施設を造って、成人している者は全員地方に行かせるようになったんだそうだ」

それは、地方に行ったまま戻って来なくなると困るから、子供を人質にしたってことなんでは？

「状況がどんどん悪化して自分達の生活が脅かされれば、貴族も農民もまともな人間は、ニコデムスを捨てて精霊を育て、帝国やベジャイアのように精霊王と親しくした方がいいと考えるだろう？シュタルクの王都はもう建物が崩れ始めて、砂に埋もれてしまっているんだ。それで子供のいる施設に親が押し掛け、子供を連れてそのまま地方に逃げる事件が続いたそうだ」

「それはそうなるわよ」

「で、ニコデムスは施設の警備態勢を強めた。それで親達と兵士の衝突が起こり、子供を返せと押し掛けた親を殺害する事件が起きたんだ」

「ええ?!」

「見せしめのつもりだったんだろうが、兵士のほとんどが平民だ。下級兵士はまともな給料ももらえず、元ならず者のニコデムス教の私兵が幅を利かせていたため、鬱憤もたまっていたんだろうな。ニコデムスには従わず、家族や農民と行動する兵士が続出した」

「おおお」

「まあ」

思わず身を乗り出したところでネリーの声が聞こえて振り返る。

話に夢中になっていて気にしていないうちに、彼女もレックスもすぐ傍に来ていて、真剣なまなざしで話を聞いていた。

状況を把握した方がいいということで結界を張らず、みんなに話が聞こえるようにしていたのよ。

「そうですよね。家族や友人を守らなくては!」

すっかり興奮気味だったネリーは拳を握り締めて言ってから、私やカミルに注目されていることに気付いて、気まずそうに何歩か後ろに下がろうとして、椅子に躓いてコケていた。

倒れ込んだ場所がソファーでよかったね。

「どこまで話したっけ?」

「兵士が庶民の側に付いたってとこ」

「ああ、そうだった。それで庶民の側に立った兵士達とニコデムスの私兵との戦闘が起こり、もうほとんどの庶民が王都を去り、廃墟群のようになっているそうだ」

マジか。

いや、話を聞けばそりゃあそうなるよねって思うけど、今まで情報があまり入ってこなかったから、そんなひどいことになっているとまでは考えていなかった。

ウィキくんだってそんなことは…………あれ？　なんで書かれていないの？

最近、ウィキくんをチェックしていたのに書かれていなかったことが何度かあったよね。

周りに周知されていないことだから書かれていないんだって自分を納得させていたけど、もしかしてウィキくんがあまり更新されなくなっている？

「ディア？」

握りしめていた手に少しだけ力が込められたのに気付いて、はっとして顔をあげたら、心配そうに見つめているカミルと視線が合った。

「聞いているわよ。今、頭をフル回転させているところよ」

「続けて平気か？」

「もちろん」

「貴族の中でも反ニコデムスの一派は前からいてね。今回情報を寄越してきたのはケイス伯爵という人で、ガイオ曰く、パウエル公爵に雰囲気が似ている優秀な人なんだそうだ。今は王都の屋敷に軟禁状態で、外部と全く連絡が取れなくなっている状況らしい。家族は領地にいるので無事らしいんだが、他にも要職に就いていた人達が何人も軟禁されていて、中には国王にニコデムスと手を切るように進言して処刑された者もいるそうだ。もう王宮に残っているのは、神官とニコデムス教と癒着している貴族と、ニコデムスの私兵だけだ」

乗っ取られている。

要職に就いていた人達を軟禁して、王都は廃墟化して、どうするつもりなの？

それで私が行けば万事解決出来るって、私を何だと思っているのよ。

「国王は何をしているの？　もう国として終わっているじゃない」

「それが、もう去年の半ばくらいから体調が悪いと言って、公の場に姿を現していないそうだ。今はアルデルトとパニアグアという大神官が政治を行っているらしい」

「殺されているかもしれないってこと？」

「ありえるだろうな」

アルデルトは自分の父親よりパニアグアという大神官を選んだってこと？

元から変人だとは思っていたけど、ここまで馬鹿だったとは。

どうせ残っている貴族は、金と権力にしがみついているやつらばかりでしょ？

ニコデムスの神官に政治が出来るとは思えないし、イナゴの群れのように奪うだけ奪って逃げる気なんじゃない？

「こうなるとカーラの功績は本当に大きいわね。軟禁されている人達を救出する時間を稼げるわよね」

「ああ。当初の計画のまま乗り込んでいたら、彼らを盾にされかねなかったな。我が国には隠密行動に長けた者達がいる。リュイ達の家族のいる里の者達だ」

「忍者？」

「にんじゃ？　なんだそれ」

忍者じゃないのか。残念。

でも諜報員を生業にしている人達ではあるのよね。

「ルフタネン人は見た目で他国民とバレるからな。扇動するのは帝国とベジャイアに任せる」

「その辺はどういう分担になっているか知らないのよ。私は正面から乗り込んで、カーラとハミルトンを守りながらニコデムスをぶん殴ればいいんでしょ？」

「ディアが言うと簡単に聞こえるな。……簡単なんだろうな」

「ひとりでやろうなんて思っていないわよ？」

「当たり前だ！」

そんなムキにならなくても、今までだって勝手な行動なんてしたことないじゃない。

ちゃんと計画通りにしてきたでしょ。

「ところで、話は終わったから、ネリーとレックスはそろそろ部屋を出て行ってくれてもかまわないよ」

「そうはいきません」

「少しくらいなら……」

「ネリー」

お兄様達がいなくても、私の周りのガードは堅い。

ふたりきりになったからって、カミルが何をすると思っているのかしら。

キスくらいは……するかもしれないか。

べ、べつに私はしたいとか思ってないわよ？

ただ……ほら、癒しが足りないって言っていたから、ハグぐらいはしてもいいんじゃないかなって思っただけよ。

「ルフタネンに今の話を伝えに行かなくてはいけないのでは？」

「ああ……わかっている」

肩を落としてため息をついたカミルは、脱力した振りで私にもたれかかってきて額に口付けた。

「そういうことをするから、周りのガードが堅くなるんじゃない？」

「このくらいで？　婚約者なのに？」

「……そうよね。私ももう十四だし、このくらいは普通よね」

「十四だから気を付けてくださいと言っているんです！　最近大人っぽくなってきたと近付いて来る男達が現れているのに気付いていないんですか」

「なに?!」

レックスに怒られて私が反論するより早く、カミルが反応した。

「今更ディアの魅力に気付いても遅い。そんな男共を近付けるなよ」

「当然です」

「でも俺は婚約者……」

「絶対にいついかなる時も紳士でいられると誓えますか？」

「……婚約者だから、そこはほら」

「駄目です」

私の目の前でなんの話をしているのよ。

他所でやれ。


カミルがルフタネンに帰ってひとりになって、私はまたベッドの上でウィキくんを開いた。

やっぱりシュタルクの項目は更新されていない。

これは……ウィキくんが使えなくなる日は割と近いのかもしれない。

「……ノートを、ひとまず十冊くらいは用意しないと」

落ち込む？　そんな時間はない。

使えなくなるなら、その前に書き写しておけばいいのさ。

いいのよね？

「神様、ウィキくんとっても助かっています。ありがとうございます。たぶん成人したら使えなくなるんですよね。もし書き写しちゃいけないのなら早めに教えてください。何冊も書いてから消されちゃったりしたら、ショックが大きすぎます」

両手を合わせて天井に向かって話してから、ふと気付いた。

この世界の神様って、どうやって祈るの？

キリスト教のように両手を合わせるのが正しいの？　それとも仏教方式？　まさか五体投地？　各国に精霊王がいるってみんな知っているから、願い事をしたり、豊穣を感謝したり、信仰対象になっているのは精霊王であって神様じゃないのよ。

精霊王が姿を現すようになって、感謝や畏敬の念が強くなって、神殿を建てようという計画が現在進行形で進んでいる国もあるんだって。

精霊王に対する祈りの形も、これから確立していくのかもしれない。

つまり祈りの対象はあくまで精霊王であって神様じゃないんだよね。

この世界の神様って、奥ゆかしいのかな。

人間に信仰されたいって思わないの？

精霊王が信じて仕えてくれているのなら、それで充分なの？

……はっ！

もしかしてコミュ障？　引きこもり？

ひとりでいる方が楽で、人間達の営みを遠くから眺めているのが好きだとか？

「あの、私に直接どうこうなんて思ってませんから、瑠璃に伝えていただくとか……それはずうずうしいか。駄目なら書き写そうとしても出来ないとか、ノートが消えるとか？　いや、反応をもらおうっていうのがそもそもの間違いよ。特別扱いに慣れちゃ駄目」

しょうがない。私はやれることをやろう。

もしかしてウィキくんを更新してくれていたのも神様かも？

うわあ。ひとりきりで、ちまちまウィキくんを更新している神様の姿を考えたら、涙が出そう。

そりゃあ期間限定にするわ。


翌日、みんなと話している時に瑠璃に手招きされて、なんだろうと近付いた。

『ひさしぶりに神と話をしてな。その時にディアに伝えてくれと頼まれた』

「え？」

『かまわないが、いろいろと誤解している……と、おっしゃっていたぞ。まさか神にも何かしたのか』

「出来るわけないでしょう！」

すごい。神様が答えてくれちゃった。

でもさ、あんまり反応が早いと反対に怪しいよね。

図星だった？


翌日は朝から大忙しよ。

この屋敷に、こんなに大勢の人間がやってきたのは初めてだ。

まず警護のための兵士達がやってきた。

カーラがカザーレと会っている間、何かあったらすぐに踏み込めるように待機させたいと陛下が寄越してくれたんだけど……私や精霊王がいるから本当は必要ないんだよね。

でも必要なくても、国も協力したんだという形にしたいんだろうな。

カザーレの背後にシュタルクやニコデムスがいる以上、帝国として動いているぞと見せなくてはいけないいんだね。

それにカザーレの店の周囲に何人も張り込ませるためや、カーラの屋敷の警備を交代制で行うためにも、人手がいてくれるのはありがたい。

でも、庭にテントを張ろうとしていたから焦ったわよ。

「皇宮から毎回移動するのは時間がもったいないですし、現状を教えろとうるさい貴族もおりまして」

本当にどこにでも迷惑なやつはいるね。

今までカーラ達のことなんて忘れていたくせに、ベリサリオが絡んだと聞いてうまい話なんじゃないかと情報が欲しくて仕方ないわけだ。

仕方がない。幸いなことに広大な庭があるんだ。

一部がテント村になっても特に問題はないだろう。

自給自足出来るように訓練されているそうだし、皇宮から大鍋に入った料理を持ち込むことも出来るそうなので、ほっといていいと言うなら好きにさせておこう。

兵士達はみんな礼儀正しいし、協力してくれているんだし、夕食に差し入れくらいはしてあげようかな。

なんならフェアリー商会新商品のマットレスを使ってもらってもいいかもしれない。

評判が良ければ大量注文が来るんじゃゃない？

次にやってきたのは薬師の一団だ。

頼んでいたクスリの分析の報告に、なぜか五人でぞろぞろとやってきた。

「こちらは帝国でもよく見かける薬でした。あらかじめこちらの薬を飲んでいただければ、万が一薬を飲んでしまった時に働きを抑えられます」

五人の中の代表の薬師は、髪を撫でつけて顎髭を生やし眼鏡をかけた男性だった。

真面目そうな雰囲気で、いかにも研究者って感じだ。

「よく見かけるんですか？」

「はい。金持ちの平民や貴族達の中で流行っていた時期があるんです。自分で飲むこともあれば、食事会や夜会で女性の飲み物の中に入れる者もいまして」

「犯罪じゃないですか！」

思わず声が大きくなったわよ。

なに？　お持ち帰りするために使うクスリってこと？

「ディア、平民の中には貴族と結婚することで、貴族社会に進出する足掛かりを作ろうとする者がいるんだよ。でもよほど困窮している貴族でなければ、娘を平民に嫁がせる者は少ない。それで既成事実を作ろうとするやつがいるんだ」

クリスお兄様の説明を聞いてこわくなってきた。

御令嬢が必ず侍女や従者を連れているのは、身を守るために必要だっていう面もあるのはわかっていたけど、そんな危険まであるのね。

「心配しなくても、信頼出来る高位貴族の主催する夜会なら平気だよ。それに精霊がいるんだ。すぐに浄化してくれるだろう」

いや、全く心配していません。

私に何か仕掛けてくる度胸のある男がいるとは思えないし、いても精霊獣に撃退されて終わりよ。

「私はそれで済みますけど、精霊のいない女性もたくさんいるんですよ。薬師のお仕事は大事ですね」

「妖精姫にそう言っていただけると光栄です。精霊と親しくなるようになって十五年弱。はじめは薬師の仕事がなくなるのではないかと心配する声もありましたが、即死毒には魔法でも対処出来ませんから、予防策を講じる必要や毒に慣れる必要がある人もおりますし、魔力が足りなくて精霊を育てられない人も多いので、仕事は減りませんでした」

そういう薬師さんも、他の薬師さん達も精霊はいるのよ。

精霊の森の魔力の満ちた空気に喜んで、彼らの周りを飛び回っている精霊の元気な様子を見ると、大事に育てられているようで微笑ましい。

魔法とクスリの両方から対処法を考えているんだろうな。

「この手の薬を自ら進んで飲む者達もいます。彼らは精霊に浄化しないように命じて摂取するんです。高揚感を十分に楽しんでから浄化と回復をすれば、健康に問題がないのだからいいだろうという考えのようですが記憶は残ります。またあの感覚を味わいたいと摂取を繰り返し、浄化してもらう時間が徐々に遅くなり、朦朧としていて浄化を忘れるという流れがとても多いのです」

「記憶は残る……そうですね。怖い思いをした女性は、たとえ浄化や回復で身体的には問題がなくても、危険な目に遭ったという恐怖は魔法では回復出来ませんね」

「はい。こればかりは薬でも魔法でもどうしようもありません。……ところで」

「はい？」

「ここは素晴らしいですね！」

突然、身を乗り出してどうした。

落ち着いた研究者の人達だと思っていたのに、他の人達も急に活気づいた顔になっているわよ。

「先程ちらっとお庭を拝見したのですが、他所では見られない珍しい植物がたくさんありますし、薬草の種類も大変多いのです。皇都では見られないはずの薬草までが群生していました！」

それで五人も揃ってやって来たのか。

精霊の森の植物に興味津々だったのね。

「是非、研究所を精霊の森に置かせてください！」

「それは無理」

「……え」

「ここは精霊王の住居です。人間をこれ以上増やすのは無理です」

おっさんが五人揃ってしゅんとするな。

あなた達に許可を出したら、我も我もと人が押し寄せるわよ。

「アランにたのめばいいじゃないか」

クリスお兄様が笑い交じりの声で言った。

「アランの領地は精霊の森に隣接しているので、森の警備をしている者達が住んでいる村があるんだ。彼らなら精霊の森に詳しいから助言してくれるだろうし、あそこは森の中とあまり変わらない魔力量で自然豊かだよ」

「そ、それは素晴らしい！　アラン様というのは御次男様でしたな」

「そうだ。今はもう成人して独立したので、ホルブルック子爵だ」

「お噂はお聞きしております。早速何人か見学に行かせたいのですが許可を得られるでしょうか。残りの者は何かあった時のために待機しますので、あの、庭を散策する許可をいただけると……」

また滞在する人間が増えた。

彼らもテント村で生活……は無理だろうな。

夜には帰ってもらうとして、庭の植物を少しくらいなら採取してもいいことにしよう。

「アランお兄様、ちょうどいいところに！」

薬師達との話が済んで廊下に出たら、アランお兄様と一緒にデリルが待っていた。

さっそく薬師達を押し付……紹介して、領地に研究所を造りたいそうだよということを説明して、あとは任せることにした。

領地に新しい住人が増えるのはいいことよ。

「……で、デリルはなんでいるの？」

「第一声がそれかよ」

「あなたひとりならまだわかるんだけど、彼らは何？」

少し離れた位置に魔道省の制服を着た男性がふたりと、精霊省の長官……つまり自称私の弟子の元魔道士長が並んでいるんだもん。

「この屋敷の警備はどうなっている。僕かディアの許可がない限り、皇帝陛下であろうと屋敷内に入れるな」

「兄上、僕が一緒だったんですよ」

慌ててアランお兄様が部屋から飛び出してきた。

「なんで連れてきた」

クリスお兄様としては作戦に関わる人間を、あまり増やしたくないんだろうな。

彼らが許可されたなら私も参加させろとごねる人が出てくるかもしれない。

そういう人に限って、私の働きがあったからニコデムス問題を解決出来たんだって言い出して、カーラやハミルトンは子供だからって功績を横取りしようとしたりするのよ。

ここは慎重にやらないといけないわ。

「クリス、僕が頼んだんだ。帝国に来ている人間が魔道具を自由に使えるくらいだから、たぶんシュタルクのニコデムス神殿にはたくさんの魔道具があるだろう？」

「だろうな」

「中には精霊を苦しめたり消してしまう魔道具もあるかもしれない。それらの技術は後世に残してしまわないように処理をする必要がある」

「そうだとしても、気が早すぎるだろう」

クリスお兄様は感心半分呆れ半分という様子だ。

魔道省と精霊省が協力して、あるいは互いを見張って、誰かがそういう魔道具を持ち出し出来ないようにするって話でしょ？

ニコデムスを倒しにシュタルクに出向いてからでいいじゃない。

「出来れば精霊王様にもチェックしてもらえないかなと」

「まあ……そこまで厳重にやるのはいいことだが……でもなんで今？」

「……カーラの持っている魔道具を……彼らも見たいらしくて……」

今までの前置きはまったく関係ないじゃない。

何をやっているんだ。

「ふん。どうせ魔道省や精霊省も協力しているんだとアピールしたいんだろう」

クリスお兄様に冷ややかに言われて、待機していた魔道省の人達はむっとした顔をしながら視線を逸らした。

「ディア様、おひさしぶりですー」

精霊省長官、その横で嬉しそうに手を振るのはやめなさい。

「デリルには実際に協力してもらっているからかまわないけど」

「ディア」

「ラーナー侯爵家を巻き込むのは、互いにとって利益になりますわ」

「巻き込むって言うな」

デリルっていつの間に突っ込み要員になったのよ。

子供の頃と一番性格が変わったのは、女はエルダで男はデリルだわ。

「もう少ししたらカザーレと面会する約束があるの。その時に魔道具がないと困るから、見せるのはその後になるわ」

「まったくかまわないよ。出来ればどこかで待たせてもらいたい」

また人口が増えたわよ。

もういい。今からこの屋敷は作戦本部にしよう。

なんなら扉の横に、作戦本部って書いた紙を貼っておこうかな。

私の私室もカーラ達が使用している客室も二階より上にあるから、一階は作戦本部に提供して、上の階には許可なく上がれないよう警備してもらおう。

カーラはカザーレに会う支度をしているはずだから、一階にたくさん人がいることを知らせておかないと。

「クリスお兄様、私達は二階に……あれ？」

上の階に行くために玄関ホールの近くを通った時、エルダがレックスや警備兵と揉めている場面に出くわしてしまった。

エルダの後ろにいるのは……モニカとジュード？

モニカの傍には女性の近衛騎士がふたり控え、エルダはしばらく泊まる気なんだろうな。大きな荷物を抱えた侍女を三人も連れている。

「なんの騒ぎだ」

「あ、クリス様。約束のない方はクリス様かディア様の許可が出るまで、ここでお待ちくださいとお願いしたのですが……」

つい先程、警備態勢についてクリスお兄様に注意されたばかりなので、彼らとしても許可を得ないうちに通すわけにはいかないのに、そこにやってきたのがノーランドの兄妹とエルダじゃ気の毒だ。

「モニカとジュードよ？　問題ないでしょ」

「エルダ、それを決めるのはきみじゃない」

「出た出た。また人形みたいな無表情で御登場？　未来の皇妃をこんなところで待たせていいの？」

「やめて、エルダ。クリスの言う通りよ」

クリスお兄様とエルダって、いつも会話がこんな感じなのよ。

ふたりとも性格が屈折しているのか、仲が悪いわけじゃないのに、いつもきつい言葉の投げ合いになるの。

それでもふたりともまったく気にしていないし、楽しんでいるんじゃないかと思うんだけど、モニカは責任を感じてしまっている。

「突然押しかけてごめんなさい。カーラにひと目でいいから会いたくて……」

「そう思うなら、前もって連絡をください。警備の兵士を引き連れて突然押し掛けたら、相手の迷惑になるとは考えなかったのですか？　カーラがあなた達に会いたいと思っているかどうかもわからないでしょう」

「クリスお兄様、もう少し優しく」

「クリス、言い方」

私とエルダに同時に言われて、クリスお兄様はため息をつきながら首元に手を遣った。皇宮とここを何往復もしているからお疲れ気味かも。

陛下の婚約者ということで、モニカに敬語を使っているせいで余計によそよそしく慇懃無礼な印象になっているのよね。

それでもむっとしているのは近衛騎士団の女性陣だけで、モニカもジュードも気まずそうに黙ってしまっている。

彼らもカーラが自分達に会いたいと思っているか、微妙なところだと思っているんだろう。

「ともかく全員、二階で話しましょう。ここにはいろんな立場の人がいるから、こんなところで揉めないで」

「ディア、迷惑なら……」

「いいから二階に移動するわよ」

ジュードの言葉を途中で遮って、全員引き連れてぞろぞろと二階にあがり、階段横のホールに移動した。

正面の庭が見渡せる開放的な造りになっているので、親しいお客様が来た時にここで話すことも多いのよ。

「適当に座って……って、エセルもいたのね」

「やっと気付いたの?!」

制服を着ていると印象が変わるのよ。

今までは下ろしていた髪を後ろでまとめて三つ編みにして、近衛の訓練の成果なのか凛とした雰囲気になっている気がする。

でも話し出したらエセルはエセルだった。

「まず、クリスお兄様の言う通り、連絡をしてから来るのは当然でしょ? 見ての通り、ここに大勢の人が集まって作戦を成功させるために働いているの。あなた達が来たことはすぐに広まるわよ。私としては、ノーランドにはあまり関わらないでもらいたいの」

「そこをはっきり言ってしまうんだ」

クリスお兄様は呆れた顔をしているけど、そこは言うでしょ。一番大事なところよ。

功績をあげてハミルトンが爵位をもらう時に、ノーランドではなく他の人に後見人になってもらいたいの。

活躍した成人していない子供がふたり、帝国の話題をかっさらった時に、ノーランドの力がまた強まると思われると反対する人が出るかもしれないでしょ。

そうじゃなくても年末から新年にかけて、カーラとハミルトンを皇都に放置していたノーランドに都合のいい時ばかり近付いてほしくないというのが、私とカーラ達の共通の意見だ。

カーラとノーランド……正確にはカーラと母親のクラリッサの関係は、修復が不可能なほどに溝が大きいのよ。

「わかっている。俺達は皇宮に出かける振りをしてここに来ているし、口出しする気はない。カーラやハミルトンが無事な姿を確認出来れば帰るつもりだ」

「本当にごめんなさい。この機会を逃したら、またしばらく会えなくなると思って焦ってしまったの」

「それでエルダが自分に任せろと請け負ったのか」

「さすがクリス、よくわかってるわね」

「全部きみのせいじゃないか」

わかったから、ふたりで仲良さそうに言い合いしないで。

ジュードの目つきが険しくなっているわよ。

「レックス、カーラに聞いてきて」

「畏まりました」

「それと今夜、お友達を招いてお泊り会をするから準備をお願い」

「え？　なにそれ！」

きらりと目を輝かせてエルダが食いついてきた。

モニカとエセルも目を大きく開いて私を注視している。

「今言った通りよ。エルダはどうせしばらくここに滞在するんでしょ？」

「もちろんよ」

「だったら協力して。いつものメンバーに連絡を取って予定を確認してほしいわ」

「まかせなさい。モニカとエセルも誘うんでしょ？」

「そのつもりだったわよ。押し掛けて来なくても、カーラと会う機会を作るに決まっているでしょう。今日は警備の兵士もたくさんいるし、そちらの近衛の人達も泊まれるようにするから、安全確保もばっちりよ」

「ありがとう。でも……カーラは……」

クリスお兄様の言い方がきついから、モニカがすっかり落ち込んでしまっているわ。

カーラはノーランドと距離を取りたいと言っていたけど、そこにモニカやジュードは含まれていないわよ。

年末だってあなた達は学園に行かなくちゃいけなくて、身動きが取れなかったんだから。

「でもいいのか？　こんな時期に友達とのんびりしていて」

「逆よ」

ジュードの質問にすかさず言い切った。

こんな時期だからこそ、カーラの信頼出来る友人達と楽しい時間を過ごしてもらうのは大事だと思うのよ。

魔法で回復して体に問題はなくても、記憶は消えない。

クスリを飲まされたという恐怖も、魔道具の影響で精霊が消えてしまうんじゃないかと恐れた記憶も、当分カーラを苦しめるだろう。

今日のカザーレとの面会が計画通りに行けば、当分友達とゆっくり会う時間なんて取れなくなるもの。

たとえ少しの時間でも、楽しい癒される時間は必要よ。

「ジュードも泊まっていく？　ハミルトンが喜ぶんじゃない？」

「誘われなくて拗ねて言っているんじゃないぞ」

わかってるわよ。

でも女の子ばかり集まって、ハミルトンはぽつんとひとりじゃかわいそうでしょ？

それか、うちのお兄様ふたりに挟まれるのも可哀そうよ。

「それにカーラの話を聞いた方がいいわ。ノーランドに顔を出さない方がいいと彼女に思わせるような発言をした人達がいるのよ」

「……何人かは想像がつく。くそ。何回問題を起こせばいいんだ」

「あ、カーラとハミルトンだわ」

たぶん、平民になったのだから、自分達の元まで来てもらうのでは失礼に当たると考えたんだろうな。

部屋にいてくれればよかったのに、待たせてはいけないと慌てて来たんだろう。

「カーラ」

「わざわざおいでいただきありがとうございます」

モニカが近付こうと歩み寄るより早く、カーラが右手を胸に当てて頭を下げたので、ハミルトンも少し迷ってから同じく頭を下げた。

「そ……んな改まらなくていいのよ」

「いえ、私はもう平民ですから」

モニカに声をかけられても顔をあげないカーラの態度に、口元に手を当てて立ち竦むモニカの肩に手を置いて、ジュードが隣に並んだ。

「モニカ、カーラが正しい。本当は俺もそろそろ敬語を使うことに慣れなくちゃいけないんだ。おまえに今まで同様に話しかけて許されるのは、妖精姫くらいだよ」

「そ……うだけど」

モニカの両親もいずれはモニカの前に膝をつき、敬語で話さなくてはいけなくなる。

皇妃になるということはそういうことで、陛下は幼少の頃からそういう環境で生きてきたわけだ。

でも、まだここで堅苦しいことを言わなくてもいいんじゃない？

「お友達しかいない本当に内輪だけの時はかまわないでしょ？　お泊り会は無礼講よ」

モニカに近付きちょっと背伸びして耳元で囁いたら、驚いた顔で振り返って、モニカはようやく微笑んだ。

「ディア……ありがとう」

「ふたりだけの時はクリスお兄様も陛下にタメ口らしいから、臨機応変にうまくやればいいのよ」

「誰がなんだって？」

「なんでもありませーん」

クリスお兄様は苦笑いしていたけど否定はしなかった。

近衛騎士団の人達からしたら、もうモニカは陛下の婚約者で守るべき人だ。

それ相応の対応をしない相手には悪い印象を持つだろう。

カーラの対応は正解だと思うわ。

「今夜、お友達を呼んでお泊り会をするからカーラも参加してね」

「え？　でも……」

「かまいませんよね、クリスお兄様」

「カーラとハミルトンは正式にベリサリオの保護下にはいった。父上から陛下に説明も済んでいる。招待は妖精姫の名で行われ、妖精姫はカーラの参加を望んでいる。その席に参加するかどうかはそれぞれが決めればいいことだ」

味方になったクリスお兄様は頼もしいわよ。

いつのまにか必要な相手への手回しが完了している。

私はとってもらくちんなのだ。

「もちろん私は参加するわ。カーラには話したいことも聞きたいこともたくさんあるのよ」

「じゃあ、エルダを手伝ってお友達への連絡をお願いしてもいいかしら」

「まかせて」

「ディア、陛下の婚約者を使おうとするな」

「え？　必要なら陛下も使いますよ。ベジャイアの国王とルフタネン国王も使う手筈がついています」

「……そうだったね」

クリスお兄様に引かれてしまうって、ちょっとまずかったかしら。

あ、そうか。言い方が悪いのよね。

「各国の方達に協力していただけるよう要請してあります？」

「うん……もうどうでもいいんじゃないかな」

諦めてしまったか。

でも国王に動いてもらおうって言うんだから、ちゃんと王宮まで出向いてよろしくお願いしますってお話ししたのよ？

他国の王宮に転移魔法で出現して許されるっていうのは、いいのかなって自分でも思うけど。

「こんなところで話していたのか」

薬師軍団から解放されて、アランお兄様がやっと合流した。

「そろそろカザーレが来る時間だよ。移動しないと」

「もうそんな時間か。カーラ、ハミルトン、手順はわかっているね」

クリスお兄様は壁際に置かれている大きな時計に目を遣ってから、カーラとハミルトンに声をかけた。

「ええ」

「大丈夫です」

ふたりとも俳優になった気持ちで演じてもらわないとね。

「じゃあ、移動しよう。ジュードも参加するか？」

「いいのか？」

「見てるだけならかまわないさ」

「はい!!」

突然エセルが会話しているクリスお兄様とジュードの横までダッシュして、ぴしっと手を上にあげた。

「私も参加したい！」

「参加？」

「カーラの身を守るために傍についている人が必要でしょう？　私なら侍女の制服さえあればばっちりよ」

いや、無理だろう。

お茶を出せるの？

「ジェマに頼んである……」

言いかけてエセルの背後を見たら、モニカが期待に満ちた眼差しで私を見ていた。

自分が何も出来ない分、せめてカーラが少しでも安全でいられるようにしたいのか。

「あ、思いついた」

ちょっとそこの男子達、なんで不安そうな顔をするのよ。

「エセルにはベリサリオの侍女に扮してもらうわ。フェアリーカフェで問題が起こって、ベリサリオに報告がいかないはずがないんだから、私の侍女が事情を確認しに行っても不思議じゃないでしょ」

「なるほど。それはいい考えだ」

でしょう？

クリスお兄様に褒められて得意げな顔をしていたら、アランお兄様がさっきより不安そうな表情で隣に来た。

「エセルで大丈夫なのか？」

「ちょっとアラン、私の何が問題なの？」

「演技出来るのか？」

「私の女優ぶりに驚くなよー！」

……私もちょっと不安になってきたわ。


スザンナとエルダの合作の手紙は、素晴らしい出来栄えだった。

あなたは心配してくれたのに、急に体調が悪くなり精霊の様子もおかしかったので、気が動転して感情的になってしまった。ごめんなさい。

私の父はなにもかも思い通りにしたがり、幼少の頃から一方的になじられることが多く、いまだに男性に強い口調で話されると怖くなってしまう。

いつもはこんなに感情的にはならないのに、店であんな風に喚いてしまって、きっとあなたの気分を害してしまっただろう。

でも出来るならば、もう会わないとは言わないでほしい。

あなたと過ごす時間だけが私の孤独を癒してくれた。私にとって唯一の楽しい時間だったのだ。

嫌われて会えなくなるかもしれないと考えたら胸が苦しい。

というような内容の文章を、落ち込んでいる雰囲気も伝えつつ、あなたと一緒にいる時間はとても大切なのだと便箋二枚にわたって切々と書いているものだから、試しに読ませてみた男性陣はなんとも言えない表情をしていた。

「エルダはやっぱり文才あるんだな」

「これは、もらったら期待するよな」

ただの一度も好きだともお慕いしていますとも書いていないあたりが、本物っぽい。

カーラが急にそんなことを書いたら違和感あるもんね。

「これを私が書いたことにするの？　恥ずかしくない？」

内容を読んだカーラは出来ればもっと簡潔な内容にしたかったようだけど、さすがスザンナとエルダの渾身の力作の手紙だ。カザーレの返事はすぐに届いた。

向こうからしたら、取り返しのつかない失敗をして計画が台無しになったと思っていたところに、カーラから手紙が届いたんだからそりゃあ飛びつくよ。

すぐに会いたいと書いてあったので、体調が悪いから家まで来てほしいと返事を書いた。

「警護の者達は配置についたんだな」

「ベリサリオの屋敷の方は？」

「アランが用意している」

「俺達はこの部屋で待機か」

昨日までは訪れる客もなく静かだった屋敷を、今では大勢の人が忙し気に動き回っている。

屋敷の人間だけでは対応出来ないので、ベリサリオから応援を呼んでよかったわ。

何か問題はないかと屋敷内を見て回っていたら、廊下の隅にいつの間にか瑠璃が立っていた。

「瑠璃、来てくれたの？」

『ヨハネス領は我の担当地域で、カーラは子供の頃にディアの傍によくいた子だろう？』

「そうよ。覚えていてくれたんだ」

『こちらへ』

「？」

瑠璃がすぐ横の窓から外に出たので、私も後をついていった。

皇都のタウンハウスなので領地の屋敷のような広い庭はないけど、きちんと整備された庭は季節の花に彩られている。

『これから来る男がニコデムスの信者なのだろう？』

「まだ疑いがあるって段階だけど、まず間違いないと思うわ」

『ならばカーラを危ない目に遭わせることはない。その男の記憶を覗くか、自白させてやろう』

「それは駄目」

たぶん精霊王に頼めば、そのくらいのことは出来るだろうと私だってわかっていた。

でもそれは危険なのよ。

「いい？　まだ精霊王と人間の関係はいい方向に進み始めたばかりなの。帝国でさえ、私が嫁いだ後どうなるのか不安に思っている人が大勢いるわ。そんな時に、精霊王が人間の記憶を覗けるとか、操って自白させたなんて話が広まったら、恐怖を感じる人もいるのよ」

『そのくらい出来ると、皆わかっているだろう』

「出来るのとするのは違うの。精霊王は人間に干渉しないって決まりの存在は大きいのよ」

『もちろん干渉しない。今回はニコデムスが相手でディアが関わっているからだ』

「それでもやめたほうがいいわ」

人間は、特に地位と権力を持っている人達は、大きな力を持つ相手には敏感に反応するはずだ。ちょっとのことで関係が急激に悪化して主に人間側が裏切る話を、前世の映画やアニメでさんざん観たし小説でも読んだ。

精霊王の存在は神格化されている地域もあるし、崇拝の対象になっているから、悪だとか敵だとか言い出す人間はいないと思うけど、瑠璃達だって崇めたてられたり畏れられたりするのは望んでいないでしょう?

「それに瑠璃の力で解決してしまったら、カーラやハミルトンの功績にならないわ」

『そうか。それがあったか』

これからたくさん各国の精霊王に協力してもらうんだから、このくらいは自分達でやらないとね。

「これからもダークなことを、人間にわかるような形でしては駄目よ。イメージは大事だからね」

うわー、不満そうな顔をしているな。

腕を組んでそっぽを向いてる。

瑠璃の性格を知らない人からしたら、怒らせてしまったって真っ青になるところだろうけど、瑠璃は本気で怒ったら表情ではわからないって蘇芳が言ってた。虫も殺さないような雰囲気で微笑んだりしたら要注意なんだって。

私は瑠璃が本気で怒ったところは見たことがないから、どんな顔をするのかはわからない。

でも、今のこの表情は拗ねているだけだっていうのはわかるわ。

「あ、そうだ。瑠璃にお願いしたいことがあったんだ」

『ん？』

瑠璃の手を取ってぐいぐい引っ張り廊下を歩き出したら、精霊王の存在に気付いた人達が大慌てでバタバタとひれ伏したり片膝をついたり、忙しいはずなのにみんなの動きが止まってしまった。

こうなるのを忘れていたわ。

「大丈夫よ。ひれ伏さないでいいから仕事を続けて……って、私が言ってもしょうがない。瑠璃」

『気にするな。我はいないと思っていい』

思えるかー！　と、この場にいる全員が思っているわよね。

駄目だ、これは。

特に初めて瑠璃を見た人や平民の人達は、何を言っても動かないだろう。

ここはさっさと移動して、瑠璃に慣れている人達しかいない部屋の中に行こう。

「ここでカザーレと会うから……」

「瑠璃様!?」

部屋にいたカーラとハミルトン、ジェマやエセルがいっせいに跪いた。

「あ……」

慣れていても、まずは跪かないといけないんだった。

うちの家族は跪かなくていいもんだから、ついその感覚になっていた。

「今は忙しいから、跪かなくていいのよね？」

『ん？　あ、ああ』

「いいのよ！」

カーラ達に念を押したのに、みんなきょとんとした顔をしているからもういいや。

話を進めてしまおう。

「瑠璃、ここでカーラがカザーレに会っている間、私達は隣の部屋に待機するの」

『ふむ』

「でもこの部屋の状況が見たいのよ。だからこの壁をね、こっちからはこのまま壁のままで、向こうの部屋からはこっちが見えるようにしてほしいの。私の言っていることわかる？」

ようはマジックミラーよ。

刑事ドラマでよく見るやつよ。

『なるほど』

瑠璃が頷くのとほぼ同時に、壁の中心に淡い光が生まれ、すぐに壁全体にさーっと広がって消えた。

『したぞ』

「もう?!」

マジで？　何も変わっていないようにしか見えない。

でも、隣の部屋からこの壁を叩いていると思われるコンコンという音がいくつも聞こえた後、ドアが開く音が響き、ジュードが部屋に飛び込んできた。

「壁が急に透明に……瑠璃様?!」

あ、また跪くやつが増えた。

駆け込んできた勢いのまま跪こうとしたから、よろめいて横滑りしてたわよ。

「いったい何が……ああ、瑠璃様、いらしていたんですね。ではこれは瑠璃様がしてくださったんですか」

さすがにクリスお兄様は落ち着いているわね。

胸に手を当てて瑠璃に一礼して、すぐに壁をコンコンと叩き始めた。

「いったい何が……あ」

あとからアランお兄様と警備の兵士達もやってきて、アランお兄様以外いっせいに跪いたから、部屋の入り口が大渋滞よ。

仕方ないとはわかっているけど、ちょっとめんどうになってきたな。

『おまえ達が礼儀をきちんと弁えた者達だというのはわかった。だが今は、作業優先だ。我のことは気にしないでいい』

そう言われても、最初のひとりになって立ち上がるのは勇気がいるよね。

「こちらからは壁にしか見えないんですね。これは便利です」

『そうか。上手く出来たようだな』

アランお兄様が笑顔で瑠璃に話しかけたので、ようやく兵士達も顔を見合わせながらのろのろと立ち上がった。

瑠璃も拗ねるのはやめたようで、いつもの調子に戻っている。

自分も何かしたかっただけなのかも。

「瑠璃、ありがとう。これで隣の部屋にいても状況を把握出来るわ」

『こちらの会話は隣に聞こえるが、隣の会話はこちらには聞こえないようにしておいた』

「そうなの？　すごい！」

『気配を消すのは精霊獣にさせればいいだろう』

「ありがとう！」

『たいしたことではない』

立ち上がっても、兵士達も侍女や従者も直立不動だ。

これはどうするかなと悩んでいるのは私だけで、瑠璃は全く気に留めていない様子で部屋の中央に歩き出したので、急いで後を追った。

瑠璃が向かったのは、並んで跪いていたカーラとハミルトンの前だ。

手を伸ばして、順番にふたりの頭に手を置いた。

『軽く祝福しておいた』

「え？」

驚いて顔をあげたふたりを見下ろす瑠璃の表情は優しい。

『これでしばらくはどんな毒も効かなくなる。病にもかからなくなるぞ。ただし短期間だけなので無理は禁物だ』

「短期間ってどれくらい？」

何かあってはいけないので、ここは私が確認しないとね。

『おそらく五年から八年』

「ながっ。そして五年と八年ってだいぶ違うわね」

『ふたりの魔力量によって変わる』

「なるほど」

「ありがとうございます」

額が床につきそうなほどに頭を下げるふたりに頷き、瑠璃は私に向き直った。

『このままでは皆が動きにくいようだ。我はこれで帰るとしよう』

「いろいろありがとう」

『かまわん。あまり無茶はするなよ』

言葉が終わるより早く瑠璃の体は光に包まれ、すぐに見えなくなってしまった。

それでようやく緊張が取れたのか、あちらこちらで息をつく音が聞こえてきた。

やっぱり、普通の人にとって精霊王は特別な存在なのよね。

「祝福していただけるなんて」

「よかったね、姉上。これで安心だ」

「薬師の人達の薬がいらなくなったわね」

彼らは精霊の森の薬草を満喫しているから大丈夫だろう。

「瑠璃はふたりが自分の担当地域のヨハネス家の子供だってことも、よく私と一緒にいたことも覚えていたみたい」

「まあ」

「すごい。認識してくれていたんだ」

いやあ、いい仕事をしてくれるわ。

この姉弟は妖精姫と親しいだけじゃなくて、精霊王にも覚えられていて身の安全を心配してもらえる立場の子なんだって、これでここにいる人達にはわかっただろう。

きっとすぐに話は広まってくれるはず。

むしろ積極的に広めていこう。

「って、コンコンコンコンうるさいわね」

隣の部屋とここを往復して、何度も壁を叩くな。

うるさいわ。

「もう準備は済んだの？　そろそろお客様が到着するわよ。アランお兄様！　壁を削ったら本気で怒りますからね！」

「やだな。そんなことはしないよ」

だったら、そのナイフをしまいなさい。

カザーレが到着したと聞いて、私達は急いで隣の部屋に移動した。

部屋に足を踏み入れる時、やっぱり気になって隣の部屋に面している壁を見たら、そこには壁がなかった。いや、ないように見えた。

「う……うわー」

みんながコンコンコンコン壁を叩いていた理由がわかった。

隣の部屋についさっきまでいたんだから、しっかり壁があるのはわかっているのに、こちらの部屋側からはまったく見えないのよ。

透明な板とかガラスとか、綺麗にしすぎると気付かないで激突する人がいるでしょ。あれが壁一面なの。

私は刑事モノのドラマで、取調室の様子を隣の部屋から見る場面を想像してたのよ。

隣の様子が見えるのは壁の一部でよかったのに。

「あ、壁はあるのね」

不安になって、思わず壁を撫でてしまった。

触ればちゃんと壁の感触があるわ。

「カーラ様、こちらにお座りください。隣の部屋から見やすいですので」

「はい」

「傍におりますので大丈夫ですよ。あの男が何かしようとしたら、すぐにぶっ飛ばして差し上げます」

「ありがとう、ジェマ」

カーラを守るため、今回はジェマが侍女に扮して控えてくれている。

元軍人ですからね。

魔法一発でカザーレなんてやっつけられるわよ。

「ディア、座って」

今回の計画の主犯……もとい、中心になっているのは私ということで、隣の部屋に向いてずらりと並べられた椅子やソファーの中央の席が、私のために用意されていた。

三人掛けのソファーの中心に私が腰を下ろすとすぐ、隣にクリスお兄様が座り反対側にエルダが座った。

アランお兄様はすぐに動けるようにしたいのか、出入り口の近くに立ったままだ。

「あれがカザーレか。ずいぶん年上なんだな」

頭上からジュードの声がした。

落ち着かないのか彼も立ったままで、私の背後で背凭れに手をついている。

そこはかとなく品を感じさせる、女性にモテそうな男だなというのがカザーレの第一印象だ。

ただしそれは、相手の女性が平民だった場合の話だ。

貴族社会にはカザーレのような男はごまんといる。

家を継げずに商売を始め、庶民に溶け込もうとして平民の服を着るようになった次男坊や三男坊。教育を受けているおかげで商売はそこそこ出来ても、才能のある商人にはかなわず、だからといって悪事に手を染めるには育ちがよすぎる。

家の援助を受けて経験を積んで、どうにか独り立ちしていく者達の多くがああいうタイプだ。

だからカーラを口説くのに半年近くも時間をかけてしまったんだろう。

根っからの悪党なら、逃がさないように初対面の時にクスリを飲ませているでしょ。

「カーラ、もう体は大丈夫なのか?」

「ええ。わざわざ来てもらってごめんなさい」

「何を言ってるんだ。そのくらい当たり前だろう」

部屋に入るなり足早に近付いて来るカザーレを、カーラは椅子から立ち上がって出迎えた。

淡い水色のドレスにショールを羽織り、薄く化粧をしたカーラは清楚でいて年齢より大人びて見える。

カザーレは彼女の手を取り、ソファーに並んで腰を下ろした。

「昨日はすまなかった。きみのことが心配で、それにどうしても話したいことがあって、しつこくしてしまった」

「私の方こそごめんなさい。精霊の様子がおかしくて動揺していたの。とても失礼な態度を取ってしまって……もう会わないと言われると思って……」

「そんなことあるわけないだろう」

なんというか、劇場の最前列に座っている気分。

演じているのが知り合いだから、心配でそわそわしちゃって落ち着かない。

ソファーに並んで座ってふたりで手を取り合っているから、距離がかなり近くて、カーラはまっすぐ相手を見たくないのか俯きがちになっている。

一方カザーレの方はカーラを口説かないといけないから、真剣な顔つきでじっと見つめているのがここからだと真正面に見えるのよ。

さっきから背中がぞわぞわするわ。

「あの時はどうしても話さなくてはいけないことがあって、時間がなくて、それで無理を言ってしまったんだ」

「話したいこと？」

「……急にベジャイアに帰らなくてはいけなくなったんだよ」

「そう……なのね。今度はどのくらいの日程なの？　次はいつ帝国に？」

「それが、おそらく最低でも一年は帝国には来られないんだ」

「え？」

眉尻を下げて目を大きく見開いて、悲しそうな、それでいて少々焦りの見えるカーラの表情は演技じゃないな。

ここでカザーレに逃げられたら、今までの苦労が水の泡だもん。

「ベジャイアは今、国の再建が軌道に乗って再開発があちらこちらで行われているんだ。今が商売のチャンスなんだよ。共同経営者としては、本国に帰り商売を広げる手伝いをしないといけないんだ。それに家族からも国に帰るように何年も前から言われていて、そろそろ無視出来なくなっているんだ」

「そ……うなのね。じゃあ、こちらの店は他の方が？」

「顔ぶれが半分くらいは入れ替わる。経験を積むために新しいメンバーがやってくるんだ。カーラ、前にも少し話したことがあるんだが、ベジャイアに来る気はないか？」

「……え？」

　キタキタキタ！

　行け！　カーラ！

「年が離れているし、きみは侯爵家の御令嬢で帝国の高位貴族に友人のたくさんいる女性だ。それに比べて……」

「私はもう平民よ」

「でも、きみなら高位貴族に嫁げるだろう？　俺はベジャイアの片田舎の貧乏貴族の三男坊だ。釣り合わないとさんざん迷っていたんだけど、何も言わずに帰国したらずっと後悔する。それできみにどうしても、一緒にベジャイアに来てほしくて」

　カザーレはカーラの手を握ったまま立ち上がり、彼女の前に跪いた。

「カーラ、きみが好きなんだ。ずっと傍にいてほしいんだ。結婚してほしい」

「まあ」

即答で了解するのかと思っていたのに、カーラはここで答えていいかわからなくなったのか、ちらっと私達がいる部屋の方に視線を向けた。

じっとカーラを見上げていたカザーレもその動きに気付き、訝しげにこちらに視線を向ける。

気付かないはずだとわかっていても、目が合っているような気がして落ち着かないわ。

「私……そんな風に思ってもらえているなんて、全然気づかなくて……」

まずいと思ったのか、今度はちらっと反対側にカーラが視線を向けると、そこに控えていたジェマが一歩前に歩み出た。

「カーラ様、今少し考える時間をいただいてはいかがでしょう」

「ジェマ」

「ハミルトン様と御相談した方がよろしいのでは？」

「待ってくれ。カーラの意思が最優先だろう。きみはどうしたいんだ？　今までさんざん周りに振り回されてきたんだ。きみはきみの生きたいように生きていいはずだ」

言っていることは一見素晴らしい。拍手を送りたいぐらいよ。

ただし、私のようにひねくれた性格の女には通じないわ。

あとで、その自分勝手な言い分を全部潰してやるから待っていなさい。

「私は……」

「昨日もこの話がしたかったんだ。もう国に帰るまであまり時間がないんだよ」

カーラは俯いたままカザーレの手をぎゅっと握りしめた。

「一緒にベジャイアに行きたい」

「カーラ様」

「私の存在は、周りの人にとって迷惑になっているわ。放置は出来ないけど、下手に手助けも出来ない。このままここにいたら私は……」

「姉上！」

話を聞きながらタイミングを狙っていたんだから当然だけど、ドラマのようなタイミングでハミルトンが部屋に飛び込んできた。

「昨日の男が来ているって……そいつか！」

「ハミルトン！」

ずかずかと近付くハミルトンからカザーレを庇ってカーラが立ち上がり、そのカーラを庇ってジェマが立ちはだかった。

「落ち着いてください。まずはお話を」

「……くそっ。話なんてしている場合じゃないんだ。ベリサリオから使いが来ている。姉上に会いたいそうだよ」

「ベリサリオ」

カザーレが小さい声で呟き、だらりと体の脇に垂らしていた手を握り締めた。

「わかったわ」

「昨日の件なら、俺も会う」

「当然だ。フェアリーカフェに迷惑をかけたのはあんたなんだからな」

ハミルトンって、演技うまくない？

本当に怒っているように見えるわよ。

……あ、本気で怒っているのね。そりゃそうよね。

「エセル、入ってくれ」

ようやくここでエセルが登場よ。

ベリサリオの侍女の制服をきっちり着こなし、髪は後ろで一つにまとめて黒縁の眼鏡をかけている。

すたすたと部屋に入り、ハミルトンの隣に立ったエセルは、ぴたっと両の踵をつけて背筋を伸ばして立ち、顎をあげて尊大な雰囲気でカーラを見た。

「カーラ様、御無沙汰しております。お加減が悪いとお聞きしましたが……顔色は特に問題ないようですわね」

さすがに騎士をやっているだけあって姿勢がいい。

抑揚のない平坦な話し方のせいか、仕事は出来るけど冷たいベテランの侍女に見えるわ。

こんなところに名女優がいたわよ。

「ええ。私は問題ないの。でも精霊達の元気がなくて、ディアに相談したいと思っていたのよ」

すでに壊してあるけど魔道具をつけているから、カーラの精霊達は輝きがいつもより弱く見えるように琥珀がしてくれた。

私がいる時だけは普段の状況に戻るそうよ。

「それはちょうどよござんした」

え？

今、なんて？

「昨日のフェアリーカフェでの一件をディアドラ様はたいそう心配しておいでです。ぜひ、カーラ様に会ってお話をお聞きしたいとおっしゃっています。私と一緒に、ベリサリオのタウンハウスまでお越しいただきたいのですが……」

エセルはちらっとカザーレに視線を向け、眉をくいっとあげた。

「お客様がいらしたようですね」

「あの……」

カザーレがカーラとジェマの横からエセルに近付いた。

「昨日、カーラと一緒にフェアリーカフェにいたのは私です。事情を説明するのでしたら、私も一緒に行くべきだと思います」

「そうですか、あなたが」

眼鏡をくいっとあげながらカザーレを足元まで眺め、カーラに視線を向け、ハミルトンに視線を向け、最後にちらっとジェマに視線を向けてからエセルは頷いた。

「いいでしょう。それぞれの立場の証言を聞くことは必要です。あなたも、ハミルトン様も一緒に来てください。表に精霊車を停めてありますので、そのままの服で結構ですよ。帰りも精霊車でお送りします。あまりディアドラ様をお待たせしないように速やかに移動してください」

「……はい」

エセルってば有能だわ。断らせる気はないぞという気迫が素晴らしい。

カザーレが神妙な顔で頷いているもん。

ベリサリオこわって思っているかな。

それか、いけ好かない大貴族だって思ったかもね。

でもまだこれからが本番よ。

「さて、第二幕の舞台はベリサリオのタウンハウスよ」

隣の部屋にいた全員が玄関に向かったのを確認して、私達は立ち上がった。


私がカーラを大事にしているということをカザーレに示すために、普段使用している精霊車の中でも飛び切りのやつをお迎えに使った。

中はもちろん空間魔法で広くしてあり、パウダールームや着替え用の個室も完備している。

椅子のクッションは新製品なので座り心地最高よ。

精霊車にはジェマとエセルという強力な護衛がいるし、ハミルトンもいるからカザーレも不埒なことは出来ないでしょう。

カーラとカザーレをふたりきりにはしないからね。

既成事実を作ってしまおうって考えている危険があるもん。

「精霊車が到着しましたよ」

カーラ達が到着する頃には、ヨハネス邸にいたメンバーは私の転移魔法で全員移動完了して、先程と同じように隣の部屋に控えている。

でも今回はマジックミラーはなしよ。

あまり瑠璃に甘えてばかりではいけないし、演技しているところをお兄様達に見られるのは恥ずかしいからね。

カーラの演技は見たくせに！　と、言われそうだけどいいの。

お兄様達、私のことは全力でからかうでしょう？

「お部屋にお通ししました」

「じゃあ、私も行くとしましょうか」

髪を整えて飾りをつけてもらったので、普段は高価な物を身に着けてはいないけど、おしゃれには気を使っているお嬢様っぽい雰囲気にはなっているはずだ。

豪華なドレスを着ているより、普段着風の動きやすい服装の方が妖精姫のイメージにはあっているんじゃないかな。

扉の前で足を止め、大きく深呼吸して心を落ち着かせた。

カザーレは妖精姫にどんなイメージを抱いているんだろう。

儚げで優しいイメージ？

それとも商売を成功させているのは知っているから、活発で聡明だと思っているのかな。

どちらにしても、そのイメージは叩き潰してあげるわよ。

レックスが扉を開けて脇に退くと、ソファーに並んで座って手を握り合っているカーラとカザーレの姿が目に飛び込んできた。

ハミルトンは少し離れたひとり掛けの椅子に、退屈そうな顔で座っている。

恋人って、こんなにずっと手を握り合っているものなの？

大きなソファーなのに、そんなにくっついて座るもの？

ってことは、カミルが手を握ってくるのは普通なのね。

いちいち照れてしまう私がおかしかったんだ。

まずジンを背に乗せたイフリーが部屋に入り、ガイアが続く。

街中で見かける精霊獣のほとんどは、小型化していると子猫や子犬サイズだから、カザーレはイフリーの大きさと初めて見るガイアの姿に驚いたみたい。

この世界に麒麟を知っている人はいないもんね。

東洋風の竜を知っている人もいないから、私の周囲をふよふよ飛んでいるリヴァだって珍しいんだけど、ルフタネン国王とカミルの精霊獣も竜の姿をしているし、賢王の精霊獣も竜だったので、ルフタネンの物語には昔から竜が登場していたの。

それで余計にルフタネン国民は、竜の精霊獣を持つ私を歓迎してくれるのよ。

精霊獣の後から私がゆっくりと部屋に入っても、カザーレはすぐには私に視線を向けなかった。

イフリー達が向かってきたらどうしようと警戒して、逃げようと腰を浮かせたところでやっと私の存在に気付いたようだ。

そうよね。

精霊獣にびびって愛するカーラから離れて、自分だけ逃げようとしちゃ駄目よね。

背もたれに手をついて移動しようとした体勢から、ゆっくりと元の姿勢に戻る間もずっと私の顔から視線を離さず、目を大きく見開いて唖然とした表情をしている。

初対面の人はたいていそういう顔をするのよ。

みんな、驚くほど可愛いって言いつつ、人間の可愛さではないからこわいとも思うらしい。

でもたいていは私の性格を知るうちに、あの残念な眼差しを向けてくるようになる。

「ディア」

勢い良く立ち上がったカーラは、けっこう雑な態度でカザーレの手を振り払い、小走りに私の方に近付いてきた。

精霊獣達はカーラの邪魔にならないように道を空けた後、挨拶をするために立ち上がったカザーレと私達の間に陣取った。

これでカザーレは、私にもカーラにも近付けなくなったわ。

「体調がよくないと聞いたわ。もう大丈夫なの？」

出来るだけ心配しているように見せるために、表情を鏡の前で練習してきた。

今は私も女優だ。演技派なところを見せてあげよう。

「フェアリーカフェに迷惑をかけてしまってごめんなさい」

「何を言っているの。うちの店でよかったわよ。ハミルトンもひさしぶりね」

私からもカーラに手を伸ばし、ふたりして手を取り合って近くのソファーに腰を下ろした。

ハミルトンはカザーレのように立ち上がってはいない。

親しい間柄だってことを態度で示そうと前もって打ち合わせして、平民になったからと態度は変えないことになっている。

「そうだね。今でも姉上のことを心配して手紙のやり取りをしてくれているんだってね。ありがとう」

「友達なんだから当たり前でしょう？　お礼を言われるようなことじゃないわ。そしてあなたが」

今まで存在を無視していたカザーレの方に顔を向けると、びくっと肩を揺らして背筋を伸ばした。

緊張しているのか奥歯に力を入れているようで、口端がくぼんで顎に力が入っているから、表情が厳しくなってしまっている。

そんな顔でじっと見つめられたら、たいていの御令嬢はこわがると思うわよ。

なんでそんなに硬くなってるんだろう。

私に会うためにカーラに近付いたのよね。

精霊獣がこわいのかな？

まさか私がこわいんじゃないわよね。まだ何もしていないわよ？

「昨日、カーラと一緒に店に来ていた方？」

「はい。ジョン・カザーレです。昨日はお店にご迷惑をおかけして申し訳ありませんでした」

「お客様の体調が悪くなることは初めてではないし、むしろせっかくの楽しい時間が駄目になってがっかりしているのはあなた方でしょう。それについての謝罪はいらないわ。でも、あなたがどのような対応をしたのかはいろいろと聞いているの。成人していない女性を相手に、あまり褒められた態度ではなかったようね」

カーラやハミルトンと話す時とは声を変え、笑顔も引っ込めて、咎めるようなまなざしでカザーレの顔を見つめる。

この男にはむかついているから、これは演技ではないわよ。

「そもそもカーラはあなたの店に、帝国の女性の流行や好まれる商品を教える仕事をしていたと聞いていたのだけれど、先程のあなた方ふたりの様子を見ていると、仕事上の関係には見えなかったわ。どういうことかしら」

「それは……」

口元に手を当てて、カーラはちらっとカザーレに視線を向けた。

カザーレもカーラの方を見て視線を合わせて、微かに微笑んでから私に視線を戻した。

「カーラとは気持ちを確認し合い、一緒にベジャイアに帰って結婚することになったんです」

「……は？」

驚いた振りで目を見開いて確認するようにカーラを見ると、彼女はちらっと私を見てから慌てて俯いた。

「そ、そうなの。突然で驚いたと思うけど、私の……体調を気遣って……カザーレが家に来てくれて」

ちょっとカーラ。なんで肩が震えているのよ。笑いそうになっていないでしょうね。

「待って待って。話についていけないわ。この男は昨日、具合が悪くて帰りたいと言っているあな

たを、自分の店に連れ込もうとしたのよ」

「妖精姫。お言葉ですが、その言い方は失礼ではないですか？」

むっとした顔のカザーレに向き直り、私は口元に笑みを浮かべた。

「あらそうかしら。じゃあどういうことか説明してくださらない？」

「あなたのおかげで我が国は精霊が増え、作物が実るようになり、仕事も増えて復興が軌道に乗りつつあります。幸いなことに皇都の店の売り上げもあがり、私があの店にかかりきりになる必要はなくなりました。それでこの機会に自国で商売の幅を広げるために帰国するようにと言われているんです。領地経営の手伝いをしろと両親からも帰国するように言われています。国に帰れば、最低でも一年はこちらに戻っては来られないでしょう」

「前置きが長いわね。それで？」

私の返事にカザーレは目を何度も瞬いて、カーラやハミルトンの反応を確認した。

これが妖精姫だと？　って言いたい感じかしら？

「……カーラとは年の差がありますし、何度かベジャイアに来ないかと誘ったこともあったんですが、本気にしていないようでしたので、私の片思いだと思っていたんです。でももう会えないのなら気持ちを告げて、カーラとのことに決着をつけてから帰ろうと思っていたのが昨日です。もう時間があまりないために、あのままカーラと別れたくなくて店に誘ってしまったんです」

「つまり、まだ成人していない少女に告白する勇気がないヘタレが、自分の都合で彼女と会えなくなるから、慌てて告白しようとしたってことね。カーラ、こんな男やめなさい」

「え？」

慌てて顔をあげたカーラは、私が反対するとは思っていなかったみたいだ。

「告白されたその日に結婚まで決めるなんてありえないわ。いったん冷静になって考える時間が必要よ。あなたが嫁ぐというベジャイアは男優先の国なのよ。女性がどんな服を着なくちゃいけないか知っているでしょう？」

「そう……だけど、帝国にいても私には居場所がないの。お爺様達は結婚相手さえ探せば、私への義理は果たしたと思っているのよ。でも、今の私と結婚してもいいと思う人なんて、再婚か、すごい年上の人か、何か問題がある人くらいよ」

「そんなことないわよ。ヨハネスは確かに問題のある男だったけど、フランセルの件では彼も被害者でしょ？　あれは手引きしたニコデムス教徒のせいなのに、あなた達の家を潰すのはおかしいわよ」

「そう言ってくれるのは嬉しいけど、仕方ないの」

カーラさん、あなたの台詞を聞くと、他に道がないからカザーレを選んだだけで、特に好きではないって印象よ。

それじゃ駄目でしょう。ここは、彼じゃなきゃ嫌なの！　くらい言わなくちゃ。

「ディア、僕だって姉上がベジャイアに行ってしまうのは嫌だ。でも、姉上の気持ちも理解出来るんだよ。みんなが学園に行って会えない時期、ノーランドは一度も僕達に声をかけてくれなかった。姉上を笑顔にしてくれるのはカザーレさんだけだったんだよ」

ハミルトンは上手いな。

話している内容は本当のことだから不自然にならないのかしら。

「あなたが反対しても、私はカーラを連れて帰ります。大人の都合に振り回されて、彼女が苦しむなんておかしいでしょう」

「……ふふふ」

私が笑ったので、部屋にいた全員が驚いた顔をした。

「まあびっくり。今まさに、自分勝手な都合でカーラを振り回しているあなたが、よくもそんなことを言えたものね」

こういう時はクリスお兄様をお手本にすればいいのよね。

ぞっとするほどやさしく微笑んで、口調も声も優しく、でも目だけは冷ややかに。

「さっきからあなたは自分の都合ばかり。時間がないから別れたくなかった？　相手が苦しんでいるのに？　体調が悪い少女を自分の店に連れ込んで告白するって、それは脅迫じゃないのかしら？　簡単に連れて帰るってよく言えるわね。あなたはカーラに家族も友人も全部捨てさせようとしているのよ。たったひとりで異国に嫁ぐカーラの立場を少しは考えたらいかが？　それに商売を広げるなら仕事が忙しくなるのでしょう？　ベジャイアに行ってもカーラは放置される危険があるわ。あなたの家族だって、まさか帝国から成人していない少女を連れて帰るなんて思っていないでしょう？　歓迎してくれるの？　本当に？」

鳩が豆鉄砲を食ったような顔をしているんじゃないわよ。

ちゃんと反論してみなさいよ。

「……それは」

「本気でカーラを愛しているのなら、一年は会えないなんて言わないで会う方法を考えなさい。精霊を死ぬ気で育てて、転移出来るようにすればいいでしょう。私の婚約者はどんなに忙しくても、転移して会いに来てくれるわよ」

カザーレの後ろ側にいるジェマやエセルまで驚いた顔をしないでちょうだい。

惚気ているんじゃないからね？

ニコデムス教徒に反応するか、私とカミルが仲がいいという話に反応するか、確認しているのよ。

そんな簡単に反応はしないだろうけど、彼がどういう立場にいるのか少しでも知りたいじゃない。

「カーラ、焦ることはないわ。一生がかかっているんだからよく考えて。あなたは後からベジャイアに行ってもいいんだから」

「でも、一度は行って、向こうがどういうところなのか。カザーレさんの家族がどう考えているのか、確認した方がいいんじゃないかな」

ハミルトン、えらい！　いいタイミングで話が打ち合わせた方向に進んでくれたわ。

「それは……そうね」

「僕も姉と一緒にベジャイアに行ってくるよ。かまわないよね？」

ハミルトンに聞かれて、カザーレは笑顔で頷いた。

「もちろんだよ。うちの本店をぜひ見てほしい。私の家族とも会ってみてくれ。きっと安心してもらえると思うよ。よければ妖精姫もいかがです？」

「そうね」

ラッキー。私が言い出さなくても誘ってくれたわ。

「確かに自分の目で確認出来れば安心出来るわね」

「それに、妖精姫がカーラを心配してベジャイアを訪問するほど親しいとわかれば、ベジャイアでのカーラの待遇がずっとよくなりますよ」

「それはいいわね」

「私が彼女は妖精姫と親しいんだと話しても、信じてはもらえないかもしれませんから」

「じゃあ、さっそく行きましょう」

ぱんっと一回拍手をしながら立ち上がると、カザーレがとても間抜けな顔をした。

「……は？　今ですか？」

「そうよ。ベジャイア王宮になら転移出来るの。国王に頼めば精霊車を出してくれるし、案内もしてくれるわ」

「うへえ」

ハミルトン、今の声は何かな？　演技よね？　本気の声じゃないわよね。

「待ってください。王宮って、そんなことをしたら大騒ぎになってしまいますよ」

「まあカザーレったら何を慌てているの？　私がベジャイアに顔を出す時点で、大騒ぎになるに決まっているじゃない」

「いや、そうですけど、国王陛下まで出てくるのはちょっと。商売にも影響が」

「商人ならチャンスを生かして国王にも売り込みなさいよ。王族御用達になれるかもしれないでしょう」

「ディア、落ち着いて。まだ姉上は結婚すると決まったわけじゃないんだよ？」

ハミルトンまで腰を浮かして、必死な顔で私を説得し始めた。

「もしかしたら向こうに行ったらやっぱり無理だって話になるかもしれないのに、ベジャイア国王まで巻き込んだら断りにくくなるじゃないか」

「……そう？　大丈夫よ。私が断ってあげるから」

「いやいや、私の立場も少しは考えていただけないですか？」

カザーレなんて、この女はなんなんだって顔で私を見ているわよ。

これが妖精姫？　ありえないだろ！　って思っているでしょ。

残念でした。間違いなく私が妖精姫です。

「ふふふ」

慌てまくっているカザーレと呆れているハミルトンの相手をしていたら、カーラがとうとう笑い出した。

「もうディアったら。あなたと話していると暗い気持ちでいるのが馬鹿馬鹿しくなってくるわ」

「結婚が決まったのに暗かったの？」

「異国に行くのは、やっぱり不安だしこわいわ。やっていけるのかって、ずっと考えてた。でもディアと話していたら、ともかくベジャイアに行ってみようって前向きに考えられるようになったの。

カザーレとは半年くらいずっと、仕事の関係で何度も会って話をしたのよ。年齢差なんて気にならないし、彼と一緒にいるととっても楽しいの」

なんかもう、どこまで本心なのか演技なのかわからないけど、カーラがひさしぶりに明るく笑っているから良しとしよう。

「フライの輸入をすることになるなら、今後もディアと会う機会はあるわよね」

「何もなくても会いに行くわよ」

「ありがとう。昨日から精霊が元気なくて、それで不安だったのもあって気持ちが沈みがちだったんだけど……今は元気ね」

私が部屋に入ってすぐに、カーラの精霊達は普通の状態に戻っている。

カザーレが注意深く私とカーラのやり取りを聞いているのを視界の端に収めながら、私は首を傾げた。

「元気がなかったの？　カーラの体調が悪かったのに回復魔法をかけなかったと聞いて、どうしたんだろうと思ってはいたのよ。今は魔法も使えるの？」

「どうなのかしら。あなた達、どうして元気がなかったの？　魔法は使えるの？　今は話してもいいわよ」

カーラが精霊に聞いた時のカザーレの表情は、俳優だったら失格よ。

眉を寄せて不意に顔をそらし、緊張している様子がありありとわかった。

『使えるのだ！』

どの精霊が叫んだのかはわからないけど、言葉と共に温かい光がカーラを包み込んだ。

「今は回復してくれなくても平気よ。さっきまでどうして元気がなかったの？」

『力が入らなかったのだ』

『どうしたのかわからないのだ』

『ひゃっはーー!!』

『妖精姫がいると元気になるのだ！』

『やっふーー!!』

話していいと聞いて、ハミルトンの精霊達まで奇声をあげながら飛び回り始めた。

彼らの精霊は、話し方がおかしいだけでお馬鹿さんじゃないのよ？

特にハミルトンの精霊達は話し好きで賑やかで、ヨハネスがいた頃はうるさいから顕現するな、喋らせるなと言われていたせいで、話していいとなると嬉しくてハイになってしまうだけなの。でも五分もすれば普通の状態に戻るのよ。

カーラの精霊もそう。

私が精霊獣を顕現させた年にヨハネス領に行って、そこでカーラやハミルトンに精霊の育て方を伝授したんだもの。

ふたりとも魔力が高いので精霊獣も強力だし、しっかり育てているから賢い。

ただちょっと、パリピなだけ……。

「わかったわ。わかったから静かにして」

「おまえ達まで騒ぐな。家に帰ったら好きにしていいから」

こういう時、カーラやハミルトンがかまうと嬉しくて、余計にうるさくなるのよね。

「どうやら彼らにも何が起こったのかわかっていないみたいね。そうなると、やっぱりあなた達だけでベジャイアに行かせるのは心配だわ」

腕を組んで考えている振りをしてから、ちらっとカザーレに視線を向ける。

私と目が合うたびにびくっとするのはやめなさいよ。

「船で行くとしたら、いつ頃出発する予定なの？」

「あなたに合わせますよ」

「あら」

なんで私に合わせるのよ。商売の方はいいの？

でもそう言うなら合わせてもらいましょう。

「じゃあ、明後日に出発しましょう」

「え⁈」

「明後日‼」

声をあげたのはエセルとジェマだ。隣の部屋からもがたんと大きな音がした。

声だけはちゃんと届くように魔法を使っているから、隣の部屋はここより大騒ぎになっているのかもしれないけど、大丈夫大丈夫。

カザーレが驚きすぎたのか目を丸くして固まってくれていてよかったわ。音には気付かなかったみたい。

「お嬢様！　いくらなんでも突然すぎます！」

「あの、カーラ様の準備もありますし。旅用のドレスを用意しなくては」

エセルとジェマが本気で止めようとしてくるのはなんでかな？

シュタルクで軟禁されている人達の命が危なくて、ベジャイア軍はもう国境沿いに集合を始めている。

相手に反撃する準備をさせないためにも、のんびりなんて出来ないでしょ。

「明後日……ですか」

「体調の悪いカーラに告白しようとしていたくらいなんですもの。あなたの出発の日だって差し迫っていたのよね。だったら無理ではないでしょう？」

「それは……ええ」

「よかった。私としても来週がちょうどいいの。日程を考えると明後日が一番いいのよ。だって、家族に内緒で出発したいんですもの」

「そ……うなんですか？」

部屋にいる人達と、おそらく隣の部屋や廊下にいる人達の注目を一身に浴びて私は微笑んだ。

「突然ベジャイアに行くなんて話したら、お兄様達が一緒に行くっていうに決まっているじゃない。ベリサリオで客船を出すって言うかもしれないわ。もしかしたら警備のために軍を動かすって話になるかもしれないわよ？」

「……それは、まずいですね」

「でしょう？」

話しているうちに、どんどんカザーレが老け込んでいるような気がするけど気のせいよね。

だいぶ疲れているみたいで顔色が悪いわよ？

「でも、いなくなってからバレたらもっとまずいんじゃない？　国際問題になるかもしれないよ」

「ハミルトン、こわいこと言わないで。ディア、やっぱり内緒にするのはまずいわよ」

「大丈夫。今、領地の方でちょっと問題が起きていて、来週いっぱいは両親は皇都に来られないの。クリスお兄様は仕事が忙しくて、当分皇宮に泊まり込みだし、アランお兄様は自分の領地の整備に大忙し。だから今がちょうどいいのよ。バレた時のために、ちゃんと手紙を書いておくわ」

「でも帰ってから叱られるんじゃない？」

「カーラは心配性ね。うちの家族が私に甘いのは知っているでしょう？　心配はされるだろうし注意はされても、叱られたりはしないわよ」

「家族と仲がよろしいのですね」

真面目な口調でカザーレが言った。

もしかしてあなた、私が家族に監視されているとか利用されているっていう話をいまだに信じているの？

その情報、だいぶ古いわよ。

世界最強の男

―カミル視点―

書き下ろし
番外編

ディアの十三歳の誕生日の日、澄ました顔をして男が言った。

「まだ十三歳のディアドラ嬢の横に異国の青年が立っているというのは、ベリサリオにとっていい判断とは思えませんな」

内情を知らないくせに、よくもまあ勝手なことを言ってくれたもんだ。

——よし、砂にしよう。

いやマジでそう思っても仕方ないだろう。

俺が今日こうしてベリサリオ辺境伯の家族の一員としてこの場に並ぶまで、どれだけの苦労をしてきたと思っているんだよ。

「夫婦として一緒に人生を歩むのに、私はどちらかがどちらかのために生きるんじゃなくて、対等に生きていける関係がいいの」

ディアは男性優位のこの世界でも、誰かのためだけではなく自分のためにも生きたいと言いたかったんだろう。それは理解できる。

しかし、妖精姫と対等に生きていける男という条件が、どれほどハードなものか彼女はわかっていない。

それでも諦めるわけにはいかないから、世界中を飛び回って各国の精霊王と親交を深めたんだ。

この世界で転移魔法の使用頻度が一番高いのは、間違いなく俺だぞ。

もう、扉を開けるのと同じ気楽さで転移魔法を使えるようになってしまっているんだからな。

そしてなによりも、精霊王を味方につけるよりも、ベリサリオの男どもにディアのパートナーとして認めさせることがどんなに大変だったか。

おまえらの後ろで、ちらちらと期待を込めたまなざしでディアを見ているアホな男どもを、結婚相手として考えてくれなんて言い出したら、領地全て砂場にするぞ。

「私はカミルが好きなんです！」

え？

「私がカミルと結婚したいって両親にお願いしたんです。なんで突然、私達の仲を引き裂こうとするんですか？」

こんなに人がいる前なのに。突然、横からディアが抱き着いてきた。

しかも俺が好きだという宣言付きで。

……怒りがすーっと引いていった。

なんてことだ。よくやってくれた。素晴らしい。

砂だなんてとんでもない、金一封くれてやってもいいくらいだ。

「妖精姫はまだ幼い。一時の感情で将来をお決めになってはいけません」

引き際のわかっていない馬鹿な親父だ。

周りを見ろ。

ディアが宣言してくれたおかげで、政治的な考えには疎い者達もすっかり俺達の味方だ。

国境を越えて愛をはぐくむ若いカップルに横槍を入れる、空気の読めない欲深いオヤジという図式が出来上がっている。

そこにニコデムスの話題を出し、命を狙われているという話をすれば、他国も下手にディアに手を出そうとはしないだろう。

そうしてうまくその場を乗り切ったのに、誕生日会はアクシデント続きだった。

ベジャイアからの賓客が、ルフタネンとの貿易を減らし自分たちと取引しないかとベリサリオ辺境伯に持ち掛けたのだそうだ。

ベジャイアはまだ、戦争の詫びに無課税でルフタネンとの貿易を行っている最中だっていうのに、何を考えているんだ。

またルフタネンと戦争やる気なら、西島の精霊王のマカニが先陣切って突っ込んでいくぞ。

ニコデムスと組んで侵略してきたことを、ルフタネンの精霊王は許していないんだからな。

しかもそんな話をディアの誕生日会でするというのが許せない。

どいつもこいつも、ディアの誕生日会をなぜぶち壊そうとするんだ。

帝国内の問題は、俺は放置でいい。

ディアに甘いベリサリオが、今回の件をこのまま終わらせはしないだろう。

だがベジャイアのほうは放置できない。

ディアはこの後、皇族と食事会の予定があるので、さくっと転移して帰るために、庭の転移許可エリアに向かっていたら、

「イースディル公爵！　おまちください！」

大きな声で呼び止められた。

「なんだ？」

「デリル・ラーナー伯爵子息だ」

キースに名前を言われたが、聞いたことがある気はするが曖昧で、誰だそれはと思いながら振り返ったら、さっきディアにペンをプレゼントしていたやつが駆け寄ってきていた。

ああ……どこかで見た顔だと思ったら、ディアに告白していたやつじゃないか。

背が伸びて、顔つきが大人びて、ずいぶんと印象が変わっている。

「この忙しい時に……」

いろんなことがあったせいか、キースが不機嫌そうな声で呟いて俺の前に歩み出た。

イラついているのはキースだけじゃない。

マンテスター侯爵なんて、陛下に報告するためにすでに王宮に飛んでいる。

「よかった。追いついた」

はあはあと息せき切って駆け付けたデリルは、俺の前に立ち塞がるキースの冷ややかな顔を見て、慌てて背筋を伸ばした。

「突然失礼します。なんとしても早めにはっきりさせておきたかったので、少々お時間をいただきたく、よろしくお願いします！」

「イースディル公爵は大変お忙しいお方です。このような場で気やすく呼び止めて話そうとするなんて失礼です。それほど重要なお話なんですか？」

「キース、落ち着け。彼はディアの友人のひとりだ」

「……それなら、しかたない」

しぶしぶとキースが横に退き、俺とデリルが対峙する状況になっても、デリルは緊張した面持ちで息を整えながらしばらく黙っていた。

「用がないなら……」

「あります！」

「ああ、思い出した。彼はディア様に……」

キースが呟いた言葉を聞いて、デリルはますます顔を強張らせた。

「それはもう何年も前の話です。僕はディアのことは友人であり、ある意味好敵手であると思っています。彼女にはもう恋愛感情は全くないということを、イースディル公爵に知っていただきたくて声をおかけしました！」

「待て。こんなところで、そんなでかい声で何を言い出しているんだ。ちょっとこっちに来い」

周りの目をもう少し気にしろよ。

興味津々で成り行きを見ている人間もいるじゃないか。

「キース、周りを見ていろ」

「はい」

「笑うな」

さっきまで不機嫌そうにしていたくせに。

「ここならいい」

建物から転移許可エリアに向かう小道から外れ、花壇の整えられた庭園入り口まで移動した。

ここなら近くに隠れられる場所がないので、会話を誰かに聞かれる心配はない。

「ディアとの間に何かあったと思われたら、困るのはおまえだろ」

「ああ、そうかもしれないですね。でもすでに父も知っていることですので大丈夫です。よくからかわれているので魔道省の者達も知っているかもしれません」

ほお、笑い話に出来るほどに過去の話になっているのか。

「そうか。だが、そんなに必死になって話すようなことか？　俺がディアとの仲を疑って何かしでかすとでも思ったのか？」

「この世界で最強の男に敵認定されたくないですから」

……は？

こいつは今なんて言った？

「最強？　俺が？」

「そんな驚いたような顔をしても騙されませんよ。皇太子殿下や各国の首脳陣が、なぜあなたと親しくなろうとするのか。一目瞭然じゃないですか！」

なんだか頭が痛くなってきたぞ。

思い込みの強いタイプなのか？

「自分では最強だとは思わないが、言いたいことはわかったし、ディアとの仲を誤解もしていない。では俺はこれで」

「あの！」

「まだあるのかよ」

「変わった素材、珍しい素材があったら見せてほしいんです」

今度は急にもじもじし始めたぞ。

「ああ、こっちが本題か」

「どちらも本題です。お目にかかれる機会が滅多にないので、チャンスを逃したくないだけです。フェアリー商会としか取引しないわけじゃないですよね？　彼らの知らないものをなんて贅沢は言いません。余り物でもいいので、いろいろ試せる素材が欲しいんです」

そんなことを急に言われても……ああ、そうだ。

「これなんてどうだ？」

マジックバッグから取り出したのは、南の国では珍しくない昆虫型の魔獣の上翔、つまり羽根の部分を粉末にしたものだ。

緑色の光沢のある素材で、鮮やかな色調なので絵画に仕えるかもしれないと分けてもらったのだが、他の絵の具に比べて発色が鮮やかすぎて使えず、今のところ使い道が決まっていなかった。

「おおおおお。これはおいくらですか」

「カミル、ルーヌが来ます」

キースが割って入ってきて、真剣な面持ちで言った。

彼の視線を追った先には、ルーヌと公爵家の警護の制服を着た男がふたり、全員が緊迫した顔つきで小走りで近寄ってくるのが見えた。

「カミル、ベジャイアがまたやらかした。例の問題発言をした男がベリサリオ関係者しか入れない場所まで押しかけて、辺境伯夫人に詰め寄ったそうだ。その場に妖精姫もいたらしい」

「くそっ！」

無意識に体が動き走り出そうとした俺を、警護の男たちが行く手を塞いで止めた。

「すでにベリサリオ辺境伯閣下がその者を取り押さえ、王宮に搬送しています。帝国貴族たちの怒りも強く、一気にベジャイアとの関係が悪化する危険もありそうです」

そりゃあそうだろう。夫人と御令嬢という弱い……普通は弱い女性を狙うところが陰湿だ。

ルフタネンとしても俺としてもこのままにはしておけない。

「行く先変更だ。俺はこのまま王宮に飛ぶ。先ぶれを出しておいてくれ」

俺の言葉を受けて、すぐに警備兵のひとりが転移許可地域に向かって駆け出した。

「キースは屋敷に戻り、モアナに連絡をつけてくれ。ベジャイアの精霊王にも苦情を入れる」

『当然よ。カミルはふさわしくないと言った帝国人も、ベジャイアの馬鹿も禿げればいいんだわ！』

え？　モアナの声が空からしたぞ。

キースもデリルも周囲を見回しているということは、この声はみんなに聞こえているということだ。

「ちゃんと帝国の精霊王に許可を取ってこの場にいるんだろうな。更に面倒ごとが追加されるのはごめんだぞ」

『失礼ね。ちゃんと瑠璃に許可を得たわよ』

「たのむから喋るな。ルフタネンに戻ってから話そう」

『大丈夫だ。お前の周りにいる者たちまでしか声が届かないようにしてある』

「さすが瑠璃様」

安心感が違う。

『私だってそのくらいは考えているわよ。瑠璃だって怒っているんでしょ。ベジャイアに行くわよ。カミル、またあとでね』

言いたいことだけ言って彼らは消えたようだ。

姿を見せなくてよかった。

「うわあ」

ああ、こいつがいたんだ。

目と口をまん丸にしてボケっと立っていると、目立つからやめろ。

精霊王の声が聞こえたくらい、そんな驚くようなことか？

「デリル・ラーナー伯爵子息」

「は、はい」

「今の話は他言無用だ」

「ももちろんです」

「よし。俺達も移動するぞ」

「え？　ちょっと待ってください！」

デリルはガシッと俺の腕を掴んできた。

怖がっているように見えるのに、こういう時は迷いがないな。

「まだこれのお金をお支払いしていません」

「やるよ」

「ええ⁈」

「じゃあ、忙しいんで」

「はい。ありがとうございます！」

デリルは歩き出した俺の背中に向かって、嬉しそうな大きな声で叫んだ。

売れ残りだというのに、あれだけ喜んでもらえるとは。

しかし、余計な精神力を消耗した気がする。会話すると疲れるこの感じはサロモンに似ているな。

◇

その後、ベジャイアがやらかしまくったせいで、ディアと一緒にベジャイア国王を連れて王宮に乗り込むことになったり、戴冠式があったりと忙しかったせいで、デリルに素材を渡したことはすっかり忘れていた。

それよりも、今年の冬は帝国に留学しディアと一緒に学園に通えることが嬉しくて、仕事の合間に着々と準備を進め、学生寮の建物がずらりと並ぶ一画にルフタネンの寮も建設した。

学園にいる間は毎日ディアに会える。

毎日だぞ。

「カミル、客だ。デリル・ラーナー侯爵子息が来ている」

だから、デリルの名を聞いてあまりに意外で、サロモンと打ち合わせしながらメモを取っていた手を宙に浮かせたまま、ぼんやりとキースの顔を見上げてしまった。

「ラーナー侯爵子息？　約束があったのかい？」

サロモンに聞かれて、キースは呆れたようにため息をつきながら首を横に振った。

「いや、約束はしていないので都合が悪いようなら出直すそうだ。会えたら儲けものという気持ちで来たと言っていた」

そうか。ラーナーは侯爵になったんだったな。まあ……会ってもいいかもしれない。

魔道省に知り合いを作っておくのは今後の役に立つだろう。

それに今日は朝から執務室のこの机にずっと座ったままだ。

そろそろ休憩をとってもいい頃合いのはず。

「サロモン、続きは午後にしよう」

「学園が始まる前に終わらせてほしい仕事が溜まっているんですが」

「俺がいなくてもどうとでもなるだろう」

どうせ普段から留守にしているんだ。

俺がいなくてもイースディル公爵領も北島も、仕事が滞らないようになっている。

「キース、会うからここまで案内してやってくれ」

「私も同席してもいいですか？」

「いや、駄目だ」

「なんでですかーーー」

サロモンとデリルが顔を合わせたら、面倒なことになりそうな予感がするからだよ。

「おまえもしっかり休憩をとってこい。そういえばマンテスター侯爵が、用事があると言っていなかったか？」

「あの親父、しつこいんですよ。弟に家を継がせればいいじゃないですか。それを今になってぐだぐだと」

俺と一緒に王宮に顔を出す機会が多いため、陛下や大臣たちと顔見知りになった息子を侯爵家の跡継ぎにしたいと思うのは当然だろう。

「嫌なら今度王宮に行くときに弟を連れて行ったらどうだ？　それか何か仕事を押し付けようか」

「いや、あいつに政治は向いていませんよ。のんびり領地経営でもしていればいいんです。北島内で人脈を広げたほうがいい」

政治に向いていない奴を次期侯爵にするなよ。一族内で派閥争いが起きかねないぞ。

「じゃあ、そう話してやれ。放置しておくと、おまえと弟の間に亀裂が入るかもしれないぞ」

「はーー、しかたないですね」

肩を落としてぶつぶつ言いながらサロモンは部屋を出て行った。

廊下でキースたちと顔を合わせたようで、挨拶の言葉が聞こえたのち、扉が開いてキースがデリルを連れて帰ってきた。

「突然すみません。会ってくださって感謝します」

「ああ、そういうのはもういい。敬語もいいし、俺のことはカミルでかまわない」

「……はあ。では僕もデリルと呼んでください」

こんなところまで押しかけてきたくせに緊張した様子だったデリルは、俺の言葉を聞いて気の抜けた声を出しながら肩の力を抜いた。

「まあ座れ。今日はどうしたんだ？」

侍女がお茶と焼き菓子をテーブルに並べ、デリルの座ったソファーの後方、部屋の隅に待機した。

彼女もディアの侍女となったミミたちと同じ里の女性だ。

「先日いただいた素材の製品化がほぼ決まりましたので、その報告と、今後の仕入れについてのご相談にまいりました……あ」

仕事の話は敬語で行うのが慣れているんだろう。

ルフタネン語の発音は完璧で、その場にふさわしい話し方を選べるというのは優秀だ。

だが、前もって連絡を入れなかったり、押し掛けてきたくせに緊張しまくっていたり、ずいぶんとちぐはぐなことをするやつだな。

「あの光る粉が商品になったのか。いったい何を作ったんだ？」

「インクです……だ。カートリッジに入れて使用するインクにした」

インク？　あの派手な色を？

「試作品を持ってきた。試してほしい」

「ため口になった途端に言葉が少しおかしくなってきたな」

「仕事に使えるルフタネン語を覚えたから、こういう話し方は不自然かもしれない」

「帝国語にするか？」

「いえ、覚えたいのでこのままで」

どちらかというと線の細い整った顔立ちで、ぱっと見た目にはおとなしそうに見えるのに、根性のある性格をしているようだ。

ディアと同じ年ということは、彼はまだ十三歳。

それでこれだけの行動力があるのなら、将来有望だ。

いくつか素材を売り込んでもいいかもしれないな。

「これは……いつ使うんだ？」

いろいろと考えながらも、メモ帳の上に適当にペンを走らせていたので、派手な緑色のインクがぐしゃぐしゃな線を作っている。

こんな色で書類を書くわけにもいかないし、手紙を書いても読みにくい。

「カートリッジ式のペンを使う人が増えたから、試しにインクにしてみたけど、最初は僕もこれは使えないかと思ったんだ。でも妹に見せたら、色がかわいいと言い出して、友達に書いていた手紙にこのペンで小さな猫の絵を描いたんだ。そしたらその友達も気に入って、このインクを買いたいと言ってきたんだ」

「ほお」

「試しに五人ほどの御令嬢の意見を聞いてみたところ好評で、他の色も欲しいと言われているので、今、いろいろと実験中だ」

「なるほどなあ。俺はてっきり魔道具に使うのかと思い込んでいたが、ラーナー侯爵家といえばカートリッジ式のペンが有名なんだ。そこに使おうとするのは当然だな。それに女性に喜ばれるとは。そんな使われ方は全く考えもしなかった」

「僕も妹に言われても最初は理解できなかった」

御令嬢が友人や恋人と手紙をやり取りするときに、香水を吹きかけたり、自分用の便せんや封筒を作らせたりするのは知っていたが、こんな派手な色を使いこなすとは。

「一時の流行になるかもしれないけど、それでも輸出もすればかなりの儲けにはなる」

「そうだろうな。……ん？」

会話をしながら、ずっとペンで適当に丸を書いたりギザギザと意味不明な図形を書いたりしていた俺は、ふと手を止めてメモを覗き込んだ。

「このインクは、下の黒い文字が透けて見えるんだな」

「インクが薄いからね。あの粉は粘度が高いからかなり薄めないとペンが詰まってしまうんだ」

発光してかなり目立ち、上から塗っても下の文字が見える。

「文章を強調したいときに使えるな」

「重要な場所の文字をこれにするのか？」

キースが手を出してきたのでペンを渡してやると、短い文章を書いて首を横に振った。

「読みにくいぞ」

「そうじゃない。文字の上にこれでこう」

キースからペンを返してもらって、前に書いてあった文字の上に斜めに何回も線を引いた。

「この部分が目立つだろう？」

「なるほどな、でもインクを重ねすぎたせいで、紙が破れそうだ」

「それにこうして何回も書かないといけないのは面倒だな」

「おおおおお、それはいい！」

デリルが突然立ち上がり、ものすごい勢いで俺の机に駆け寄り、メモを覗き込んだ。

『もっと太く書けるようにすればいいんだ。ペン先の改良が必要だが、これなら学生が勉強に使うかもしれないし、流行とは関係なく売れるぞ』

そこまで話して、はっとしたように顔をあげ、俺の顔をじーっと見つめてきた。

こいつ、興奮すると挙動がおかしくなるのか？　帝国語になっていたぞ。

今まで遠くから見かけたときのイメージと違いすぎるだろう。

「今のアイデア、売ってください。お願いします！」

「突然、手を握るな！」

「お願いします」

「素材をうちから買ってくれるなら、そんなことは気にしなくていい。決まった量が確実に売れるとなれば、売り手も収入が安定して喜ぶ」

「ありがとう。……この間から思っていたんだけど、あなたはイメージとはだいぶ違うんだね。もっと腹黒いこわい人かと思っていた」

こわいやつに突然、面白い素材はありませんかと聞いたおまえはなんなんだ。

今日だって突然押し掛けてきただろうが。どうでもいいから手を放せ。

「ディアがこわいやつと婚約すると思うのか?」

「ディアもある意味こわいんで」

「よくわかっているんだな」

キース、おまえ、その言葉をディアに言いつけてやるぞ。

「だっておかしいだろう? あなたがルフタネンの精霊王を後ろ盾にすることに許可を出した精霊王のうち、ディアが知っているのは半分以下だ。あなたのほうが多くの精霊王に会い、多くの祝福を受けているんじゃないのか? 東方の国々や南のいくつもの島国、他にいくつの国があるのか知らないけど、帝国の周囲より国の数は多いはずだ」

「ああ……まあな」

「全世界の精霊王を味方につけ、全世界の首脳陣と顔見知りで、巨大化する精霊獣を全属性分持ち、妖精姫の婚約者。こんな危険な男の存在をなんで誰も気にしないで放置しておくんだ?!」

「そんなの決まっているじゃないか。放置する以外手がないんだよ」

キース。おまえさっきから余計な一言が多いんだよ。

「ああ……もう、誰も何もできないのか」

おい。こいつ納得したぞ。この世の終わりみたいな顔をしている。

「そんなところでしゃがみ込むな。取引をやめるぞ、こら」

「それは困るし、ラーナー侯爵家は敵対する気は全くないんで。ディアと結婚したら、危険な最強カップルになる人に敵認定されるのだけは勘弁してほしい。ただ、本当のところを聞かせてもらえないかな」

「なんだよ」

「ここだけの話、実はディアの功績とされていることの多くは、陰であなたが手を回しているんだよね？」

「はあ?!」

何を言っているんだこいつは。

「いや、それは違うと断言する」

キースが胸を張って言い切った。

こいつ、何気にデリルとの会話を楽しんでいるだろ。

身内以外とこんなに話をしているなんてことはめったにないぞ。

「カミルは妖精姫を操っているんじゃない。妖精姫が暴走しないように抑えているんだ。そうしないと周りの被害が甚大になる危険がある」

「ディアって、そんなにやばい？」

「やばい」

もうこいつら、他所でやってくれないかな。ばかばかしくなってきたぞ。

「そうか。ディアを抑えられるから、クリスもカミルを婚約者として認めたのか」

「いいや。あのシスコン兄弟はもっとひどい！」

これはかりははっきりさせておかないと気が済まない。

あいつらとは確かに、ある意味信頼関係は築けてはいる。

しかしディアを思う気持ちに比べたら、俺なんておまけだ。

「ディアの暴走を止められるやつは、きっと何人もいる。彼女は自分のせいで無関係な人たちが傷つくようなことはしないからな。ただし、先日ベジャイアに乗り込んだように、自分は平気だからと無茶をするんだ。実際強いから大抵のことは大丈夫だが、それでも危険なこともあるだろう。シスコン兄弟はな、その時にディアについていける人間が欲しいんだ。それも、一緒に無茶をしても死なない人間じゃないと駄目なんだ。自分のせいでパートナーが死んだら、ディアが深く傷つくからな」

俺の身の安全を心配しているんじゃない。

あくまでディアが傷つくことを心配しているだけだ。

「いや……まさか……でもあのふたりなら、特にクリスならあり得る気がする。つまり世界最強になったのは、身を守るためなのか」

「違う。ディアと婚約するためだ」

「……そうか。すごいな」

呆れた顔をするな。おまえも一度はディアに惚れた身だろう。

「でもやっぱり危険だ。もう人間として扱っていい範疇を超えている」

「喧嘩売りに来たのか」

「敵対したくないって言っているじゃないか」

もうどうでもいいから、この変なやつを連れて帰ってくれ。

◇

その日の夕方、ディアが執務室に顔を出した。

今日来ることは前から決まっていたのに、仕事が片付かなくてこんなところで会わなくてはいけないのは残念だ。

どっちにしても、レックスとネリーがしっかり近くで見張っていて、抱きしめることも出来ないんだけどさ。

「制服の見本を持ってきたの。いろんなサイズを用意してあるから、どのサイズが何人分必要か調べて教えて。フェアリー商会はもう何年も制服を作っているから、すぐに用意できるわ」

「わかった。わざわざありがとう」

試しに袖を通して鏡の目に立ってみた。

黒髪に紺色の丈の長い上着を着ると、かなり地味な雰囲気になってしまうな。

「やっぱり黒髪に紺色の制服は最強ね」

「え？」

すぐ横に立ち、鏡の中の俺を眺めながらディアがまた変なことを言い出した。

「こんなイケメンの学生がいたら親衛隊が出来ていたかもしれないわ。懐かしい雰囲気もあってすっごくイイ！」

「褒め方が独特だな」

「カッコイイ、ステキ！」

「わかったわかった」

どんなに疲れている時も、ディアの笑顔を見ると癒される。

小さくて可愛くていい匂いがして、自分のことより家族や友人を心配してしまう彼女のために、今の俺は存在していると言ってもいい。

ディアに再会したあの日から、ルフタネンも、俺の人生も大きく変化して、今はこうして平和に過ごしていられる。

デリルにはああ言ったが、俺が勝手にディアの行く場所についていっているだけだ。

他のやつに彼女を任せてはおけないからな。

「あれ？　これは何？」

興味津々で俺の執務机を眺めていたディアは、メモ帳に書かれた派手な線を見つけて聞いてきた。

「デリルが試作中の新しいカートリッジインクを持ってきたんだ。このペンに入っているよ」

もうほとんど完成しているし、内密にとは言われていないから見せてもいいだろう。

「おー、蛍光マーカーね」

またよくわからない単語を。

レックスもネリーもこちらの警護も、俺達のほうを注目していても距離は離れているから、会話の内容は聞かれていないないな。

「ディア、発言には気を付けないと」

「あ。ごめんなさい。懐かしくてつい」

「前世の世界にあったのか？」

「そうなの。勉強するときに使ったわ」

ディアの前世の世界にはこの世界にはない物がたくさんある。

そんな世界で生きてきたディアは、この世界が退屈じゃないんだろうか。

「どうしたの？」

「この世界にない物がたくさんあって、そっちの世界は便利そうだ」

「でも魔法はないわよ。だから転移も出来ないしマジックバッグもない」

「それは駄目だな」

「なにより、精霊がいないんだもん。こっちの世界のほうが私は好きよ」

「そうか。確かにこいつらがいないと寂しいな」

話の内容を聞いていたのか、ディアのすぐ近くで寝そべっていたイフリーとガイアがこちらに顔を向けた。

彼らの背中の上では、ジンとリヴァ、そして俺の精霊獣どもが戯れている。

「でもこの蛍光色の素材、私も使いたかったなあ。デリルにあげちゃったんだ」

「フェアリー商会は手広くやりすぎだ。なんのためにアランを代表にして子会社を作ったんだよ」

「そうなのよね。今でも目立ちすぎているから、これ以上新しいことをするのはまずいのよね。それはわかっているんだけど、いつの間にデリルと仲良しになったの？」

なってない。

「すまない。先にきみに見せるべきだったな。忙しくてデリルに素材を渡していたことを忘れていたんだ」

「あ、ごめん。いいのいいの」

ディアは慌てて顔の前で手を横に振った。

「商会の仕事をしているんだもん。部外者の私に話せないことがあるのはわかっているの。私だってカミルに話せないこともあるし、誕生日会の時みたいにカミルに嫌な思いをさせちゃうこともあるでしょ。だから気にしないで」

仮とはいえ婚約者でも、まだ何でも話し合える関係じゃない。

仕方ないとわかっていてももどかしいな。

「よし、今はアイデアをためておいて、結婚したらルフタネンでやろう。それよりカミル、何かおいしい物を食べに行こう！」

「じゃあちょっと東方諸国に行くか」

「え？　本気？　行く！」

「ダメです！！」

「カミル様、無茶を言わないでください！」

「えーーーー！」

レックスとネリーに止められて、ふてくされているディアも可愛くて、つい口元が緩んでしまう。

デリルは俺が最強とか危険とか言っていたけど、とんでもない。

どうあっても俺はディアには勝てないんだから、最強はやっぱり妖精姫だ。

「結婚したら、こういうことも出来るようになるさ。今はそうだな、北島でも東方料理の食べられる店があるからそこに行こう」

「そうなの？　新しくできたの？」

「ああ、本場の味が食べられる場所は他にはないぞ」

「わーい！」

だけどこの妖精姫食べ物につられるんだよな。

「もっとウエストの緩い服を着てくるんだった」

「どんだけ食べる気なんだよ」

それも可愛いからいいか。

あとがき

今年も花粉の季節がやってきました。みなさんいかがお過ごしでしょうか。

この小説の一巻が発売されてから、もう三年。

こうしてまた新刊をお届けできてとても嬉しいです。

今回はようやくカーラがつらい境遇から脱却し、ニコデムス相手に活躍し始めました。

以前は守ってくれる誰かを探していたカーラが、ずいぶんとたくましくなったものです。

友人たちが次々と婚約し幸せそうにしているのに、カーラだけが、自分が悪いわけでもないのにつらい思いをしてばかりで、心配してくれていた方も多かったのではないでしょうか。

ネットで小説を書くとき、私は最初から「ハッピーエンドです」とばらしてしまうタイプです。

私自身も読み終えたときに嬉しい気持ちになれたり、すっきりしたり、楽しかったと思える小説が好きなので、ハッピーエンドだとわかっている小説を選ぶことが多いからです。

でも、めでたしめでたしで終わらせられる話でも、みんなが幸せとは限りませんよね。

主人公が幸せならハッピーエンドなのかと言われると、そうなのかそうじゃないのか悩むところです。

だって私が好きになるキャラは、小説でもアニメでもゲームでもたいてい主人公の相談に乗ってくれる友達だったり、頼れる兄貴キャラだったり、ライバルだからです。

男主人公の兄貴キャラの死亡率の高さってかなりのものですよ。

それでアニメを見るのをやめたこともある私としては、出来ればメインに近いキャラはそれなりに幸せになってほしいし、それを目指して書いています。

ただ作家の立場からすると、話の流れがわかっているので、途中でキャラがつらい目にあってもなんとも思わないものです。

思う作家さんもいるかもしれませんが、私は特定のキャラに感情移入しないで話の流れ重視で書いているので、つい読者の立場の時にはキャラの境遇に同情したり、一緒に悲しくなったりする気持ちを忘れてカーラにしんどい思いをさせ続けてしまいました。

それで、

「カーラ大丈夫ですか？　見ていてつらいです」

という感想をネットで何人からもいただいて、ああそうかと気付かされました。

ベリサリオ三兄妹が完全にバックアップすると決めたので、もうカーラは大丈夫でしょう。

これで、ディアが六歳の頃からの付き合いのある友人たちがみんな、それぞれの生き方を見つけて幸せになってくれそうでほっとしました。

カバーの三兄妹、強そうじゃないですか？

ディアの表情がかっこよくて悪そうで好きなんです。

恋愛ファンタジーは……もうみんな忘れていそうですね。

コミカライズ第四話

漫画：はな

原作：風間レイ
キャラクター原案：藤小豆

#4

遅くなりました
スッ
私だけ執事をふたり
連れて行ったけど
うちの家族は私に
甘いので何も言わない

ふたりの様子を見て子供の世話は大変だな——……
と察して納得どころか感心してくれたけど——
このふたり
あれこれ
どれそれ
半分遊びだから!!
話をはじめてもいいかな
ディアドラに聞きたいことがあるんだ
来た!
なんでしょう
お父様

アランの精霊が見えたんだよね？
契約していない精霊が見えるのかな？
見えません
ム…
そうか…
じゃあ精霊を見つけて契約することはできないのか…
契約って餌《えさ》をあげること？
ああ…うん
守ってもらう代わりに魔力を分けることだね
ディアドラにはほとんどの騎士に精霊が見えているんだよね
しれっ
でもあのままだと消えちゃう精霊もいます
ええ!?
ギョッ

餌をあげなかったら死んじゃいますよ？
…っ
それに餌をくれないならいなくなっちゃいます
でもっ
僕たちも魔力をあげてなかったのに
ずっと精霊がいるよ？
同じ精霊？
!?
ゾッ…

前の精霊が死んで新しい精霊に入れ替わっている可能性があると？
あーん
かも？
これは…急いだほうがいいな…
騎士たちと誕生会に集まる者たちに精霊へ魔力を与えるように伝えよう
伝えるだけじゃなく魔法契約もしましょう
そこまでするか
期限以降は話しても構わないという形ならどうでしょう？
発見したのは我々だとアピールすべきですし妙な噂になって間違った情報になっても困ります
たしかにそうだな…

うちのシェフは腕がいいわ
う♡ま
いっそ陛下にお話して我々の功績として発表してもらおうか
そうですね
ただ何よりの問題は皇子たちにいまだに精霊がいないことですね
え？
皇子なのに精霊ついてないの？
皇族はみんなついてるんじゃないの？
おいウィキくん情報間違ってるぞ
スキルが間違っちゃ駄目だろう…
Sorry!
スッ…
ひょいっ
ディアドラ

?
こてっ
クス
ふ。。。
ははは…
いっそ笑って
きみなら皇子たちについている弱い精霊が見えるかもしれないね
見える精霊に魔力をあげていれば他の精霊も勝手に魔力を吸収して見えるようになります
ひとつもなかったら?
魔力をぱーーっと使います!

DDD
ちらっ
伝わっているけど
4歳児っぽく
がんばっているん
だよ…
NO
HELP
魔力を放出
すれば
いいんだね
そんな言葉を
さも知っていて当然だと
いう顔で言うな…
あと2年待って
皇族が夏に
うちに来てくれれば
観光客が増えるから
呼ぶ方法を探していると
思っていたのに…
深刻だわ
皇子に精霊が
いないって
やばいんじゃないの？

陛下には精霊は？
火と風の精霊だったかな
将軍様も？
火の剣精を使いこなしていらっしゃるよ
なのに皇子様にはいない…
ううん
ハァ…
そうなんだ それはかなりまずい
ここが問題ね
ウィキくんに書いてあるのにこっちの人が知らないことが結構ある
あと昔は当たり前だったのに風化しちゃった知識もある
古い文献には載っていたけど重要だとは知られていなかったとか

転生した私なら
おかしいと思って
調べることも
こっちの人たちは
常識だから
そもそもおかしいと
思わない
日本人も海外からきた人に
言われて気づくことってあるじゃない？
それと同じ
たぶん
昔はもっと
たくさんの人が
精霊と共に
生活していたはず
なのに
いつの間にか
対話することを
忘れてしまっている
それを
どう伝えればいいんだろう
ディアドラ？
はっ

城の近くで水があって木があって
お花がたくさんあるところってどこですか？
ん———————…
城の西にある湖かな
この時期は花がとても綺麗なのよね
近いんです？
ひゃー美…
ジャーン
城内だよ
ニコッ
城の中に湖があるんかい！
どんだけ広いんだよっ

行きたいです！
土の精霊がほしいです！
キラ
キラ
え？
精霊は自然の中にいるでしょう？
どうしてそんなことを知っているのかな？
ダナが読んでくれる御本に書いてありました
絵本？
ご本では精霊がいる場所には必ずお花が咲いてますの
それは絵本だから……

でも
言われて
みれば
そうですね…
僕が
読んだ本も
そうでした
きっと昔から
伝わっている事実が
そういうところに
出ているんだよ！
そう思ってくれ
うん
うん
ウィキちゃん情報とは言えないし…
精霊は
自然の中に
いるってことか
ハッ
あなた 皇都を
拡張したのって
いつでしたかしら？
……
10年前だ
そのせいで
城内にいる精霊が
減ったのね
自然破壊は駄目絶対っ！

皇都の近くの自然…学校の周りならあるね
たしか皇都から森を通る近道がありましたわね
近くに自然があっても毎日忙しくてわざわざ行かない
あるあるだなあ…
湖に行きたいですっ
きゅるんっ
つくまで毎日行きたいですっ
行けば精霊がつくの？
甘いこと言うな

魔力がよっぽど強くなきゃ
そんな簡単に精霊が餌につられるか

ゴゴゴゴ

これは試してみる価値があるな
ふむ…
はい！
ディアドラの誕生会に招待する人たちにやってもらいましょう
自分や我が子に精霊がつくかもとなれば進んで協力してくれるでしょうし
事実だったら恩を売れる…定期開催するのもいいかもしれないな
普段は立ち入り禁止にして自然を保護する必要があるだろう
騎士団員や警備兵にも精霊はつけたいところですが…
ポカ。。
ニコ
サッ

ありがとうございます！
わ〜
魔力を使ったら栄養をとらないと
はい ドーゾ
でもこのあとご飯です…
マドレーヌも食べてましたし…
シュン…
遅くなりそうじゃない？
アレ
ふふふ
イタダキマース
確かに
あ〜〜
ススス…
ねぇ
ディアドラ
ムグ
どうして精霊は魔力を糧にするって知っていたの？

夜
灯の代わりに
魔力を使ったら
精霊が集まって
きたんです
…なるほど
そうか
発想力が
優れているん
だな！
無理に4歳児っぽく
するなと言ったのに
私の態度が
変わらないから
……ああ
私の異常さは
どこから
くるのか
確かめたいのか
ズキッ
変えられないのか
変えないのか
そこを
知りたいんだ

常識外れかと
思っていたが
着眼点と発想力が
優れていたのか
たまに
こんなことも
知らないのかって
ことがあったり
逆に
普通の子供のように
走り回っている
理由も説明が
つきますね
3人の中で
一番怪我をするのが
ディアドラなん
ですものね
ごめんね
本当のことは
まだ言えないんだ

もっと
大人になって
自己防衛を
できるようになって
からじゃないと
異世界の知識なんて
危険なものを
持っているとは
言えない
家族のことは
信じたいけど
得られるもの
でかすぎる
国も動くレベルの
知識だと思うから

精霊についてまだ気付いていることがあるかい？
…何かあるんだね？
なになに？
ふふん
ディアちゃん教えて♡
ディアちゃんって可愛いですね僕もそう呼ぼうかな
アフン あとにしろ
僕もそう呼ぶけど
え？なんで？ちゃん付け？
ディアドラ様って呼んでもいいのよ…

で 何を教えて くれるのかな？
湖に行って 精霊と仲良く なりたかったら
うん
友達になってね って お話しするん ですよ
え？
風が気持ちいいね 精霊のおかげだね ありがとうって
……誰に 向かって？
風や水？
だ・か・ら！ その気の毒 そうな顔やめろ
育て方 間違えたかしらって 思っているでしょう
ディアは そうやって 風の精霊と 仲良くなったの？

るーっ
やっぱりアランお兄様は我が家の最後の良心ね！
視線がちょっと生暖かい気はするけど…
キ、セ、ダヨ…
それに一緒にいる精霊ともお話しないとダメなんです
よっ
火の精霊さんこっち来て
水の精霊さんはこっち
ポフッ
お話しすると答えてくれます

うわあっ
僕もやってみる！
パアア
ちゃんと魔力《えさ》をあげないとお話を聞いてくれませんよ
ねっ
ほぉ
ほしい精霊に話しかけるか…
誰が誰に似ているかわかりやすいね

私だって無視する人よりお話してくれる人と
お友達になりたいです
一回じゃ駄目です お友達になってくれるまで何回も！
ニコッ
通う必要があるんだね
家族を騙している罪悪感半端ないな…胃が痛くなりそう

ディアドラ自室
見た感じ家族の反応はどうだった？
ドッ
圧ッ
どうして2人ともディアの部屋にっ
つ…つかれたので…
ひえぇ
お嬢愛されてますね
兄弟そろってちょっとシスコンの疑いないですか？
疑いは晴れたと思う!?
無理ですね
だよね――ッ!!
知ってた！

──あれから
我が家は
湖に日参しました
クリスお兄様は
風の精霊以外の
3種類の精霊が
ふわっ
アランお兄様は
火の剣精がついた
そして私は──

全属性コンプリートしました!!
さぁ誕生会もやってやるわよ!
続きは
CORONA EX
にてお楽しみ下さい!

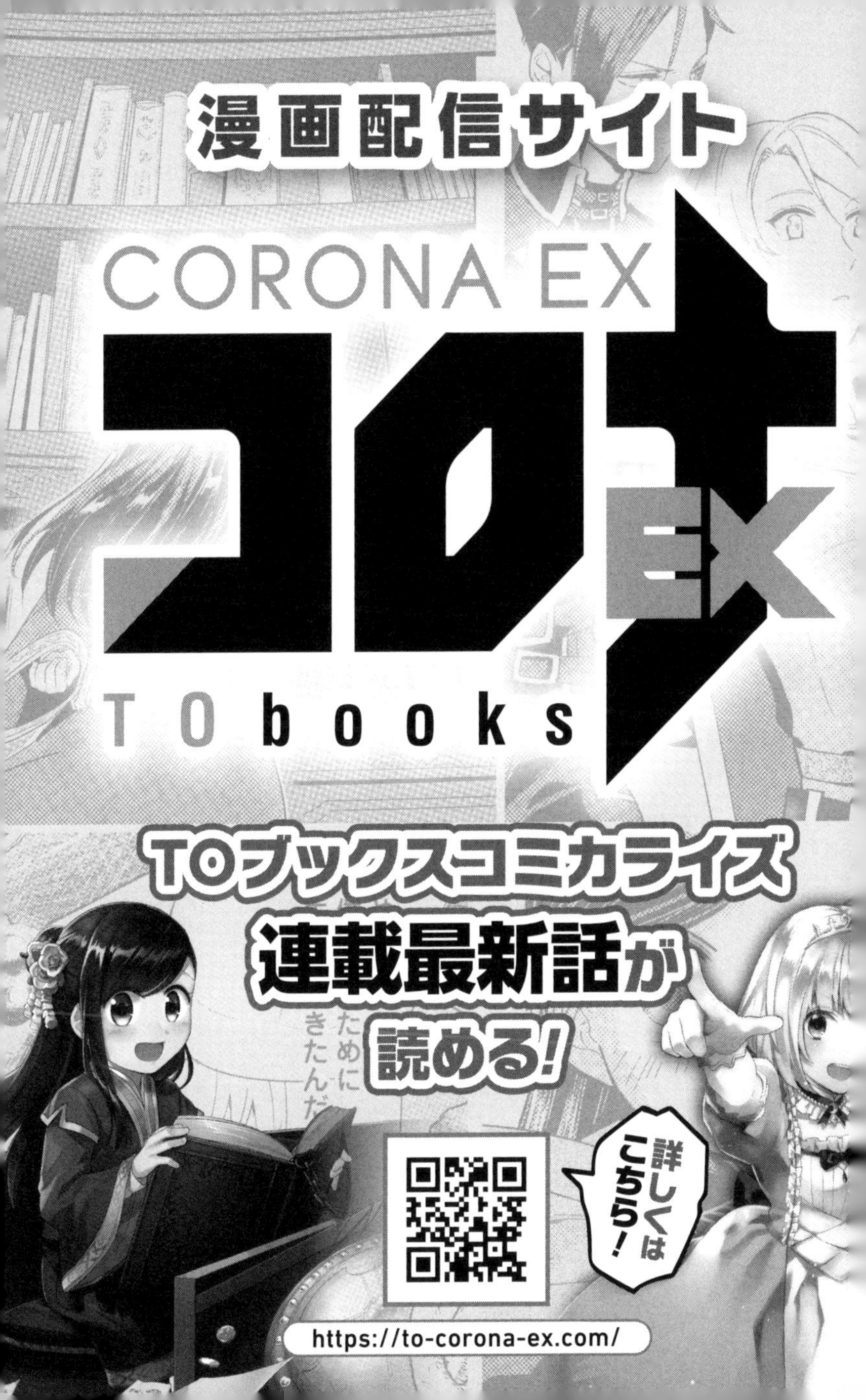
漫画配信サイト
CORONA EX
コロナEX
TObooks
TOブックスコミカライズ
連載最新話が
読める!
詳しくはこちら!
https://to-corona-ex.com/

転生令嬢は精霊に愛されて最強です……だけど普通に恋したい！ 9

2023年5月1日　第1刷発行

著　者　風間レイ

発行者　本田武市

発行所　TOブックス
〒150-0002
東京都渋谷区渋谷三丁目1番1号　PMO渋谷Ⅱ　11階
TEL 0120-933-772（営業フリーダイヤル）
FAX 050-3156-0508

印刷・製本　中央精版印刷株式会社

ISBN978-4-86699-829-9